O CORPO HUMANO

A marca FSC® é a garantia de que a madeira utilizada na fabricação do papel deste livro provém de florestas que foram gerenciadas de maneira ambientalmente correta, socialmente justa e economicamente viável, além de outras fontes de origem controlada.

PAOLO GIORDANO

O corpo humano

Tradução
Eduardo Brandão

COMPANHIA DAS LETRAS

Copyright © 2012 by Arnoldo Mondadori Editore S.p.A., Milão

Obra publicada com incentivo à tradução do Ministério das Relações Exteriores da Itália.

Questo libro è stato pubblicato grazie ad un contributo per la traduzione da parte del Ministero degli Affari Esteri italiano.

Grafia atualizada segundo o Acordo Ortográfico da Língua Portuguesa de 1990, que entrou em vigor no Brasil em 2009.

Título original
Il corpo umano

Capa
Aline Temoteo

Foto de capa
Mirjan van der Meer

Preparação
Silvia Massimini Felix

Revisão
Ana Maria Barbosa
Huendel Viana

Os personagens e as situações desta obra são reais apenas no universo da ficção; não se referem a pessoas e fatos concretos, e não emitem opinião sobre eles.

Dados Internacionais de Catalogação na Publicação (CIP)
(Câmara Brasileira do Livro, SP, Brasil)

Giordano, Paolo.
    O corpo humano / Paolo Giordano; tradução Eduardo Brandão. — 1ª ed. — São Paulo: Companhia das Letras, 2015.

    Título original: Il corpo umano.
    ISBN 978-85-359-2592-0

    1. Ficção italiana I. Título.

15-03247   CDD-853

Índice para catálogo sistemático:
1. Ficção: Literatura italiana   853

[2015]
Todos os direitos desta edição reservados à
EDITORA SCHWARCZ S.A.
Rua Bandeira Paulista, 702, cj. 32
04532-002 — São Paulo — SP
Telefone: (11) 3707-3500
Fax: (11) 3707-3501
www.companhiadasletras.com.br
www.blogdacompanhia.com.br

Aos anos turbulentos da fazenda

E mesmo que nos restituíssem essa paisagem da nossa juventude, já não saberíamos direito o que fazer com ela.

Erich Maria Remarque
Nada de novo no front

Nos anos seguintes à missão, cada um dos rapazes se empenhou em tornar sua vida irreconhecível, até as recordações da outra, da existência anterior, se mancharem de uma luz falsa, artificial, e eles se convencerem de que nada do que acontecera havia realmente acontecido, pelo menos não com eles.

O tenente Egitto também fez o melhor que pôde para esquecer. Mudou de cidade, de regimento, o tamanho da barba e os costumes alimentares, redefiniu certos velhos conflitos pessoais e aprendeu a desconsiderar outros que não lhe diziam respeito — uma diferença que antes não conhecia muito bem. Se a transformação obedece a um plano ou é fruto de um processo inorgânico, não está claro nem lhe interessa. O essencial para ele, desde o início, foi cavar uma trincheira entre presente e passado: um abrigo que nem a memória fosse capaz de violar.

E no entanto, na listagem das coisas de que conseguiu se desembaraçar, falta justamente aquela que o conduz com maior evidência aos dias transcorridos no vale: treze meses depois do epílogo da missão, Egitto ainda veste o uniforme de oficial. As duas estrelas bordadas se mostram no centro do peito, em exata correspondência com o coração. Várias vezes o tenente acalentou a ideia de se refugiar entre os civis, mas a farda aderiu ao seu corpo centímetro por centímetro, o suor apagou o desenho do tecido e coloriu a pele embaixo deste. Se a despisse agora, tem certeza de que a epiderme também viria com ela, e ele, que sente um desconforto na nudez pura e simples, se veria mais exposto ainda do que poderia suportar. Para quê, então? Um soldado nunca deixará de ser um soldado. Aos trinta e um anos, o tenente se resigna a considerar o uniforme como um acidente inevitável, uma doença crônica do destino, evidente mas não dolorosa. A contradição mais significativa da sua vida se transformou enfim no único elemento de continuidade.

É uma manhã clara do início de abril, o couro arredondado das botas nos pés dos militares que desfilam reluz a cada passo. Egitto ainda não se acostumou à limpidez carregada de promessas que o céu de Belluno exibe em dias como aquele. O vento que desce dos Alpes traz consigo o frio das geleiras, mas quando se acalma e para de maltratar os estandartes, percebe-se que a temperatura é insolitamente alta para aquele período do ano. No quartel houve uma grande discussão sobre usar ou não cachecol, e acabou se decidindo que não, a comunicação foi berrada pelos corredores e pelos diversos andares. Os civis, no entanto, estão indecisos quanto ao que fazer com os blusões, se os põem nos ombros ou os levam pendurados no braço.

Egitto levanta o chapéu alpino e penteia com os dedos as mechas úmidas de suor. O coronel Ballesio, de pé à sua esquerda, se vira e diz: "Que nojo, tenente! Sacuda a jaqueta. Está de novo cheia daquela coisa". Depois, como se Egitto não fosse capaz de fazer aquilo por conta própria, varre suas costas com a mão. "Que desastre", resmunga.

Vem a ordem de descansar; quem tem um lugar para sentar na arquibancada, como eles, senta. Finalmente Egitto pode enrolar as meias até os tornozelos. A coceira se acalma, mas só por alguns segundos.

"Escute o que me aconteceu outro dia", começa Ballesio. "Minha filha caçula saiu andando pela sala. Disse pra mim, olhe papai, olhe, também sou coronel. Tinha se fantasiado com o avental da escola e um boné. Sabe o que eu fiz?"

"Não, senhor."

"Dei-lhe umas boas palmadas. Sério. Depois gritei que não queria nunca mais que ela imitasse um soldado. E que de qualquer modo ninguém a teria aceitado por causa dos seus pés chatos. Ela desandou a chorar, coitadinha. Eu nem sabia explicar a ela por que tinha ficado tão bravo. Mas estava furioso, acredite, fora de mim. Diga a verdade, tenente: na sua opinião, estou um pouco esgotado?"

Egitto aprendera a desconfiar dos pedidos de franqueza do coronel. Respondeu: "Talvez o senhor estivesse só tentando protegê-la".

Ballesio faz uma careta, como se o tenente tivesse lhe dito uma besteira. "Pode ser. Melhor assim. É uma época em que tenho medo de perder alguns parafusos, não sei se me explico", estende as pernas, depois ajusta irreverentemente o elástico das meias através das calças. "Ouve-se falar o tempo todo de gente que de um dia pro outro fica com o cérebro fodido. Você acha que eu devia fazer uma consulta neurológica, tenente? Um eletro ou coisa do gênero?"

"Não vejo razão, senhor."

"Quem sabe você mesmo possa me examinar. Olhar as pupilas etc."

"Sou ortopedista, coronel."

"Mas devem ter lhe ensinado alguma coisa, ora!"

"Posso sugerir o nome de um colega, se quiser."

Ballesio grunhe. Tem dois sulcos profundos em torno dos lábios que delimitam seu focinho, como nos peixes. Quando Egitto o conheceu não estava tão acabado.

"Sua rigidez me enche o saco, tenente, já te disse isso? Deve ser por causa dela que você está reduzido a esse estado. Relaxe de vez em quando, aceite as coisas um pouco do jeito que elas vêm. Ou arranje um passatempo. Nunca pensou em fazer filhos?"

"Como?"

"Filhos, tenente. *Filhos.*"

"Não, senhor."

"Não sei o que está esperando. Um filho varreria da sua cabeça certos pensamentos. Eu te vejo, sabe? Sempre matutando. Mas olhe só aqueles ali, parecem uns brucutus!"

Egitto acompanha a trajetória visual de Ballesio na direção da banda de música e para além dela, onde começa o prado. Um homem de pé no meio do público chama sua atenção. Está com um menino nos ombros e enche o peito, rígido, numa postura estranhamente marcial. A familiaridade sempre se manifesta, no tenente, através de um medo vago, e de repente Egitto se sente inquieto. Quando o homem leva o punho fechado à boca para tossir, reconhece o primeiro-sargento René. "Mas aquele ali não é…", se interrompe.

"Quem? O quê?", diz o coronel.

"Nada. Desculpe."

Antonio René. No último dia, no aeroporto, se despediram com um aperto de mão formal e, a partir de então, Egitto não pensara mais nele, pelo menos não precisamente. Suas lembranças da missão adquirem um caráter na maioria das vezes coletivo.

Perde o interesse pela parada e se dedica a espiar de longe o primeiro-sargento. Não avançou bastante entre a multidão para alcançar as primeiras filas, é provável que de onde está não veja grande coisa. Em cima dos seus ombros o menino aponta para os soldados e os estandartes, para os homens com os instrumentos musicais, agarra os cabelos de René como se fossem rédeas. Os cabelos, é isso. No vale, o primeiro-sargento os trazia raspados a zero, mas agora quase lhe cobrem as orelhas, castanhos e um tanto ondulados. René é outro fugitivo do seu passado, ele também alterou sua fisionomia para não se reconhecer mais.

Ballesio está dizendo alguma coisa a propósito de uma taquicardia que com certeza não tem. Egitto responde distraidamente: "Passe no meu consultório de tarde. Eu lhe receito um ansiolítico".

"Um ansiolítico? Você se abestalhou de vez? Esse troço deixa a gente brocha!"

Três caças-bombardeiros desarmados passam como uma flecha baixinho sobre a praça, depois sobem bruscamente, desenhando rastros coloridos no céu. Viram de cabeça para baixo e se cruzam. O menino nas costas de René está maravilhado. Como a sua, centenas de cabeças se viram para o alto; todas, menos a dos soldados em formação, que continuam a olhar severamente para algo que se delineia apenas diante deles.

Ao fim da cerimônia, Egitto segue no sentido oposto à multidão. As famílias se demoram na praça, e ele trata de evitá-las. A quem tenta pará-lo, concede um aperto de mão abrupto. Não perde de vista o primeiro-sargento. Por um instante pareceu que virava e ia embora, mas ficou lá. Egitto o alcança, quando fica diante dele levanta o chapéu. "René", diz.

"Olá, doc."

O primeiro-sargento põe o menino no chão. Uma mulher se aproxima e o pega pela mão. Egitto a cumprimenta com um sinal de cabeça, mas ela não responde, aperta os lábios e recua.

René remexe nervosamente no bolso da jaqueta, tira um maço de cigarros e acende um. Está aí uma coisa que não mudou: ainda fuma os mesmos cigarros brancos e finos, cigarros de mulher.

"Como vai, sargento?"

"Bem", responde apressado René. Depois repete, mas com menos vigor: "Bem. Estou tentando me virar".

"Está certo. A gente precisa se virar."

"E o senhor, doc?"

Egitto sorri. "Também vou levando."

"Então não o aborreceram muito com aquela história." Era como se a frase lhe custasse um grande esforço. Como se não lhe importasse muito, afinal de contas.

"Uma medida disciplinar. Quatro meses de suspensão e umas audiências inconclusivas. Elas é que foram a verdadeira punição. Sabe como é."

"Que bom pro senhor."

"É, bom pra mim. Já você resolveu desistir."

Podia se exprimir de outro modo, usar outro termo em vez de *desistir*: mudar de vida, pedir dispensa. Desistir sugere se render. Mas René não pareceu fazer caso.

"Trabalho num restaurante. Em Oderzo. Sou chefe do salão."

"Sempre no comando, enfim."

René suspira. "No comando. É verdade."

"E os outros rapazes?"

René acaricia com o pé um tufo de mato entre os interstícios do calçamento. "Não os vejo faz tempo."

A mulher agora segura seu braço como se quisesse levá-lo dali, pô-lo a salvo do uniforme de Egitto e das suas recordações em comum. Lança para o tenente olhares rápidos e rancorosos. René, ao contrário, evita encará-lo, mas por um instante se concentra no tremular da pena negra fixada no chapéu, e Egitto parece perceber nele uma ponta de nostalgia.

Uma nuvem cobre o sol e a luminosidade decai de repente. O tenente e o ex-sargento se calam. Compartilharam o momento mais importante das suas vidas, os dois, de pé como agora, mas no meio do deserto e de uma formação de blindados. Será possível que não têm mais nada a se dizer?

"Vamos pra casa", sussurra a mulher no ouvido de René.

"Bom. Não queria detê-los. Boa sorte, sargento."

O menino estende os braços a René para que ele o ponha de novo no cangote, choraminga, mas é como se René não o visse. "Venha me ver no restaurante", diz. "É bom. Bastante bom."

"Só se me reservar um tratamento de honra."

"É bom", repete René, ausente.

"Vou, sem dúvida", assegura Egitto. Mas está claro a ambos que se trata de uma daquelas inumeráveis promessas que nunca se cumprirão.

PARTE 1

Experiências no deserto

Três promessas

Primeiro veio o falatório. O ciclo de lições propedêuticas do capitão Masiero — trinta e seis horas de aulas durante as quais os soldados receberam um verniz de história do Oriente Médio, relatórios técnicos sobre as complicações estratégicas do conflito e em que se falou também, sem escapar de obviedades, das extensões sem fim de maconha no Afeganistão ocidental —, e principalmente os relatos dos colegas que já haviam prestado serviço lá e agora, com certa condescendência, davam conselhos a quem se preparava para partir.

De cabeça para baixo na prancha inclinada em que estava finalizando a quarta série de abdominais, o cabo Ietri ouve com interesse crescente a conversa de dois veteranos. Falam de certa Marica estabelecida na base de Herat. No fim, Ietri cede à curiosidade e se intromete: "Há mesmo todas essas garotas?".

Os colegas trocam um olhar cheio de subentendidos, já estavam esperando essa. "À vontade, meu velho", diz um deles. "E não são daquelas com que estamos acostumados aqui."

"Não mesmo, lá estão pouco se lixando."

"Estão longe de casa e se chateiam tanto que topam qualquer parada."

"Qualquer mesmo, pode crer."

"Em nenhum acampamento de férias se trepa tanto quanto em missão."

"E há também as americanas."

"Uuuh, as americanas!"

E desandam a falar da secretária de um coronel que levou para a barraca três suboficiais e só os deixou sair de madrugada, mortos, não nós, quem dera, gente de outra companhia, mas na base todo mundo sabia. Os olhos de Ietri pulam de um para o outro, enquanto o sangue lhe sobe dos pés à cabeça, embriagando-o. Quando sai da academia, ao ar aveludado da noite de verão, está com a mente repleta de fantasias desenfreadas.

Foi ele mesmo, com toda probabilidade, que pôs para circular certas histórias entre a rapaziada do terceiro pelotão, histórias que depois de um longo percurso voltam ao seu ouvido e nas quais acaba acreditando com mais convicção que todos. Ao temor cético da morte se mistura um anseio de aventura que acaba predominando. Ietri imagina as mulheres que vai encontrar no Afeganistão, os sorrisos maliciosos no toque de reunir matinal, o sotaque estrangeiro com que dirão seu nome.

Durante as lições do capitão Masiero também não faz outra coisa senão despi-las e vesti-las sem parar.

"Cabo Ietri!"

Na sua cabeça, chama todas elas de Jennifer e não tem ideia de onde tirou aquele nome, Jennifer, oooh Jennifer...

"Cabo Ietri!"

"Aqui!"

"Quer ter a gentileza de repetir o que eu estava dizendo?"

"Claro, capitão. Falava... das tribos... acho."

"Está querendo dizer das etnias?"

"Sim, senhor."
"E de que etnia eu falava, exatamente?"
"Acho que dos... não sei, senhor."
"Cabo, saia imediatamente desta sala."

A verdade escabrosa é que Ietri nunca estivera com uma mulher, não da maneira que ele define como sendo *completa*. Ninguém do pelotão sabe, se descobrissem seria um desastre. Só quem está a par é Cederna, ele mesmo lhe contou certa noite no pub, quando estavam os dois de porre e propensos às confidências.

"Completa? Quer dizer que você nunca trepou?"
"Pare de gritar!"
"Que merda, cara. Que merda mesmo."
"Eu sei."
"Quantos anos você tem?"
"Vinte."
"Cacete. Já desperdiçou os melhores anos. Escute bem, é importante. O bagulho aí no meio é que nem um fuzil. Um 5.56, com coronha de metal e mira a laser", Cederna empunha uma arma invisível e aponta para o amigo. "Se você não se lembra de lubrificá-lo de vez em quando, acaba engasgando."

Ietri baixa os olhos para a caneca de cerveja. Toma um gole demasiado generoso e começa a tossir. Engasgado. É um rapaz engasgado.

"Até o Mitrano consegue dar uma bimbada de vez em quando", diz Cederna.
"Ele paga."
"Você também pode pagar."

Ietri sacode a cabeça. Não lhe agrada pagar uma mulher.

"Bom, recapitulemos", Cederna imita a voz do capitão Masiero. "Não é difícil, cabo. Preste atenção. Você encontra uma mulher que te agrada, avalia o tamanho dos seus peitos e do seu traseiro — eu, por exemplo, gosto dos dois bem grandes, mas há certos pervertidos que preferem as mulheres secas como enchovas —, depois se aproxima, conta pra ela quatro besteiras e por fim lhe pergunta com gentileza se gostaria de se retirar."

"Se gostaria de se retirar?"

"Bom, não necessariamente. Depende da situação."

"Olhe, eu sei como se faz. É que ainda não encontrei a mulher certa."

Cederna dá um soco na mesa. Os talheres pulam nos pratos vazios em que comeram batata frita, chamando a atenção das outras mesas. "É esse o ponto! Não existe mulher certa. *Todas* são certas. Porque *todas* têm...", especifica o órgão desenhando um buraco com os dedos. "Em todo caso, depois que você começar, vai se dar conta de como é fácil."

O tom de Cederna o aborrece um pouco. Não quer que tenham dó dele, mas as palavras do amigo também são encorajadoras. Ietri fica entre a irritação e o reconhecimento. Gostaria de perguntar com que idade começou, mas teme a resposta: Cederna é esperto demais e também muito bonito, com a testa larga e um sorriso cheio de dentes brancos e de malícia.

"Você é grande como um dinossauro e se assusta com as mulheres, que doideira."

"Pare de gritar!"

"Na minha opinião, é culpa da sua mãe."

"O que minha mãe tem a ver com isso?" Ietri aperta com força o guardanapo. Um pacotinho de maionese escondido nele explode na sua mão.

Cederna guincha em falsete: "*Mamãezinha, mamãezinha, o que todas essas mulheres querem comigo?*".

"Pare com isso, todo mundo está ouvindo." Não ousa pedir o guardanapo do amigo. Limpa-se na quina da cadeira. Com um dedo toca alguma coisa grudada debaixo do assento.

Cederna cruza os braços, satisfeito, enquanto Ietri fica cada vez mais amuado. Desenha círculos na mesa com o fundo úmido do copo.

"Não faça essa cara."

"Que cara?"

"Você vai ver que vai encontrar uma louca pra te mostrar as coisas. Mais cedo ou mais tarde."

"Não estou nem aí."

"Logo a gente vai partir em missão. Dizem que não existe lugar melhor. As americanas são fogo…"

Os rapazes tiveram um fim de semana de licença antes da transferência, e quase todos o passaram com as respectivas namoradas, que tiveram ideias esquisitas, como um piquenique à beira do lago ou uma maratona de filmes românticos, quando o que os soldados queriam era fazer o máximo de sexo possível para enfrentar os próximos meses de abstinência.

A mãe de Ietri chega a Belluno pelo trem noturno vindo de Torremaggiore. Juntos fazem compras no centro, depois vão até o quartel, onde ele dorme num quarto para oito, bagunçado e quentíssimo. Ela não deixa de comentar: "Tudo culpa do trabalho que você escolheu. E podia fazer tantas coisas, inteligente como você é".

O nervosismo faz o cabo sair, inventa uma desculpa e se refugia num canto do pátio, para fumar. Quando volta, encontra a mãe com a foto do seu juramento apertada contra o coração. "Ainda não estou morto, viu?", fala.

A mulher arregala os olhos. Dá um tapa sonoro na bochecha do filho. "Nunca mais diga uma coisa dessas! Desgraçado."

Ela quer a qualquer custo cuidar das bagagens ("Mamãe sabe que você esquece tudo"). Ietri cochila enquanto a observa dispor religiosamente suas roupas na cama. De vez em quando se distrai e volta mentalmente às americanas. Deixa-se levar por uma modorra excitante, sua baba escorre no travesseiro.

"No bolso lateral estão o creme hidratante e os sabonetes, um de lavanda, o outro neutro. No rosto, use o neutro, que você tem pele delicada. Pus também os chicletes pra quando não puder escovar os dentes."

De noite compartilham a cama de casal de uma pousada vazia, e Ietri se surpreende por não se sentir incomodado com o fato de dormir ao lado da mãe, mesmo agora que é homem-feito e depois de tanto tempo longe de casa. Não acha estranho nem quando ela puxa sua cabeça contra o seio mole debaixo da camisola e o mantém assim, e ele ouve o batimento robusto do seu coração até adormecer.

O quarto é iluminado intermitentemente pelo temporal que caiu depois do jantar, e o corpo da mãe estremece ao ruído dos trovões, como se a assustassem nos sonhos. Passa das onze quando Ietri pula fora dos lençóis. No escuro esvazia o bolso da mochila e joga tudo no cesto de lixo, bem no fundo para que não se perceba. Depois o enche com preservativos de vários tipos que havia escondido no blusão e dentro das botas de reserva, em quantidade suficiente para abastecer todo o seu pelotão durante um mês ininterrupto de sacanagem.

De volta à cama se lembra de uma coisa. Levanta de novo, enfia as mãos no lixo e procura às cegas os chicletes: nunca se sabe, poderiam ser úteis, caso se encontrasse muito perto da boca ávida de uma americana sem ter escovado os dentes.

Jennifer, oooh Jennifer!

Naquele instante, Cederna e sua namorada entraram no apartamento que compartilham faz quase um ano. O temporal os surpreendeu na rua, mas estavam tão cheios de andar que não procuraram se abrigar. Continuaram a cambalear no aguaceiro, parando de quando em quando para dar demorados beijos de língua.

A noite tomou um ótimo rumo, mas não havia começado tão bem. De uns tempos para cá, Agnese está obcecada pelos restaurantes étnicos, mas naquela noite Cederna tinha vontade de se divertir e nada mais, de festejar a partida com um jantar caprichado. Ela insistiu num restaurante japonês em que suas colegas de faculdade tinham ido. "Vai ser especial", falou.

Mas Cederna não tinha vontade de nada especial. "Não gosto dessas coisas asiáticas."

"Mas você nunca experimentou."

"Claro que experimentei. Uma vez."

"Não é verdade. Você está se comportando como uma criança."

"Ei, veja lá como fala."

Quando compreendeu que se arriscavam a brigar de verdade, parou e disse, tudo bem, vamos a esse sushi-bar, até porque àquela altura a noite já estava meio arruinada.

Só que no restaurante não comeu nada e passou o tempo todo gozando a garçonete que se inclinava sem parar e usava meias curtas de malha com os chinelos. Agnese tentava lhe explicar como manejar os pauzinhos, e era evidente que gostava muito daquele papel de professora. Ele só fez uma tentativa, depois enfiou a ponta dos pauzinhos nas narinas e se pôs a falar como um retardado.

"Você não pode nem mesmo *tentar*?", se irritou Agnese.

"Tentar o quê?"

"Ser educado."

Cederna se inclinou para ela: "Sou educadíssimo. Eles é que erraram de lugar. Olhe lá fora, olhe. Parece o Japão?".

Não voltaram a se falar o resto do jantar — durante o qual ele se obstinou em não provar nada, nem mesmo aquelas verduras empanadas que não pareciam tão ruins assim, enquanto Agnese se esforçava para acabar tudo, só para demonstrar como era mais corajosa e emancipada. Mas o pior momento veio depois, com a conta. "Vou fazer um escândalo", disse Cederna arregalando os olhos.

"Eu pago. Chega de cenas."

Cederna cortou o papo: "Não deixo minha mulher pagar a conta". Jogou o cartão de crédito para a garçonete, que se inclinou pela enésima vez para pegá-lo.

"Que lugar de merda!", disse quando já estavam do lado de fora. "Você arruinou minha última noite de liberdade, muito obrigado."

Agnese desatou a chorar baixinho, com a mão espremendo os olhos. Vê-la assim mortificou Cederna. Tentou abraçá-la, ela o repeliu.

"Você é um animal, é o que você é."

"Calma, amor. Não fique assim."

"Não me toque!", ela gritou, histérica.

Mas não resistiu muito tempo. No fim, ele mordiscava sua orelha, sussurrando: "Como é mesmo que se chamava aquela coisa, yadori? Yudori?", e ela finalmente ria um pouco e confessava: "Era mesmo um nojo. Desculpe, amor. Desculpe".

"Yuuudori! Yuuuuuudori!"

Começaram a rir e não pararam nem mesmo debaixo do toró.

Agora os dois estão sentados no chão, no pequeno vestíbulo, ensopados, e não param de dizer besteira, se bem que com menos entusiasmo. Está se insinuando em Cederna aquela sensação estranha de vazio e tristeza que vem depois das longas gargalhadas. E o nó na garganta por ficar sem vê-la durante muitas semanas.

Agnese se aconchega a ele e apoia a cabeça nas suas pernas.

"Não vá morrer lá, o.k.?"

"Farei o possível."

"Nem vá se ferir. Pelo menos, não gravemente. Nada de amputações ou cicatrizes evidentes demais."

"Só ferimentos superficiais, prometo."

"E não vá me trair."

"Não."

"Se me trair, eu é que vou te providenciar alguns ferimentos."

"Uuui!"

"Nada de ui. Estou falando sério."

"Ui, uuui!"

"Então, vai voltar pra minha formatura?"

"Vou, já disse. O René me garantiu a licença. Quer dizer que depois não nos veremos por um montão de tempo."

"Bancarei a jovem formada sem emprego que espera a volta do marido do front."

"Não sou seu marido."

"Falei por falar."

"O que foi, uma espécie de proposta?"

"Quem sabe."

"O importante é que a jovem desempregada não se console com algum outro, enquanto isso."

"Ficarei inconsolável."

"Isso, beleza."

"Inconsolável. Juro."

Num apartamento maior, com uma porta-balcão de correr que dá para um estacionamento, o primeiro-sargento René está acordado olhando a noite lá fora. O temporal liberou o calor do asfalto e a cidade fede a ovo podre.

O primeiro-sargento só teria uma dificuldade para se decidir com que mulher passar a última noite em território amigo: a abundância de opções. Mas a verdade é que não está muito a fim de nenhuma. Afinal, elas não passam de clientes. Com certeza não estariam dispostas a ouvir suas preocupações a doze horas de levantar voo. Quando fala muito, as mulheres sentem a urgência de lhe dar as costas e fazer alguma coisa, como acender um cigarro, se vestir ou entrar debaixo do chuveiro. Não pode condená-las. Nenhuma delas sabe o que significa comandar, nenhuma sabe o que comporta ter nas mãos o destino de vinte e sete homens. Nenhuma está apaixonada por ele.

Tira a camiseta e corre os dedos pelo tórax, distraído: a linha entre os peitorais, a plaqueta com a data de nascimento e o grupo sanguíneo (A+), os músculos do abdome bem delineados. Talvez quando voltar do Afeganistão deixe de fazer programas. Não que essa atividade o desagrade, e aquele dinheiro extra lhe proporciona certa folga (no mês anterior pôde comprar as bolsas laterais para a Honda, que agora vê com orgulho da janela, coberta com a lona impermeável), é muito mais uma questão moral. Se na época em que tinha acabado de mudar para Belluno os stripteases eram uma necessidade, agora que é militar de carreira poderia muito bem parar, se dedicar a um projeto mais maduro. Mas ainda não sabe qual. É difícil imaginar uma nova versão de si.

À meia-noite a indecisão acabou inclusive com a possibilidade de um jantar como conviria: comeu dois pacotes de cream-cracker e não está mais com fome. Um pouco miserável a comemoração. Melhor teria feito se deixasse seus pais virem de Senigallia encontrá-lo. De súbito se sente triste. A televisão já está desligada da tomada, o aparelho está coberto com um lençol branco, para evitar a poeira. Fechou o registro central do gás e pôs o lixo num saco. A casa está pronta para ficar desabitada.

Estende-se no divã e já está cochilando quando recebe a mensagem de Rosanna Vitale: "Pensou em ir embora sem se despedir? Venha aqui, preciso falar com você". Poucos segundos depois chega outra: "Traga bebida".

René não se apressa. Debaixo do chuveiro se barbeia e se masturba lentamente, para ficar imune ao prazer. Compra um espumante seco numa loja de conveniência. Ao sair desta, dá meia-volta e acrescenta uma garrafa de vodca e dois tabletes de chocolate cremoso. Sente certa gratidão para com Rosanna, ela o salvou de uma última noite sem surpresas e tem a intenção de recompensá-la como merece. Normalmente, vai para a cama com mulheres mais moças, em geral mulheres que querem ter alguma recordação heroica antes de abraçar uma vida de esposa judiciosa; Rosanna, porém, passou dos quarenta, mas tem alguma coisa nela que lhe agrada. No sexo é perita e extraordinariamente livre. Às vezes, quando terminam, René faz uma pausa para jantar ou ver um filme — ele no divã, ela numa cadeira à parte — e pode ser que façam amor de novo, nesse caso a segunda trepada é oferta da casa. Mas se ele quiser ir embora, ela não o retém.

"Se perdeu?", Rosanna o espera de pé na soleira.

René a puxa para si, beija-a no rosto. Reconhece um perfume diferente do costumeiro, ou vai ver que é um cheiro diferente sob o perfume de sempre, mas não diz nada.

A mulher examina as garrafas. Põe na geladeira a de espumante e abre a outra. Os copos já estão na mesa. "Tudo bem um pouco de música? Esta noite o silêncio está me deixando nervosa."

René não tem nada contra. A música, como outras distrações das pessoas, lhe é indiferente. Senta-se à mesa da cozinha. Já tinha partido outras vezes — duas para o Líbano, uma para Kosovo —, conhece a dificuldade que os civis têm de entender isso.

"Então você vai embora amanhã."

"Sim."

"E quanto dura essa missão?"

"Seis meses. Um dia mais, um dia menos."

Rosanna aquiesce. Já terminou a primeira dose. Serve-se outra. René, ao contrário, beberica devagar, senhor de si.

"E você está satisfeito?"

"Não é uma viagem de recreio."

"Claro. Mas você está satisfeito?"

René tamborila com os dedos na madeira. "Sim, acho que sim."

"Bom. Isso é o que importa."

A música o força a falar mais alto que o necessário, o que deixa René chateado. Se Rosanna baixasse o volume seria melhor. As pessoas não se dão conta de muitas coisas que ele percebe, isso sempre o decepcionou, em certo sentido. Nessa noite, Rosanna parece distraída e com a intenção de se embriagar antes de ir para a cama. As mulheres de pileque são moles de corpo, repetitivas nos movimentos, e cabe a ele ter um trabalho do cão para levá-las ao prazer. Não se furta a dizê-lo, apontando para o copo: "Vá devagar".

Ela lhe dirige um olhar furioso. René não está falando com um dos seus soldados. Até prova em contrário, é ela que paga e portanto decide. Depois, no entanto, baixa a cabeça como a lhe pedir desculpas. René interpreta seu nervosismo como apreensão por ele, o que o enternece. "Não vou correr nenhum risco", diz.

"Tenho certeza."

"Vai ser mais que tudo uma atividade de guarnição."

"Sim."

"Se olhar as estatísticas, a porcentagem de mortos nessa missão é ridícula. A gente corre mais risco atravessando a rua aqui em frente. Não estou brincando. Pelo menos nós, italianos. Há os que combatem pra valer, e no caso deles a história é outra. Os americanos, por exemplo..."

"Estou grávida."

A sala oscila um pouco em torno da garrafa de vodca cambaleante. "O que você disse?"

"Você ouviu."

René passa a mão no rosto. Não está suado. "Não. Acho que não ouvi."

"Estou grávida."

"Você pode tirar essa música, por favor? Não consigo me concentrar."

Rosanna caminha a passos rápidos para o aparelho de som e o desliga. Volta a sentar. Há outros barulhos agora: o zumbido do boiler, alguém que toca mal uma guitarra no apartamento de cima, a vodca vertida pela terceira vez no copo dela, que contrariava sua advertência.

"Você tinha me dito claramente que...", falou René, procurando com todas as suas forças se controlar.

"Eu sei. Era impossível acontecer. Uma probabilidade em não sei quantas. Um milhão talvez."

"Você está na menopausa, foi o que me disse." Seu tom não é agressivo, e ele próprio parece calmo, apenas um pouco pálido.

"Eu *estou* na menopausa, tá? Mas fiquei grávida. Foi o que aconteceu."

"Você tinha dito que não era possível."

"E não era mesmo. Foi uma espécie de milagre, o.k.?"

René se pergunta se é o caso de se certificar de que o filho é de fato dele, mas evidentemente isso é supérfluo. Considera a palavra *milagre*, não tem nada a ver.

"A responsabilidade é minha, vamos deixar claro", ela prossegue, "minha cem por cento. Por isso acho que cabe a você decidir. Você é que foi lesado. Respeitarei sua decisão. Ainda há tempo, estou de um mês e meio, ou pouco menos. Agora você vai partir, pense com calma, depois me diga o que resolveu. Do resto eu cuido."

Diz tudo isso de um só fôlego, depois aproxima o copo da boca. Em vez de beber, o mantém colado ali. Esfrega o lábio na borda, absorta. Tem rugas inapagáveis à margem dos olhos, mas não lhe ficam mal. Durante sua carreira clandestina, René aprendeu que as mulheres maduras desabrocham uma última vez antes de murchar de todo, e nessa fase são mais bonitas do que nunca. Agora sente seu próprio corpo inconsistente, uma sensação que lhe provoca uma crise de raiva: "Se está grávida não devia beber".

"Um pouco de vodca me parece a última das preocupações neste momento."

"Mesmo assim, não devia."

Emudecem. René percorre mentalmente o discurso, passo a passo. *Do resto eu cuido.* É cansativo enxergar com clareza além daquelas palavras.

"Você topa trepar mesmo assim?"

Rosanna lhe pergunta como se fosse a coisa mais normal. Está grávida, no entanto bebe e tem vontade de ir para a cama com ele. René está desconcertado. Já ia lhe gritar na cara que está louca, mas percebe que seria até uma boa maneira de dar um sentido à noite: fazer amor e sair pela porta da rua com a impressão de ter cumprido o que se esperava dele e nada mais. "Por que não?", diz.

Vão para o quarto e tiram a roupa se dando as costas. Começam devagar, suavemente, depois René se permite obrigar Rosanna a ficar de barriga para baixo. Para ele, isso equivale a uma pequena punição. Rosanna goza com generosidade, ele mais discretamente. Sai fora um segundo antes, como se aquilo alterasse alguma coisa, ela não o censura.

"Pode dormir aqui", diz em vez disso. "Amanhã não trabalho. Vou com você pegar suas coisas e depois te levo ao aeroporto."

"Não precisa."

"Assim podemos ficar algumas horas juntos."

"Tenho que ir."

Rosanna se levanta e se cobre apressadamente com um penhoar. Procura a carteira na bolsa e estende o dinheiro a René. Ele olha para a mão que segura as notas. Não pode aceitar o dinheiro de uma mulher grávida do seu filho, mas Rosanna não retira o braço e não diz nada. Quem sabe um desconto? Não, seria hipocrisia. É só uma cliente, pensa, uma cliente como as outras. Se houve um imprevisto, a culpa não é dele.

Agarra o dinheiro e em menos de dez minutos está pronto para ir embora.

"Então depois me diga o que resolveu", Rosanna fala na porta de casa.

"Sim, vou dizer."

De manhã o calor é insuportável, o céu está coberto por um esmalte cinza-claro que favorece a dor de cabeça. Os civis batem perna pelo saguão do aeroporto, curiosos com a insólita concentração de militares. Os cinzeiros do lado de fora transbordam de guimbas. Ietri chegou de ônibus com a mãe. Busca com os olhos seus companheiros, e alguns o cumprimentam de longe. Mitrano tem a família mais numerosa, e a avó de cadeira de rodas é a única do seu grupinho a não falar muito, dá as costas ao neto e olha para a frente, como se visse algo horrível, mas com toda probabilidade — pensa Ietri — é apenas demente. Os pais de Anfossi consultam o tempo todo o relógio, Cederna beija a namorada com as mãos descaradamente postas na bunda dela, Zampieri leva no colo um menino que se diverte puxando os cabelos dela e soltando e grudando o velcro da tarja com seu nome — ela o deixa brincar um pouco, depois o põe no chão bruscamente, o menino começa a chorar. René fala ao telefone, sentado, cabeça baixa.

Ietri sente alguém lhe agarrar a mão direita. Antes que tenha tempo de protestar, sua mãe já espremeu o tubo de creme no dorso das suas mãos.

"O que você está fazendo?!"

"Cale a boca. Olhe como estão rachadas. E elas?", levanta os dedos de Ietri na altura dos olhos.

"O que tem elas?"

"Vamos ao banheiro pra eu cortá-las. Por sorte trouxe a tesourinha."

"Mãe!"

"Se não cortarmos agora, antes desta noite estarão pretas."

Depois de uma longa negociação, Ietri cede, mas consegue pelo menos resolver o assunto sozinho. Vai arrasado para o banheiro.

Mal havia acabado a primeira mão quando um forte peido troa num dos compartimentos.

"Saúde!", diz o cabo. Faz-lhe eco um grunhido.

Pouco depois, o coronel Ballesio sai da cabine. Vai até o espelho abotoando a braguilha, seguido por um rastro de mau cheiro.

Ietri se põe às pressas em posição de sentido, o coronel sorri satisfeito para ele. Percebe os fragmentos de unhas na pia e muda de expressão. "Certas coisas devem ser feitas em casa, soldado."

"Tem razão, comandante. Desculpe, comandante."

Ietri abre a torneira. As pontas das unhas giram em torno do ralo e ali ficam. Ietri levanta a tampa e as empurra com o dedo. Ballesio o observa friamente. "Primeira missão, rapaz?"

"Sim, senhor."

"Quando voltar, este banheiro vai lhe parecer diferente. Limpo como o de um hospital. E a torneira. Quando vir de novo uma torneira como esta, vai ter vontade de lambê-la."

Ietri anui. Seu coração bate que nem louco.

"Mas vai passar depressa. No início tudo parece mágico quando a gente volta, mas depois torna a ser o que é. Uma porcaria."

Ballesio puxa a toalha de papel, mas o rolo está emperrado. Xinga, depois esfrega as palmas molhadas nas calças. Aponta para o cabo com um sinal de cabeça. "Não consigo cortar com a tesourinha", diz, "minha mulher me comprou um cortador de unha. Só que ele não corta os cantos."

Quando Ietri volta para o saguão, está furioso. Fez papel de bobo na frente do coronel e a culpa é toda da sua mãe.

Ela espicha o pescoço para verificar os dedos. "Por que cortou de um lado só? Não disse que era eu que tinha que cortar, seu cabeçudo? Você não consegue fazer nada com a mão esquerda. Bom, vamos."

Ietri a repele. "Me deixe em paz."

A mulher o encara severamente, sacode a cabeça, depois se põe a remexer na bolsa. "Tome. Chupe isto, que você está com um hálito horroroso."

"Quer parar com isso, porra?!", ruge o cabo. Dá um tapa na mão dela. A bala cai no chão e ele a esmaga com a botina. O açúcar verde se esmigalha. "Satisfeita agora?"

Di Salvo se vira para ele com toda a sua família, e com o rabo do olho Ietri percebe que Cederna também se voltou para olhá-lo.

Não sabe que bicho o mordeu.

Duas grossas lágrimas brotam nos olhos da mãe. Está com a boca aberta e o lábio inferior tremendo um pouco, unido ao outro por um fio resistente de saliva. "Desculpe", sussurra a mulher.

Nunca antes aconteceu de ela lhe pedir desculpas. Ietri está dividido entre a vontade de gritar na cara da mãe que ela é uma idiota e a vontade oposta de se abaixar e catar um a um os fragmentos da bala, para recompô-la. Sente postos em si os olhares dos companheiros a julgá-lo.

Agora sou um homem e estou indo pra guerra.

Mais tarde não se lembrará se disse isso mesmo ou só pensou. Pega a mochila e a põe nas costas. Beija a mãe no rosto, uma vez só, brevemente. "Volto logo", diz.

A bolha de segurança

No armário de medicamentos do tenente Egitto, trancado mas com a chave à disposição na fechadura, há uma reserva pessoal de remédios, os únicos na enfermaria que não são registrados no caderno dos estoques. Além de um ou outro remédio de venda livre para os mal-estares passageiros e algumas pomadas totalmente ineficazes contra a escamação, se destacam três vidros de cápsulas gástricas, azul e amarelo. Os vidros não têm rótulo e um deles está quase vazio. Egitto engole os sessenta miligramas de duloxetina de noite, antes de ir para o refeitório, um costume que remonta às semanas iniciais de alistamento, alguns meses antes, porque lhe parecia que daquele modo a maior parte dos efeitos indesejados passava durante o sono, a começar pelo próprio sono, que desabava sobre ele como uma caçamba de pedras e raramente lhe permitia ficar de pé depois das dez da noite. Naqueles dias, ele havia sentido praticamente todos os efeitos colaterais relatados na bula do antidepressivo, das dores de cabeça agudas à falta de apetite, do inchaço intestinal à náusea intermitente. O mais estranho de todos era um entorpecimento grave do maxilar, sensação semelhante à que segue um bocejo demorado demais. Tudo isso passou, em todo caso. Assim, no tenente não há mais vestígios do desconforto que sentia inicialmente ao tomar as cápsulas, quando se achava um fracassado, um dependente químico, o mesmo desconforto que o levou a tirar as pílulas das cartelas e transferi-las para os frascos sem etiqueta. Já faz tempo que Egitto aceitou sua derrota. Descobriu que esconde dentro de si um grande e suave prazer com ela.

O antidepressivo cumpre com perfeição a tarefa para a qual foi criado: manter longe todo gênero de ansiedade e envolvimento emocional. A angústia desordenada do período que se seguiu à morte do seu pai — com todas as reações psicossomáticas e os pensamentos sombrios e sedutores que a bula indicava genericamente como *tendências suicidas* — se encontra suspensa em algum lugar, detida como um lago artificial pela parede de um dique. O tenente está satisfeito com seu nível de sossego. Não trocaria aquela paz por nada. Às vezes sua boca fica seca e acontece também sentir no ouvido zumbidos agudos, súbitos, seguidos por um ronco que demora a se dissolver. E existe outro inconveniente, óbvio: não tem uma ereção normal há meses, e as poucas ocasiões em que teve não foi capaz de utilizá-la nem por conta própria. Mas que lhe importa o sexo numa base militar no meio do deserto, povoada quase exclusivamente por exemplares masculinos?

Está no Afeganistão há cento e noventa e um dias, e há quase quatro meses na FOB Ice, no acesso norte do vale do Gulistão, não longe da província de Helmand, onde as milícias americanas combatem todos os dias para limpar as aldeias dos insurretos. Os marines consideram o trabalho no Gulistão encerrado, por terem construído um posto avançado de quatro escassos hectares numa zona estratégica e feito benfeitorias em algumas aldeias dos arredores, como Qala-i-Kuhna, onde fica o bazar. Na verdade, como todas as operações desde o início do conflito, a limpeza dessa área foi parcial: a bolha de segurança se estende por um raio de alguns quilômetros apenas em torno da base, dentro dela ainda há focos perniciosos de guerrilha, e fora dali é o inferno.

Depois de um intervalo em que a FOB foi ocupada pelos georgianos, o território passou para o comando italiano. Em meados de maio, um comboio de noventa veículos partiu de Herat, percorreu a Ring Road em direção ao sul, até a altura de Farah, e dali cortou rumo ao leste, perseguido inutilmente pelos talibãs pegos desprevenidos. O tenente Egitto havia participado da expedição, como responsável pela unidade médica e seu único componente.

A base que haviam encontrado estava em condições desastrosas: poucas barracas cheias de rasgões, alguns buracos profundos no terreno de duvidosa utilidade, imundície, rolos de arame farpado e pedaços de veículos esparramados por toda parte, chuveiros improvisados com sacos de náilon furados pendurados num gancho, enfileirados ao ar livre, sem divisórias. Das latrinas, nem sinal. O único local em condições decentes era a armaria, o que dizia muito sobre a escala de prioridades dos que os precederam. O regimento de Egitto a tinha escolhido para instalar ali o comando. Nas primeiras semanas o trabalho se concentrara em dotar o acampamento das comodidades mínimas e fortalecer a defesa do acesso principal, construindo um longo e tortuoso trajeto de fortificações.

Egitto se dedicou à organização da enfermaria, numa barraca pouco distante do comando. Numa metade instalou um catre e uma mesa, tendo atrás dela duas prateleiras repletas de remédios e uma pequena geladeira de campanha para conservar os medicamentos perecíveis. Separada por um encerado de camuflagem, sua zona pessoal. A sala de espera é uma grade metálica dobrada de modo a formar um banco, do lado de fora.

Desde que a barraca alcançou uma dignidade a seu ver suficiente, Egitto reduziu decididamente o ritmo de trabalho. Agora que poderia incrementar diversas melhorias — pendurar nas paredes alguns mapas anatômicos, fazer que os pacientes à espera desfrutem de um pouco de sombra, esvaziar as últimas caixas e estudar uma posição mais adequada para o instrumental —, não tem vontade de fazê-lo e perde muito tempo se censurando por isso. Pouco importa, agora está a ponto de voltar para casa. Os seis meses de missão terminaram, e o resto da sua brigada abandonou o posto avançado. Alguns camaradas já estão na Itália, gozando freneticamente dos vinte e cinco dias de licença e reatando relações íntimas que com a distância adquiriram o aspecto de pura fantasia. O último a partir foi o coronel Caracciolo, que ao subir no helicóptero escrutou a paisagem nua e pronunciou a frase eloquente: "Outro posto de merda de que não sentirei falta". A divisão intrépida e descansada do coronel Ballesio se apropriou dos espaços, e um bom número de dias deverá passar antes que a base volte ao seu ritmo. O que acontecerá bem na hora de serem substituídos.

Sentado à escrivaninha, Egitto cochila — sem dúvida a atividade que melhor realiza, de uns tempos para cá —, quando um soldado aparece na enfermaria.

"Doutor?"

Egitto se sobressalta. "Sim?"

"O coronel informa que o socorrista chega depois de amanhã. Um helicóptero levará o senhor até Herat."

O rapaz ainda está meio dentro, meia fora, o rosto indistinguível na penumbra.

"O sargento Anselmo se restabeleceu?"

"Quem?"

"O sargento Anselmo. É o encarregado de me substituir."

Pelo que lhe fora comunicado, o sargento tinha contraído uma gripe com complicações respiratórias e até uns dias antes estava internado no hospital de campanha de Herat com uma delicada máscara de oxigênio nas fuças.

O soldado ergue as mãos, intimidado. "Não sei, senhor. Só me disseram pra lhe comunicar que o socorrista chegará e o helicóptero o…"

"Me levará pra Herat, sim, entendi."

"Exato, senhor. Depois de amanhã."

"Obrigado."

O soldado hesita na entrada.

"O que mais?"

"Parabéns, tenente."

"Por quê?"

"Por voltar pra casa."

Desaparece, a porta da barraca balança por alguns instantes, revelando e cobrindo a luz violenta do exterior. Egitto apoia a testa nos antebraços e tenta voltar a cochilar. Antes de uma semana, se tudo correr bem, estará em Turim. Ao pensar nisso experimenta uma inesperada sensação de estrangulamento.

O sono está arruinado, resolve se levantar e sair. Anda ao longo da muralha leste e atravessa a zona da engenharia, onde as barracas estão montadas tão próximas umas das outras que você tem de comprimir o corpo para passar entre elas. Trepa numa escada encostada na fortificação. O homem de guarda o saúda, depois se afasta para lhe deixar espaço.

"O senhor é o doc?"

"Sim, sou eu."

Egitto leva a mão à testa para se proteger da luz.

"Quer meu binóculo?"

"Não se incomode, está bem assim."

"Que é isso, pegue meu binóculo, vai enxergar melhor", o rapaz tira o instrumento do pescoço. É bem mocinho e anseia por ser útil. "O ajuste do foco é manual. É só girar a rodinha. Espere, eu ajusto."

Egitto o deixa fazer, depois explora a esplanada ao sol do início da tarde. Ao longe a luz cria as miragens de pequenas poças cambiantes. A montanha está afogueada e parece decidida a mostrar a qualquer custo sua inocência: difícil acreditar que hospede uma miríade de grutas e fendas das quais o inimigo espia o tempo todo a FOB, toda presença e movimento, inclusive nesse preciso instante. Mas Egitto sabe muito bem disso para se deixar enganar ou para se esquecer.

Aponta o binóculo para o acampamento dos caminhoneiros afegãos. Encontra-os à sombra dos encerados que estenderam desajeitadamente entre um veículo e outro, agachados com as costas contra as rodas e os joelhos no peito. São capazes de resistir naquela posição horas a fio, tomando chá quente. Transportaram o material de Herat à FOB, e agora não ousam pegar a estrada de volta, com medo de represálias. Estão confinados naquele único espaço que consideram seguro, não podem sair de lá nem ficar ali para sempre. Pelo que o tenente sabe, nunca se lavaram. Sobrevivem com poucas latas d'água por dia, o bastante para lhes matar a sede. Aceitam a comida que lhes é oferecida pelo refeitório sem agradecer nem parecer desejá-la.

"Não é um grande panorama, hein, doc?"

"Meio monótono", diz Egitto, mas não pensa assim. A montanha muda de forma a cada segundo, há nuances infinitas do mesmo amarelo, mas é preciso ser capaz de reconhecê-las. É uma paisagem hostil à qual foi fácil ele se afeiçoar.

"Eu não pensava que era assim", diz o rapaz. Parece desconsolado.

Descendo da fortificação, Egitto toma o rumo dos telefones, apesar de não ter muita gente para quem ligar, ninguém a quem deva ou sinta vontade de comunicar a notícia do regresso. Liga para Marianna. Digita o código do cartão pré-pago, uma gravação lhe comunica o crédito que tem e pede para esperar.

"Alô?"

Marianna sempre tem um tom brusco ao atender, como se estivesse sendo interrompida numa atividade que exigia sua máxima concentração. Mal reconhece a voz, porém fica mais afável, como se todo o nervoso do início se devesse à distância entre eles.

"Sou eu, Alessandro."

"Até que enfim."

"Com vai você?"

"Com uma dor de cabeça que não se decide a passar. E você? Te deixaram definitivamente sozinho?"

"Chegou o novo regimento. É estranho, me tratam um pouco como se eu fosse um velho sábio."

"Não desconfiam como estão enganados."

"Pois é. Logo vão perceber."

Faz-se uma pausa. Egitto ouve a respiração ligeiramente ofegante da irmã.

"Voltei ao apartamento ontem."

Da última vez tinham ido juntos. Ernesto havia morrido poucos dias antes, e eles já circulavam pelos cômodos com o olhar de quem escolhia com que móveis ia ficar. Em frente do espelho da entrada, a irmã tinha dito que poderia ficar com ele. Fique com tudo o que quiser, ele tinha lhe respondido, a mim não interessa. Mas Marianna soltara todos os seus cachorros: por que você *faz isso*, hein?, por que tenta fazer eu me sentir culpada dizendo fique com o que quiser, como se não te interessasse e eu fosse uma aproveitadora nojenta?

"E como ele estava?", pergunta.

"Como queria que estivesse? Vazio, empoeirado. *Triste*. Não posso acreditar que vivi num lugar assim. Imagine que encontrei a lavadora com roupa dentro. Nem olharam. As roupas estavam grudadas. Pus num saco de lixo e joguei fora. Depois abri o armário e joguei fora o resto também. Tudo o que me caiu nas mãos."

"Não devia."

"Por que não devia?"

Egitto não sabe por quê. Sabe que é uma coisa que não se devia fazer, ainda não. "Podiam servir", diz.

"Servir pra quem? Pra você? Aquelas coisas eram horrorosas. Além do mais, acontece que estou sozinha aqui. Você poderia pelo menos ter a delicadeza de não me dizer o que eu devia ou não devia fazer."

"Tem razão. Desculpe."

"Contatei uns corretores. Dizem que o apartamento precisa ser reformado, não dá pra tirar muito. O importante é nos livrarmos dele o quanto antes."

Egitto gostaria de dizer a Marianna que a venda também podia esperar, mas ficou calado.

Ela lhe cobra: "E então, quando você vem?".

"Em breve. Acho."

"Te comunicaram uma *data*?"

"Não. Ainda não."

"Talvez fosse mesmo o caso de eu dar aquele telefonema. Tenho certeza de que alguém se interessaria pelo assunto."

Marianna sempre tem certa impetuosidade nas questões da vida do irmão, como se pretendesse ter um direito de prelação sobre as escolhas dele. Nos últimos tempos ameaçou várias vezes fazer uma reclamação nada menos que ao Estado-Maior da Defesa. Egitto conseguiu dissuadi-la, por ora. "Pode se voltar contra mim. Já te expliquei", diz ele.

"Eu me pergunto como consegue viver nessas condições, sem saber o que farão de você daqui a uma semana ou um mês. Sempre submetido aos caprichos alheios."

"Faz parte do meu trabalho."

"É um trabalho idiota, e *você* sabe disso."

"Pode ser."

"Meter-se num posto com que você não tem nada a ver, *zero*. Se esconder em meio a um bando de fanáticos. E não tente me dizer que não são, porque eu sei *perfeitamente* que são."

"Marianna..."

"Há uma dose tão grande de idiotice nisso..."

"Marianna, agora tenho que me despedir de você."

"*Claro*, eu já imaginava. Escute, Alessandro, é mesmo urgente vender o apartamento. A evolução dos preços por lá é terrível. Só eles podiam mitificar aquele lugar. Ernesto estava convencido de ser um perito em investimentos, lembra? Estava convencido de ser um perito *em tudo*. E *na verdade* o apartamento não vale mais nada. Estou mesmo muito preocupada."

"Vou cuidar disso, já te disse."

"Alessandro, você tem que fazer isso *depressa*."

"Está bem. Tchau, Marianna."

Egitto não tem certeza de quanta inteligência está escondida por trás do ar meditabundo do coronel Ballesio. Pouca, chutaria. O que é certo é que o coronel cultiva manias. Por exemplo, pendurou na barraca uma quantidade exagerada de odorizantes de ambiente em forma de árvore, que saturam o ar com um cheiro de goma de mascar.

"Tenente Marocco! Fique à vontade."

"Egitto, senhor coronel."

Ballesio se inclina para a frente a fim de ler o nome na jaqueta. "Bom, não faz muita diferença, não é? Descanse, tenente, descanse. Sente-se ali. Como vê, esta barraca não tem muitas comodidades. O Caracciolo é um sujeito espartano. Só porque é jovem, que fique claro. Já eu começo a apreciar o conforto", acaricia voluptuosamente a barriga. "A propósito, gostaria de arranjar uma geladeira pra pôr umas cervejinhas. Vi que tem uma na sua enfermaria. É mesmo necessária?"

"Dentro dela estão as vacinas. E a adrenalina."

"A adrenalina, certo. É importante. Mas eu poderia guardá-la. Assim arranjo um pouco de espaço pra cerveja. Além do mais, minha barraca está aberta a todos, que são bem-vindos a qualquer hora do dia ou da noite. Não tenho muitos segredos a ocultar. E, depois, você vai embora logo, certo?"

Egitto baixa os olhos.

"Em todo caso, pense no assunto. Pode ser que não seja uma boa ideia. Não sei se pra você também, mas pra mim a cerveja é sempre um regalo, até quente." O coronel pinça os lábios com os dedos com uma expressão de quem dá o assunto por encerrado. "Bom, bom", murmura. Depois novamente: "Bom, bom".

Na escrivaninha, um exemplar de O pequeno príncipe. Os olhares dos dois soldados convergem para o menino magricela da ilustração da capa.

"Minha mulher", diz Ballesio como para se justificar, "foi ela que me deu. Diz que tenho que estabelecer um ponto de contato com nossos filhos. Não sei direito o que ela pretende. Já leu?"

"Faz muito tempo."

"Pra mim, é coisa de veado. Me fez dormir duas vezes."

Egitto assente, embaraçado. Não sabe direito por que se apresentou na barraca do comandante. O Pequeno Príncipe parece mais deslocado que de costume à luz esverdeada que o pano da barraca filtra.

"Queria me dizer alguma coisa em particular, tenente?"

"Gostaria de prolongar minha permanência, coronel." O significado da frase só lhe foi totalmente claro quando a pronunciou por inteiro.

Ballesio arqueia as sobrancelhas. "Está falando sério?"

"Sim, senhor."

"Aqui no Afeganistão ou aqui neste cu de mundo do Gulistão?"

"Na FOB, comandante."

"Pois saiba que eu, ao contrário, gostaria de cair fora já. Daqui a três meses começa a temporada de esqui. Não quer voltar à Itália pra esquiar, tenente? Não me diga que é um desses meridionais que nunca puseram um esqui nos pés."

"Não. Eu sei esquiar."

"Melhor pra você. Claro, não tenho nada contra os meridionais. Alguns são boa gente. Mas, claro, chamá-los de alpinos é outra história. Para eles, tudo bem estes desertos nojentos. Estão acostumados. Já eu daria um braço pra voltar às montanhas e esquiar o inverno inteiro. Aaah! Todas as vezes eu me digo, este ano vou me dedicar ao esqui, depois sempre acontece alguma coisa. Ano passado minha mulher tropeçou na calçada, e eu fiquei servindo de enfermeiro. Uma experiência aviltante. Da janela eu ficava olhando as montanhas branquinhas e bem que teria subido nelas pra dar uma esquiada. Deslizaria lá de cima nem que fosse de bunda. Este ano nem vou ver a neve. Tempo perdido, vida perdida. Principalmente na sua idade. Em todo caso... Tem certeza mesmo que deseja ficar?"

"Tenho, comandante."

"Espero que não seja por uma espécie de espírito missionário. Me falaram daquele menino que o senhor salvou, sabe? Aquele do ópio. Parabéns. Uma história comovente." Mastiga o ar. "Mas não somos missionários, lembre-se disso. Somos uns estourados. Gostamos de brincar com as armas e, de preferência, usá-las."

"É por causa do dinheiro", mente Egitto.

O coronel coça fortemente a mandíbula, pensativo. "Dinheiro é sempre um bom motivo."

Os odorizantes esvoaçam enlouquecidos diante da lufada do ar-condicionado e soltam bafos adocicados. Egitto começa a ficar enjoado.

Ballesio pergunta, apontando: "Isso que o senhor tem no rosto. Vai sair?".

Egitto se endireita na cadeira. Imagina a geometria das manchas na sua cara. Muda todo dia, como uma perturbação atmosférica, e ele fica de olho nela, como um meteorologista. Agora conhece o comportamento de cada parte: as bochechas saram rápido, o contorno dos lábios é doloroso, as sobrancelhas escamadas incomodam as pessoas, as orelhas são um desastre. "Às vezes melhora. Um pouco. Com o sol, por exemplo."

"Não parece. Faz você parecer meio perturbado. Sem querer ofender."

Egitto se agarra ao cinto. De repente sente muito calor.

"Eu também tenho um probleminha", diz Ballesio. Afrouxa o colarinho. "Chegue aqui. Olhe. Há uns pontinhos, não há? Coçam pra caralho. Essa sua coisa coça?"

Egitto contorna a escrivaninha para examinar a pele do comandante. Uma ligeira erupção cutânea acompanha a beirada do uniforme. Pústulas vermelhas, minúsculas como pontinhos de lápis. "É só um eritema. Tenho creme de calêndula."

"Calêndula? Que porra é essa? Não tem cortisona?"

"Não é preciso cortisona."

"Em mim ela funciona logo. Me traga a cortisona. Devia experimentá-la nisso aí, tenente."

"Agradeço o conselho, comandante."

Torna a sentar, pousa as mãos nos joelhos. O coronel arruma a jaqueta.

"Enfim, será um prazer", diz. "Teriam que me dar um montão de dinheiro pra que eu ficasse aqui. Bom. O senhor é que sabe. Um médico de verdade será ótimo pra nós. O seu colega Anselmo mal sabe dar uns pontos de sutura. Comunicarei sua decisão hoje mesmo, tenente."

Egitto pede licença para sair.

"Mais uma coisa, doutor."

"Às ordens."

"É verdade o que dizem das rosas?"

"E o que dizem?"

"Que na primavera o vale se enche de rosas."

"Nunca vi, coronel."

Ballesio suspira. "Já imaginava. Claro. Por que as rosas cresceriam num lugar tão horroroso?"

Poeira

Para Ietri, tudo é novo e interessante. Do helicóptero escruta o território estrangeiro, as planícies rochosas interrompidas aqui e ali por prados verde-esmeralda. Enxerga um camelo solitário de pé no meio de uma elevação, ou talvez seja um dromedário, não se lembra mais da história das corcundas. De qualquer modo, não imaginava que existissem dromedários selvagens: são animais de zoológico. Gostaria de mostrar o bicho para Cederna, que está sentado ao seu lado, mas o amigo não parece se interessar pela paisagem. Por trás das lentes escuras, fixa os olhos num ponto do helicóptero ou dorme.

Ietri tira os fones de ouvido. As guitarras distorcidas e cavernosas dos Cradle of Filth são substituídas pela barulheira das hélices, parecidíssimas com elas. "Será que há um bar na FOB?", pergunta ao amigo. É obrigado a gritar.

"Não."

"E uma academia?"

"Nem isso."

"Nem mesmo uma mesa de pingue-pongue?"

"Acho que você ainda não entendeu. Pra onde estamos indo não existe porra nenhuma."

Ele tem razão. Não há nada na base Ice, só poeira. Poeira amarela e grudenta, tanta que você afunda as botas até as canelas. Você a espana da farda, ela volteia um pouco no ar e torna a pousar no mesmo ponto. Na primeira noite no Gulistão, quando assoa o nariz, Ietri deixa no lenço umas estrias pretas. No dia seguinte, sai sangue do nariz misturado com terra, e assim durante uma semana, depois mais nada. Seu corpo já se acostumou, um corpo jovem que se acostuma com tudo.

O espaço atribuído ao pelotão fica na zona noroeste, junto de uma estrutura de concreto armado, uma das poucas da base, coisa deixada pelos marines. É um recinto amplo de paredes nuas, rebocadas apenas em certos pontos. Nas paredes, alguns grafites: uma bandeira com estrelas e listas, uns desenhos obscenos e um buldogue raivoso com coleira de tachas. Os furos, às dezenas, são de projéteis disparados de dentro.

"Que ruína asquerosa!", comenta Simoncelli quando entram pela primeira vez, e está escolhido o nome de batismo da construção: a Ruína. Ela se torna o quartel-general deles.

Logo descobrem que está infestada de baratas. Ficam comprimidas nos cantos e nas frestas, mas de vez em quando uma exploradora sai a descoberto no assoalho. Têm couraças marrons e brilhantes, que fazem barulho quando você as esmaga com a bota e esguicham sangue a meio metro.

Por sorte Passalacqua tem um pó repelente, para espalhar no perímetro externo e nos cantos. "Sabem como funciona?", pergunta, batendo no fundo da lata para fazer sair os últimos borrifos de pó. Se não der certo, estarão ferrados: terão de matar os bichos um a um. "Solta um cheiro que excita as baratas. Se chama feromônio."

"Ferormônio, cretino", corrige-o Cederna.

"Ferormônio, é isso. É o cheiro das suas fêmeas no cio. As baratas machos ficam excitadas e vão procurá-las, e em vez das fêmeas encontram o veneno."

"Que força!"

"Os machos que caem em cima do veneno morrem ressecados e liberam um cheiro diferente, que deixa as outras baratas loucas."

"Loucas?"

"Loucas. Elas se devoram umas às outras."

Ietri imagina uma barata correr para fora da Ruína, se meter na barraca, trepar pela perna do catre e andar pelo seu rosto enquanto dorme.

"Imagine se os talibãs fizessem isso", diz Cederna, "se borrifassem cheiro de xoxota na base em vez de atirar granadas. Começaríamos a nos matar uns aos outros."

"Já temos a Zampieri que espalha ferormônio", diz Rovere.

"Não, ela só fede do sovaco."

Todos riem. Somente Ietri fica sério. "Você acha que somos como as baratas?", pergunta.

"O quê?"

"Você disse que se os talibãs borrifassem cheiro de xoxota começaríamos a nos matar uns aos outros. Como as baratas."

Cederna dá um meio sorriso. "Pode ser que você se salve, virgenzinha. Ainda não conhece esse cheiro."

A primeira tarefa confiada pelo terceiro pelotão da Charlie — desde que a sexagésima sexta companhia pôs os pés em território estrangeiro, seu nome foi trocado para essa alcunha de combate — é a construção de um local de alvenaria para abrigar as lava-roupas. A areia já deixou duas inutilizáveis, agora estão empilhadas num canto do acampamento junto com outro material a ser descartado, as lixeiras de latas vazias e de ferragens.

Ietri trabalha um par de horas com Di Salvo e quatro pedreiros da aldeia. Na realidade, os soldados se limitam a cuidar que os afegãos não façam tudo errado. Não dá para saber qual deles tem mais experiência em construções. O projeto que devem executar é aproximativo, no desenho faltam as medidas dos lados, de modo que delimitaram o perímetro contando a quantidade de tijolos na figura. É meio-dia e pouco, e o sol bate a pino nos ombros nus.

"Uma cerveja cairia bem", diz Ietri.

"Se cairia, e bem geladinha."

"Com a rodela de limão enfiada na lata."

"Gosto de chupar o limão depois da cerveja."

A parede que estão construindo parece aprumada, pelo menos a olho, mas há alguma coisa que a torna estranha. Estão na oitava fileira de tijolos, logo precisarão de uma escada e ele espera não ter de escoltar os afegãos até o almoxarifado para pegá-la.

Repentinamente, estes interrompem o trabalho, largam as ferramentas no chão e estendem no único triângulo de sombra algumas esteiras que estavam amontoadas num lado. Ajoelham-se.

"Que porra estão fazendo?"

"O que você acha?"

"Vão rezar bem agora?"

Di Salvo dá de ombros. "Os muçulmanos rezam sempre. São fundamentalistas."

Ietri tira do balde uma porção de cal que projeta na parede. Estende-a com a colher. Que loucura, pensa, depois se vira de novo e olha para os afegãos. Eles fazem uma espécie de ginástica: se inclinam para o chão, se levantam, depois tornam a se ajoelhar, repetindo enquanto isso uma cantilena. Por um instante tem vontade de imitá-los.

"Foda-se", diz Di Salvo.

"É, foda-se", ele faz eco.

Deixam cair os fuzis. Se os afegãos fazem uma pausa, eles também podem descansar um pouco. Di Salvo busca o maço de cigarros no bolso lateral da calça e lhe oferece um. Encostam na parede, onde a cal ainda está fresca.

"Mandaram a gente até aqui pra construir uma lavanderia", diz Ietri. "Você acha justo?"

"Não, nem um pouco justo."

Ele não engole mesmo aquilo. Tinham lhe prometido as americanas e aqui nem sinal delas, fizeram-no de bobo (ai, as americanas!). Ele as entreviu em Herat, é verdade, nos poucos dias que lá esteve: soldadas com rabo de cavalo, peitos duros e cara de quem está a fim de te descarnar vivo no catre, mas depois o enviaram para construir um muro cretino no Gulistão. Melhor dizendo, para ficar olhando os outros construírem. Não consegue imaginar um lugar no mundo mais distante das tentações sexuais.

"E pensar que nossos pais vinham aqui pra fumar", diz Di Salvo.

"Como assim, pra fumar?"

"Sabe, os anos setenta? Os ripongas."

"Ah, sei", diz Ietri. Na verdade não sabia. Pensa um instante. "Em todo caso, meus pais nunca vieram aqui. Nunca foram a lugar nenhum." No caso da sua mãe, é verdade. Já seu pai, pelo que sabe, poderia sim ter vindo ao Afeganistão, vai ver até que aderiu a um grupo de talibãs e agora está enterrando explosivos nas estradas. Sempre foi um sujeito imprevisível.

"Disse por dizer. Os meus também nunca foram a lugar nenhum. Mas era aquela geração. Enchiam a cuca de erva, depois trepavam todos com todos, sem parar."

"Vida boa", disse Ietri.

"É, vida boa mesmo. Não era como hoje. As garotas agora são todas não bebo, não fumo, não dou."

Ietri ri. Di Salvo tem razão, as garotas de hoje já não dão sem mais nem menos.

"Às vezes a gente tem que se casar antes de ir pra cama. Depende do lugar."

"Como do lugar?"

"As garotas do Vêneto, por exemplo, vão logo dando", Di Salvo estala os dedos. "Em Belluno, não. Você tem que descer mais ao sul, onde estão as estudantes. Elas é que são desinibidas. Uma vez fui a Pádua, numa semana levei três pra cama."

Ietri anota mentalmente o lugar e o número. Pádua. Três. Pode ter certeza de que vou lá, quando voltar.

"As estudantes depilam a xoxota, sabia?"

"Por quê?"

Di Salvo cospe no chão, depois cobre o cuspe com a areia. "É uma moda. E é mais higiênico."

Ietri duvida. Nunca viu uma mulher com o púbis depilado, salvo em certos vídeos na internet e na praia, claro, as menininhas. Não sabe direito se isso o agradaria.

Os afegãos fincam a testa na poeira, como se quisessem enfiar a cabeça nela. Ietri tem novamente o impulso de se ajoelhar e se unir a eles, ver o que sentem. Di Salvo curva as costas e gira o pescoço, boceja. O sol o está assando. Ietri tem um protetor solar na mochila, mas não sabe espalhá-lo, e não vai pedir ao colega para fazê-lo. Um soldado não passa creme nas costas de outro soldado.

"Já pensou? Vir aqui sem a guerra e andar pelo país livremente com uma garota ao seu lado", diz Di Salvo. "Fumar folhas de maconha recém-tiradas da planta."

"Seria legal."

"Seria grandioso."

Aproxima-se de Ietri. "Você fuma?"

Ele olha perplexo para o cigarro que segura entre os dedos.

"Desses não, seu babaca. Erva."

Ietri faz que sim. "Experimentei algumas vezes."

Di Salvo aperta os ombros nus de Ietri com um braço. Sua pele é surpreendentemente fresca. "Sabe o Abib?"

"O intérprete?"

"É. Tem erva pra vender."

"Como é que você sabe?"

"Deixa pra lá. Pode dividir comigo, se quiser. Rachamos meio a meio. Com dez euros, ele vende um saco assim", Di Salvo desenha uma esfera com as mãos.

"Está louco? Se pegam a gente, estamos ferrados."

"E quem vai pegar? O capitão Masiero por acaso cheira seu bafo?"

"Não", admite Ietri.

"A daqui é diferente da que existe na Itália. Esta é natural, é... uau!", Di Salvo aperta com mais força o pescoço do companheiro e aproxima a boca do seu ouvido, seu bafo é apenas um pouco mais quente que o ar. "Escute. O Abib tem uma estatueta de madeira na barraca, uma dessas estatuetas tribais, sabe?, com uma cabeçorra, o corpo quadrado e os olhos gigantes. É um treco antigo que o avô deu pra ele. Me contou a história toda, mas eu tinha fumado e não me lembro. Bom. A estátua olha pra você com aqueles olhos enormes pintados de amarelo. Da última vez eu estava fumando a erva do Abib e olhava pra estátua e a estátua olhava pra mim, e a certa altura, BAM!, tive um estalo e saquei que a estátua era a morte! Eu estava olhando pra cara da morte!"

"A morte?"

"Sim, a morte. Mas não era a morte como você imagina. Não era raivosa. Era uma morte tranquila, não metia medo. Era como que... indiferente. Estava cagando pra mim. Só me encarava."

"Como você soube que era a morte? O Abib disse?"

"Eu sabia, só isso. Aliás, não, só entendi depois, saindo da barraca. Estava cheio de energia, uma energia diferente de todas as outras. Não era parecida com aquela sensação de quando a gente fuma um baseado e fica fora do ar. Eu estava lúcido, concentrado. Tinha olhado a morte na cara e me sentia a mil. Depois, olhe só, passei pela bandeira, aquela da torre principal, sabe? Estava se mexendo porque ventava um pouco e eu... não sei como explicar. *Sentia* a bandeira tremular, o.k.? Não estou dizendo que me dava conta de que o vento fazia a bandeira mexer. Estou dizendo que sentia de verdade. Eu era o vento e era a bandeira."

"Você era o vento?"

Di Salvo tira o braço do ombro do outro. "Você acha que eu estou falando como um riponga?"

"Não. Não acho", diz Ietri, mas fica confuso.

"Enfim, não tinha nada a ver com tristeza ou felicidade. Quer dizer, a tristeza e a felicidade são... pedaços. São incompletas. E eu estava sentindo *tudo*, tudo junto. A bandeira e o vento, tudo."

"Não entendo o que a estátua e a morte têm a ver com a bandeira."

"Têm, e muito", Di Salvo coça a barba. "Você olha pra mim como se eu estivesse dizendo uma babaquice de riponga."

"Que nada. Continue."

"Já terminei. Era isso, entende? Alguma coisa se abriu dentro de mim."

"Uma revelação", diz Ietri.

"Não sei se é uma revelação."

"É uma revelação, acho."

"Eu te disse que não sei que porra é. É o que é. Só estou querendo te explicar que a coisa que o Abib te dá é diferente. Faz você se sentir diferente. Faz você sentir as coisas." Ele ficou repentinamente agressivo. "E então, quer ir ou não quer?"

Ietri não se interessa muito pelas drogas, mas não está a fim de decepcionar o colega. "Pode ser."

Enquanto isso, os afegãos enrolaram as esteiras e voltaram a trabalhar. Falam pouco e, quando o fazem, parece a Ietri que discutem. Olha para o relógio, são vinte para a uma. Se se apressar, pode ser que consiga escapar da fila do refeitório.

Quando chega o momento de pôr os pés fora da FOB, três dias depois, Ietri não é chamado.

"Hoje vamos dar uma olhada", diz René de manhã. "Quero comigo Cederna, Camporesi, Pecone e Torsu."

Os companheiros observam os escolhidos se arrumar diante dos catres. Vestem-se cerimoniosamente, como heróis antigos, embora o que lhes espera não é nada além de um patrulhamento rotineiro do bazar da aldeia.

Cederna é o mais convencido, porque também é o mais capaz. Se houvesse um Aquiles no terceiro pelotão da Charlie, seria ele, por isso tatuou o primeiro verso da *Ilíada* nas costas, logo acima da cintura. Está escrito em grego, o tatuador copiou com algumas imprecisões de um livro escolar de Agnese — Cederna pede para ela ler e reler no seu ouvido quando estão na cama.

De calças e camiseta ele se posta diante do catre de Mitrano, que já entendeu o que o espera e se levanta de má vontade, o olhar triste.

"SEUS PAIS TAMBÉM TÊM FILHOS NORMAIS?"

"SIM, SENHOR!"

"DEVEM TER SE ARREPENDIDO DE TER FEITO VOCÊ! VOCÊ É TÃO FEIO QUE PARECE UMA OBRA-PRIMA DE ARTE MODERNA! COMO SE CHAMA, MONTE DE BANHA?"

"SENHOR, VINCENZO MITRANO, SENHOR!"

"ISSO É NOME DE NOBRES. VOCÊ É DE SANGUE REAL?"

"NÃO, SENHOR!"

"E CHUPA A PICA DELES?"

"NÃO, SENHOR!"

"MENTIRA! VOCÊ CHUPA UMA BOLINHA DE UMA PONTA À OUTRA DA MANGUEIRA!"

"NÃO, SENHOR!"

"NÃO GOSTO DO NOME MITRANO! SÓ BICHA E MARINHEIRO SE CHAMAM MITRANO! DE AGORA EM DIANTE VOCÊ VAI SER BOLA DE BANHA!"

"SIM, SENHOR!"

"VOCÊ ME ACHA SIMPÁTICO, SOLDADO BOLA DE BANHA? PAREÇO ENGRAÇADO?"

"NÃO, SENHOR!"

"ENTÃO TIRE DO SEU FOCINHO ESSE SORRISO DE BABACA!"

E por aí vai, até Mitrano se ajoelhar no chão e oferecer o pescoço à mão de Cederna, que finge estrangulá-lo — e aperta mesmo um pouco, o bastante para que o rosto dele fique roxo. Mattioli o incita a não parar, os outros riem loucamente, apesar de já terem assistido à encenação dezenas de vezes. Cederna é capaz de recitar de cor os primeiros quarenta minutos de *Nascido para matar*, fala por fala: Mitrano é sua vítima, seu soldado Bola de Banha, e, como este, também não se diverte nem um pouco. Quando acabam, vai se encolher de volta no catre e fica na sua. Se não se presta à brincadeira, o companheiro lhe dá tantos tapas na nuca que Mitrano chega a ficar com torcicolo.

Agora que atraiu a atenção, Cederna pode continuar a se vestir. O equipamento do cabo traz: uma *combat shirt* TRU-SPEC, um *armour carrier* Defcon 5 italiano cor de mato com complementos da mesma camuflagem, um capacete de kevlar, uma máscara ESS Profile TurboFan, um par de calças Vertx com cavalo em forma de lenço e joelho articulado (vestem decididamente melhor que qualquer outra calça tática e são mais caras), meias de cano curto e longo Quechua, um relógio de quartzo Nite MX 10 dotado de sistema GTLS que ilumina de verde fosforescente seus números e ponteiros, inclusive de dia, um par de luvas hidrorrepelentes Ottegear, um *kefiah*,* um binóculo 12 × 25, um cinturão T&T, cotoveleiras e joelheiras da mesma marca, uma faca ONTOS Extrema Ratio com lâmina de aço de 165 milímetros de comprimento, um lança-granadas GLX, um cantil Camelbak, uma pistola Beretta 92FS enfiada num coldre de coxa, um fuzil de assalto Beretta SC70/90, botas impermeáveis Lowa modelo Taskforce Zephyr GTX HI TF Desert, um visor noturno monocular com intensificação de luz, sete carregadores com as munições apropriadas. À parte as armas de fogo e o capacete, são artigos comprados pela internet. No bolso interno da jaqueta há uma foto que Agnese enfiou na mochila para lhe fazer uma surpresa, um autorretrato em que ela aparece de três quartos — está de fio dental e cobre desajeitadamente o seio com o braço, coisa de fazer os olhos saltarem das órbitas. Dezesseis quilos e dois mil euros de equipamento: quando está com as armas Cederna se sente diferente, mais lúcido, mais rápido. Mais hábil. Mais ousado.

"Vou comprar uns amendoins pra vocês", diz aos companheiros, ao sair. Passa junto do catre em que Ietri ainda está deitado de cueca, vermelho de inveja (e por causa da queimadura grave que o sol lhe fez no nariz, nas orelhas e nas costas), lhe dá um tapa estalado na coxa. "Coragem, virgenzinha." Ietri ergue o dedo médio para ele.

Cederna senta-se na dianteira do Lince, à direita, e cuida das transmissões. Camporesi guia. Atrás vão Pecone e René, com Torsu no meio, de pé na torreta. O comboio dos três blindados é comandado por Masiero. O capitão e o primeiro-sargento não se

---

* Lenço de cabeça árabe. (N. T.)

suportam, Cederna sabe e às vezes gosta de aporrinhar René sobre isso.

Não tem medo. Não mesmo. Ao contrário, está excitado. Se sofrerem uma emboscada, sabe que seu tempo de reação para carregar o fuzil ou sacar a pistola e mirar seria de menos de dois segundos, sabe também que menos de dois segundos podia ser demais, mas esse pensamento não adianta nada, por isso o deixa de lado e se concentra no positivo.

Não acontece nada. A ronda parece um passeio pelo campo. Estacionam os veículos junto do quartel da polícia afegã, que domina a rua do mercado, e os soldados fazem uma visita guiada por ali, a fim de levar a cabo um reconhecimento do local, porque a partir da semana seguinte terão de vir ali todos os dias para adestrar os *mao-mao*. Da maneira como os policiais afegãos abraçam as armas, fica claro para Cederna que é um caso perdido: se os políticos decidirem retirar as tropas e confiar a eles a guerra, o Afeganistão cairá novamente nas mãos dos talibãs, pode apostar. Cederna odeia os políticos, só pensam em encher o bolso de dinheiro e nada mais.

Saindo do fortim, a atmosfera fica mais relaxada e a patrulha se permite um passeio pela rua. Os Lince seguem os soldados a pé como animais mansos. Dos seus muquifos diminutos, os afegãos veem os militares passar. Cederna os enquadra um a um na mira do SC70/90, imagina acertá-los na cabeça, no coração, nos joelhos. Num curso de aperfeiçoamento aprendeu a respirar com a barriga, de modo que o ombro em que apoia a coronha do fuzil fique imóvel — é uma técnica dos comandantes, que é exatamente o que Cederna quer vir a ser. No fim da missão fará o pedido para ingressar nos corpos especiais.

Por ora, cabe lhe fazer uma coisa bem diferente: o capitão Masiero distribuiu aos soldados punhados de balas, e as crianças os cercam como vespas. René tenta dispersá-las agitando os braços.

"Calma, sargento. Vai ver que não vão fazer nada com o senhor", zomba Masiero.

"Não devemos deixar que se aproximem muitos de uma vez", rebate René. Está citando o regulamento.

"Espera uma bomba num dia lindo como este? Se se comporta assim, não vou mais poder lhe dar permissão de sair. Está assustando todos os meus amiguinhos." O capitão se inclina para um dos garotinhos e passa a mão pelos seus cabelos. "Parece que ainda não entendeu nada da nossa missão, sargento."

Cederna observa René engolir o sapo. Ele também não suporta Masiero, daria com muito gosto uma boa joelhada no estômago do capitão. Em vez disso, dá um tapinha consolador no ombro do seu chefe e começa por sua vez a distribuir as balas.

Um menino um pouco menor que os outros, vestindo um avental esfarrapado, corre o risco de acabar pisoteado. Cederna o levanta, o menino se deixa levar, fita-o com os olhos arregalados e aquosos, tem o nariz incrustado de catarro seco.

"Sua mãe nunca te dá banho, moleque?"

A resposta é uma espécie de sorriso desdentado.

"Não entende o que eu digo, né? Não, não entende nada. Posso te dizer o que você é, então. É um pulguento, por exemplo. Sujo. Fedido. Acha graça? Mesmo? Fedido, fedido. Dá nojo. Olhe só como você ri! Você só quer sua bala, como os outros, né? Olhe ela aqui. Opa, calma. Mas me prometa que quando crescer não vai virar talibã, tá? Senão vou ser obrigado a meter uma bala disto aqui na sua cabecinha", abana o fuzil, o menino acompanha com o olhar. "Torsu, ei, Torsu, venha aqui."

O colega se aproxima numa corridinha leve, seguido pelo seu enxame de garotinhos.

"Tire uma foto minha."

Com um braço, Cederna segura o guri — que tentou em vão tirar o invólucro da bala e acaba metendo-a na boca com papel e tudo —, com o outro levanta o fuzil, empunhando-o pelo carregador. É uma pose sensacional, vai usá-la para enriquecer seu perfil na rede.

"Saí bem? Tire outra, mais uma."

Põe o garoto no chão e joga as últimas balas que tem no bolso bem longe, no meio da poeira. "Lá. Vão pegar."

Provisões

O abastecimento chega pelo ar, sem regularidade nem muito aviso. Embora os pedidos enviados pela FOB sejam sempre detalhados, os burocratas de Herat fazem o que lhes dá na telha e aproveitam os excedentes do almoxarifado: papel higiênico em vez de munição, suco de fruta quando falta água aos soldados. Faz seis dias que os helicópteros não voam sobre a região por causa da neblina. Mais um pouco, e os soldados terão de se contentar com as rações K. A situação meteorológica, por sorte, melhorou nas últimas horas, o céu recuperou seu azul fulgurante e os rapazes da Charlie se agruparam na esplanada em frente à base, à espera de um lançamento aéreo.

O avião aparece na enseada entre a colina e a montanha, silencioso e minúsculo como um inseto. Os olhos dos rapazes, protegidos com lentes espelhadas, se voltam na direção do pontinho negro, mas ninguém avança um só passo ou descruza os braços. O avião baixa de cota e agora se distinguem os círculos incorpóreos descritos pelas hélices em rotação. É inútil: por mais que se tenha visto um C-130 se aproximar com a porta traseira aberta, por mais horas entorpecedoras de viagem que se tenha passado dentro de um deles, é impossível deixar de pensar que parece um pássaro com a bunda arreganhada.

Os paletes são lançados em rápida sequência, as cordas dos paraquedas — uns dez ao todo — se esticam no ar e os panos brancos se abrem contra o céu de cobalto. O avião vira e desaparece em poucos segundos. As embalagens lançadas oscilam no ar como medusas enormes. Mas algo sai errado. Uma rajada de vento dobra um paraquedas, que se inclina até bater na corda do vizinho, como se procurasse companhia. Enrola-se nela e a corda acossada se enrosca por sua vez. A espiral que formam ganha velocidade, as cordas se enrolam até em cima, estrangulando os velames. Os paraquedas siameses acertam outros dois abaixo deles, e todos juntos criam um nó.

Os soldados contêm a respiração, alguns cobrem instintivamente o rosto com as mãos, enquanto as cargas, emaranhadas e agora sem a sustentação do ar, mergulham rumo ao solo em queda livre, com a aceleração inaudita que arrasta os pesos para baixo.

O choque levanta uma nuvem de poeira que leva vários segundos para se dispersar. Os rapazes não sabem direito o que fazer. Avançam pouco a pouco, com a *kefiah* apertada contra o nariz.

"Que puta zorra", diz Torsu.

"Tudo culpa desses cabeças de bagre da Aeronáutica", diz Simoncelli.

Rodeiam a cratera aberta pelos paletes. Mantimentos, era o que continham. Uma centena de latas de tomate pelado explodiram, espirrando um líquido vermelho em toda a volta, mas há também embalagens destroçadas de peito de peru congelado — pedaços cor-de-rosa espalhados pela areia brilham ao sol —, caixinhas de purê e leite, que jorra dos recipientes plásticos em dois ou três pontos.

Di Salvo pega um punhado de biscoitos esfarelados. "Alguém quer lanchar? Também dá pra fazer uma sopinha."

"Que puta zorra", diz novamente Torsu.

"É, uma puta zorra", repete Mitrano.

A mancha de leite se esparrama em torno do amontoado, lambe as botas da tropa, se misturando com o molho de tomate. Os abutres, que já começaram a voar em círculos cada vez mais estreitos, confundem a mistura com uma convidativa poça de sangue. A terra seca mata a sede com o líquido vermelho, fica escura por alguns segundos, depois se esquece dele.

Muito pouco se salva da provisão de carne. As fatias de peru poupadas pela poeira dão para apenas um quarto dos homens, e os cozinheiros se recusam a cortá-las em pedacinhos, porque resultariam porções de criancinha. Entre atrasos e incidentes, os soldados não comem carne há mais de uma semana, e no refeitório, quando veem mais uma vez as bandejas de macarrão ao óleo, chegam à beira do amotinamento. Para acalmar os ânimos (e porque ele próprio está com uma tremenda vontade de comer um bife), o coronel Ballesio cede à primeira infração ao regulamento, autorizando uma expedição de dois blindados ao bazar da aldeia para comprar carne com os afegãos. Os soldados escolhidos voltam à FOB três horas depois, triunfantes e saudados por assobios e aplausos, com uma vaca tombada de um lado, amarrada à carroceria.

O animal é esquartejado em cima de uma lona de náilon estendida no chão atrás dos dormitórios do 131º, macerada de noite à temperatura ambiente e assada para o almoço. A fumaça da grelha enche o refeitório, porque o vento é desfavorável, mas o cheiro de queimado, em vez de enjoar os soldados, aumenta sua excitação e seu apetite. Eles gritam que querem carne sangrenta, e os cozinheiros ficam felizes por satisfazê-los. Os bifes chegam à mesa grossos e rosadinhos por dentro: cravando o garfo, liberam filetes de sangue pálido que se depositam no fundo dos pratos de plástico. A carne é dura e não muito saborosa, mas ainda assim é mais gostosa que peru descongelado, que agora apodrece nas latas de lixo. Os rapazes comem até rebentar. Ergue-se uma ovação espontânea ao coronel Ballesio, que se põe de pé no banco, levanta o copo e solta uma frase que, pelo que acontecerá depois, está destinada a se tornar, a seu modo, célebre: "Digo a vocês, com a certeza de um coronel, esta é a melhor comida que vocês podem encontrar em todo este Afeganistão asqueroso!".

Depois do almoço, os rapazes do terceiro pelotão voltam às barracas para descansar. Torsu e poucos outros se dirigem para a Ruína. Eles se desdobraram para torná-la acolhedora: agora há mesas de madeira reciclada acima das quais balançam cabos ethernet e folhas nojentas de papel pega-mosca cheias de moscas mortas. Michelozzi, que se vira bem com a madeira por causa do ofício do seu pai, fez um balcão de bar com tábuas de painéis publicitários. Isso é o bastante para a Ruína atrair gente das outras barracas, principalmente à noite, apesar de quase sempre faltarem bebidas.

Como a maioria dos seus companheiros, o cabo Angelo Torsu tem material pornográfico no fundo duplo da mochila, mas ainda não o aproveitou: desde que conheceu sua namorada virtual tem coisa melhor à disposição. Foi por ela que assinou uma conexão via satélite que lhe custa os olhos da cara e atrai sobre si a inveja dos colegas, mas vale a pena, e como, porque assim pode falar com ela sempre que quiser.

Senta num canto da sala e insere o modem 3G. Espera a luzinha junto do nome Terpsícore89, na lista dos seus contatos, ficar verde.

THOR_SARDENHA: você está aí?
TERPSÍCORE89: oi, amor

É uma das coisas fantásticas da sua nova namorada: ela responde de um jeito que deixa a pele do seu pescoço arrepiada.

THOR_SARDENHA: o que estava fazendo?
TERPSÍCORE89: estou na cama
THOR_SARDENHA: mas já são pelo menos dez e meia aí!!!
TERPSÍCORE89: hoje é sábado! e ontem fui dormir tarde

Uma pontada de ciúme espicaça Torsu na barriga. Sente literalmente uma coisa se mexer dentro dela.

THOR_SARDENHA: com quem você saiu?
TERPSÍCORE89: não é da sua conta

Dá vontade de desligar e fechar o notebook. Não gosta de brincadeiras. "Babaca", escreve.

TERPSÍCORE89: cinema com uma amiga + vinho. satisfeito?
THOR_SARDENHA: não me interessa
TERPSÍCORE89: pare de bobagem. como vai sua missão, soldado? sinto uma puta falta sua. olhei o lugar em que vocês estão no google earth e imprimi o mapa. pendurei em cima da cama

Com Terpsícore89, Torsu descobriu que a imaginação pura possui algumas vantagens indiscutíveis. Primeiro: feito no computador, o sexo dura quanto ele quiser, contanto que refreie as mãos pelo tempo necessário. Retardar a ejaculação lhe possibilita atingir níveis inéditos e quase dolorosos de excitação, muitas vezes ele se sente a ponto de explodir. Segundo: tem a possibilidade de imaginar uma mulher exageradamente linda, sexy e alta, muito mais bonita-sexy-e-alta do que aquela que está convencido merecer (não que tenha se empenhado em construir um retrato completo de Terpsícore89, no momento é mais fácil pensá-la em partes anatômicas isoladas, em detalhes). Terceiro: a intermediação da rede o ajuda a confessar certas coisas íntimas que de outro modo não ousaria dizer em voz alta. O corpo próximo de uma mulher, sua realidade e sua necessidade urgente de ser satisfeito sempre o inibiram um pouco.

No entanto, faz algum tempo que tem vontade de ver Terpsícore89. Não exatamente em carne e osso, mas pelo menos enquadrada a meio busto pela webcam. É um desejo que surgiu nele com a aproximação da missão. Ela exclui essa possibilidade, mas ele insiste, inclusive agora.

THOR_SARDENHA: deixa eu te ver
TERPSÍCORE89: esquece
THOR_SARDENHA: só um pouquinho
TERPSÍCORE89: ainda não é hora. você sabe
THOR_SARDENHA: mas já faz quatro meses!
TERPSÍCORE89: estamos apenas começando a nos conhecer
THOR_SARDENHA: sei mais coisas sobre você do que sobre aquele filho da puta do Cederna que dorme no catre ao lado do meu...
TERPSÍCORE89: se eu me mostrar, depois você não vai ouvir mais nada do que digo e só vai pensar se sou bonita ou não, e no meu corpo, e no meu seio, que talvez você preferisse que fosse maior. não vai nem mais ver quem está dentro dele. vocês homens são assim. muito obrigada, já cansei disso
THOR_SARDENHA: eu não sou assim

Ele mente, sabe disso e ela percebe. Sua história mais recente, com Sabrina Canton, acabou por causa da pinta em relevo que ela tinha no queixo. Torsu não conseguia desviar os olhos daquela excrescência escura. Nas últimas semanas, a pinta tinha se tornado gigantesca, um abismo que a engolira por inteiro.

TERPSÍCORE89: vocês homens são obcecados pela estética
THOR_SARDENHA: quer que eu me mostre?
TERPSÍCORE89: não se atreva!
THOR_SARDENHA: então você é que é obcecada pela estética. tem medo de não me achar bonito o bastante?
TERPSÍCORE89: não. não é isso. você me deixaria sob pressão. se mostrar seria como dizer olhe eu não tenho nada a esconder e isso implicaria que eu, que não me mostro, tenho alguma coisa a esconder, daí a pressão
THOR_SARDENHA: implicaria??? como você fala difícil!

Na realidade, é justamente seu modo de falar, quer dizer, de escrever, que o fascina. Não imaginava que uma coisa dessas pudesse lhe interessar numa mulher. Sim, Torsu gosta de conversar com Terpsícore89. Em poucos meses confiaram um ao outro mais segredos do que jamais compartilhara com ninguém. Por exemplo, ela é a única que sabe do episódio recente de isquemia da sua mãe, de como agora baba um pouco sempre que come. E Torsu, pelo menos é o que Terpsícore89 jura, é o único que leu as poesias que ela escreve de noite num caderninho com capa de couro. Não que tenha compreendido grande coisa, mas certas frases o comoveram de verdade.

TERPSÍCORE89: quando você voltar da missão... quem sabe...
THOR_SARDENHA: posso morrer hoje mesmo
TERPSÍCORE89: não diga isso nem de brincadeira
THOR_SARDENHA: podem disparar um foguete bem aqui na barraca de onde estou te escrevendo e fazer picadinho dos meus braços e minhas pernas. meu cérebro esguicharia pelas orelhas e pelos olhos, emporcalharia a tela e eu não poderia mais te escrever
TERPSÍCORE89: pare com isso
THOR_SARDENHA: nunca mais

TERPSÍCORE89: vou desligar!

THOR_SARDENHA: tá bom, tá bom. mas falando sério, seus peitos não são pequenos, né?

TERPSÍCORE89: não. são grandes e duros

THOR_SARDENHA: descreva melhor

TERPSÍCORE89: o que você quer saber?

THOR_SARDENHA: tudo, como são. como t

"Pra mim é homem."

A voz soa pertinho do ouvido de Torsu, que solta um grito de espanto e fecha de repente o monitor. Zampieri está de pé atrás dele.

"Que merda é essa? Há quanto tempo está aí atrás?"

"Tem certeza de que não é um homem?"

"Cai fora!"

"Terpsícore é nome de homem."

"Não é homem!"

"Como é que você sabe?"

Zampieri apoia a nádega na beira da mesa, cruza os braços como se quisesse entabular uma longa discussão. Torsu tem um início de ereção dentro das calças, e Terpsícore89 o espera dentro do computador! "Quer fazer o favor de ir embora?", diz, dominando-se.

Ela o ignora. "Na internet está cheio de gente que finge ser o que não é pelas mais porcas intenções. Homens que fingem ser mulheres, por exemplo."

"Posso saber que diabos você quer?"

"Só te proteger. Você é meu amigo."

"Não preciso que ninguém me proteja."

Zampieri inclina a cabeça. Olha para as unhas, escolhe uma e se põe a roê-la.

Torsu diz: "Em todo caso, um homem não escreveria certas coisas". Não atina por que está procurando convencê-la.

"Eu seria capaz de escrever como um homem, se quisesse", rebate Zampieri, cética.

"Disso ninguém tem dúvidas."

"E se ela não quer se mostrar, significa que há algo errado."

"Por acaso você leu tudo, caralho?"

"Alguma coisa. Peitos grandes e duros. Hmm…"

"Cale a boca. De qualquer modo, eu não tenho vontade de vê-la."

"Por quê?"

"Porque sim."

Zampieri acaricia os cabelos e a nuca dele, provocando-lhe um arrepio. "Torsu, Torsu… o que é que há, companheiro?"

Ele evita a mão dela com vigor e ela cai na gargalhada. "Mande lembranças minhas ao seu namoradinho", diz, depois se afasta. Provavelmente vai direto contar tudo para os outros. Foda-se. Torsu abre novamente o monitor.

TERPSÍCORE89: você está aí?

THOR_SARDENHA: estou. desculpe, tinha caído o sinal

Os dois se esforçam para continuar a partir de onde haviam interrompido. A conversa logo degenera para uma troca rápida de você-faz-isso-comigo-eu-faço-isso-com-você, mas para o cabo o clima tinha se deteriorado. Vira-se em seguida para se certificar de que ninguém estava espiando. De vez em quando é penetrado pela imagem de um jovem adolescente sentado no lugar de Terpsícore89 — fica desconcertado com isso. Enquanto escreve e lê, cresce dentro dele uma forte náusea e sente cãibra na barriga. O mal-estar piora até que não resiste mais. É obrigado a encerrar depressa e furioso. Promete a Terpsícore89 que voltará logo, vivo.

Caminhando a passos desenvoltos pela base, faz o possível para não cruzar o olhar com outros soldados e não se deixar distrair pelos gaviões que ondulam em torno da torre de vigia. Quer manter intacto o resíduo de excitação até chegar ao banheiro.

No meio do caminho tem a primeira tontura. A vertigem passa rapidamente da cabeça ao corpo, na forma de um tremor que se manifesta na parte baixa do abdome. Em poucos segundos, o estímulo se intensifica a tal ponto que ele tem de sair correndo.

Chega às latrinas, puxa a primeira maçaneta, mas a porta está fechada por dentro, abre o segundo cubículo e encontra um espetáculo horripilante, então entra no terceiro, mal tem tempo de fechar a porta e baixar as calças, depois se acocora na privada turca de alumínio e esvazia os intestinos num único jorro.

"Ufa!"

Expira devagar, com o coração martelando nos ouvidos. Outra descarga o surpreende, chega de improviso e ainda mais violenta que a primeira, acompanhada de fortes pontadas. Seu tubo digestivo está em plena revolta. Torsu aperta os olhos e se agarra firme à maçaneta, tem a sensação de ser aspirado pelo buraco. Procura não olhar para os salpicos de merda líquida nas coxas nuas e na bainha das calças.

Quando as pontadas acalmam, encosta a cabeça no braço estendido e se mantém nessa posição mais um minuto, exausto e assustado com o sucedido. Um bem-estar invade todo o seu corpo junto com uma forte sonolência. Cochila alguns segundos nessa posição antinatural.

Angelo Torsu é o primeiro a manifestar os sintomas de intoxicação, talvez porque tenha exagerado enchendo o prato três vezes com a carne de vaca ou porque nunca foi de constituição muito forte. Contudo, enquanto ainda está acocorado na latrina estreita, dois colegas se refugiam nos gabinetes adjacentes e ele reconhece os ruídos de uma emergência como a dele. Em poucas horas, o *Staphylococcus aureus* se apossa da FOB e a base mergulha no caos. São dezoito os gabinetes à disposição, os homens contagiados são pelo menos uma centena, e os acessos os pegam a uma distância de vinte minutos um do outro.

Às quatro da tarde a zona das latrinas está tomada por uma multidão de rapazes trêmulos, de cara esverdeada. Apertam na mão um rolo de papel higiênico e gritam para os que estão dentro se apressarem, pelo amor de Deus.

À frente do cabo Enrico di Salvo há quatro pessoas, Cederna entre elas. Di Salvo está pensando se pede ao amigo para lhe ceder a vez, porque teme não se aguentar, mas tem certeza de que ele lhe dirá que não. Cederna é um soldado legal, espirituoso quando quer, mas é também um grandessíssimo escroto.

Tenta se lembrar de alguma ocasião em que tenha se sentido tão mal. Aos treze anos operou de apendicite e nos meses precedentes acordava de noite com cólicas que lhe impediam de andar ereto até o quarto dos pais. Sua mãe desconfiava dos remédios e seu pai dos especialistas, de modo que o tratavam com limonada. As dores não passavam, e a mãe a certa altura voltava para a cama, ofendida: "Eu te disse pra tomar enquanto estava quente e você quis esperar. Por isso não adiantou nada". Quando a ambulância veio buscá-lo, a inflamação tinha degenerado em peritonite. Mas, talvez, nem a dor de então tenha sido tão intensa quanto a que sentia agora. "Cederna, deixe eu passar na sua frente", diz.

"Nem pensar."

"Por favor, não aguento mais."

"Pegue um saco e faça dentro."

"Não gosto de cagar em sacos. E não consigo andar até a barraca."

"Problema seu. Estamos todos na mesma situação."

A Di Salvo não parece ser verdade. Cederna não está pálido e ainda não lhe escapou um só gemido, nem uma careta. Os outros rapazes ofegam de sofrimento. O primeiro da fila se pôs a puxar a maçaneta de uma cabine fechada há um tempão. Recebe de volta um xingamento e chuta a porta metálica.

Não há dúvida, nunca esteve tão mal. Tem facas cravadas no baço e no fígado, tem arrepios, a cabeça gira. Se não chegar à turca em poucos minutos, vai vomitar ou pior. Pode até desmaiar. Aquela coisa que comeram era veneno.

Como se não bastasse, depois do almoço deu um pulo na barraca de Abib e fumaram haxixe juntos, um grama somente, esfarelado no fumo de um Diana. Abib tem um modo estranho de preparar a erva: em vez de esquentá-la com o isqueiro, ele a esfrega nos dedos, depois deixa cair cuspe em cima. Que nojo, disse Di Salvo da primeira vez. *What?* Que nojo. Abib olhou para ele com seu sorriso maroto. Depois de meses na base com os italianos era capaz de dizer qualquer palavra, mas sempre fala em inglês: *Italians don't know smoke*, respondeu.

Vai ver que é por causa do cuspe de Abib que agora se sente pior que todos. Sabe-se lá que porra de infecção ele lhe passou. Abib mora na barraca com dois outros intérpretes, em cima daqueles tapetes que fedem a chulé. Um fedor inacreditável, é como enfiar o nariz numa cueca suada. De início Di Salvo não queria sentar-se neles, mas agora está se acostumando. Só procura não encostar a cabeça, nem quando lhe dá o barato.

Está confuso e sente-se humilhado. Sua frio. Falta-lhe a respiração. Não irá mais ver Abib. Durante todo o resto da missão não tocará mais num baseado. Faz essa jura a Deus, mentalmente: se me fizer chegar ao banheiro, se me salvar desta coisa, juro que não irei mais à barraca do Abib fumar. Está a ponto de ir além, de prometer que não fumará nem depois que voltar para casa, mas se lembra de como é gostoso sentar na varandinha de Ricadi, os pés no parapeito, tragando devagar um baseado enquanto contempla o mar oleoso, e se contém. Como promessa, seis meses sem drogas já bastam.

Uma nova cãibra, violentíssima, o faz tossir e dobrar a cabeça para a frente. Por um instante Di Salvo perde o controle do esfíncter, sente-o se dilatar de repente. Borrou-se todo, tem quase certeza. Bate no ombro de Cederna. "Te dou dez euros se me ceder a vez."

O cabo mal vira a cabeça. "Cinquenta."

"Você é um escroto, Cederna! Eu sabia que você não estava tão mal."

"Cinquenta."

"Vai tomar no cu. Dou vinte."

"Quarenta, e nem um centavo menos."

"Trinta. Você é um filho da puta."

"Eu disse que nem um centavo menos."

Di Salvo sente o animal que tem nos intestinos se revoltar. Sofre contrações rítmicas e involuntárias do ânus. Tem uma coisa viva lá dentro, com um coração próprio batendo. "O.k., eu dou, eu dou", diz, "agora saia da frente."

Cederna faz um gesto com o braço como a dizer, passe, por favor. Dá uma risadinha. Provavelmente não está sentindo nada, só está ali para encher o saco dos outros. O primeiro da fila entrou, logo só restam dois na frente de Di Salvo. Não vai demorar muito. Dá uma olhada no relógio de pulso e observa três minutos passarem lentamente, segundo após segundo, depois a porta de um gabinete se abre para ele, como um convite ao paraíso.

Há entradas dos dois lados para o corredor das latrinas. Di Salvo se precipita, mas, antes que consiga entrar, um oficial do batalhão de engenharia vindo do outro lado lhe rouba o lugar no gabinete.

"Cai fora!", grita Di Salvo.

O segundo-tenente aponta sua patente na jaqueta, mas Di Salvo esqueceu a hierarquia. Fez a fila e deu quarenta euros àquele cachorro do Cederna e ninguém vai tomar sua vez agora, nem o general Petraeus em pessoa.

"Saia daí!", repete. "Estamos todos passando mal."

O segundo-tenente não parece ameaçador; tem, isso sim, um olhar suplicante, como se ele também tivesse cagado um pouco nas calças. É um rapaz de cabeça angulosa, não muito alto, porém mais robusto que ele. Traz na tarja o nome de Puglisi. Di Salvo percebe esses detalhes de modo instintivo. Capta os parâmetros que um lutador deve adquirir antes de enfrentar um adversário: altura, circunferência dos bíceps, volume. O cérebro comunica aos músculos se deve partir para a briga.

"Por favor", implora o engenheiro e puxa a porta para se trancar dentro. Di Salvo enfia o pé entre ela e a moldura, e escancara a porta com força.

"Nem pensar. É minha vez." Arrasta o segundo-tenente para fora pela aba do casaco.

"Tire as mãos de mim, soldado!"

"E se eu não tirar?"

"Não me tire do sério. Sou de Catânia", diz o segundo-tenente, como se isso tivesse alguma coisa a ver.

"Ah, é? E eu sou de Lamezia e mijo na sua cabeça!"

Antes do previsto, Puglisi lhe acerta um murro, não extraordinariamente forte, mas direto no queixo, que faz *croc*. Di Salvo fica tonto.

Poucos segundos depois estão se atracando no corredor de apenas quarenta centímetros de largura, bloqueando a saída e o acesso a dois gabinetes, em meio aos berros dos rapazes em fila (fila, a essa altura, desfeita). Di Salvo acaba no chão, com a cara prensada contra a grade do ralo, para a qual escorre um líquido cuja origem não quer nem saber. Está exausto. Acerta joelhadas ineficazes na barriga do segundo-tenente, não pode se mexer de outro modo, porque o engenheiro está a cavalo nele e imobiliza seu braço livre. O outro braço está preso sob seu próprio corpo. Puglisi revida com socos nas costelas, fracos mas a intervalos regulares e sempre no mesmo ponto, coisa de espancador experiente.

Enquanto apanha, Di Salvo toma lentamente consciência de ter agredido um oficial. Ou ele é que foi agredido? Não tem importância. Está brigando com um superior, e isso é que importa. Há consequências graves para um comportamento do gênero. O isolamento. A expulsão. A corte marcial. A prisão.

Uma pancada na cabeça, inesperada, o faz cuspir alguma coisa. Teme que seja um dente. Está sem fôlego. Aquele gabinete cabia a ele. Entregou quarenta euros para Cederna, aquele ganancioso escroto do Cederna que agora berra para ele coisas que não ouve, porque está com um ouvido grudado na grade e o outro debaixo da mão de Puglisi. As cãibras pararam, ou então se confundem com a nova dor das porradas. Precisa de qualquer modo sair dali, está sufocando. Com um movimento dos quadris consegue arquear as costas e soltar o braço de sob a coluna. Enfia a mão na cara do engenheiro. "Agora a música vai ser outra, seu filho da puta!"

Está furioso, pronto para devolver com juros as porradas, mas o segundo-tenente se levanta, tirando as mãos dele. Recua. Grogue, Di Salvo olha para ele do chão. "Você é um canalha!", exclama, escandalizado. Fica feliz ao constatar que pelo menos conseguiu fazer o nariz do outro sangrar e o feriu num supercílio. "Venha cá!"

Mas seu adversário olha para o outro lado. Todos os soldados se viraram para o outro lado, na verdade. Di Salvo os imita e avista o coronel Ballesio, que abre passagem entre o grupo apertando a barriga.

"Saia, saia, deixa eu passar!"

Um instante antes de perder os sentidos, Di Salvo vê as coxas volumosas do comandante passarem por cima dele e se trancarem no gabinete disputado. Um estertor animal tem tempo de alcançá-lo, vindo de dentro do cubículo, depois mais nada.

É nessa atmosfera de agitação que Egitto encontra pela primeira vez os rapazes do terceiro pelotão da Charlie. A intoxicação o manteve ocupado a tarde inteira, ministrando comprimidos de loperamida, dois de cada vez, e doses cavalares de antibióticos intestinais, que agora começam a escassear, de modo que tem de dividi-los pela metade. Inspecionou com frequência o estado dos banheiros, que atestavam minuto a minuto o agravamento da situação: no momento, três gabinetes estão inutilizáveis por razões higiênicas, um foi entupido por uma bola de lenços umedecidos, outro por uma lanterna entalada no cano (milagrosamente acesa, projetava lampejos intermitentes nas paredes metálicas e no lavabo).
Na barraca do terceiro pelotão, o ar é quente e malcheiroso, mas o tenente não liga, como não liga para o silêncio irreal. Entrar ali não é diferente de entrar em qualquer das barracas que já visitou: os acampamentos se parecem uns com os outros, os soldados também são instruídos a se parecer, e agora sofrem as mesmas cólicas e a mesma desidratação. Nada sugere ao tenente Egitto que seu destino logo estará ligado de um modo especial àquele pelotão. Relembrando isso, tempos depois, achará aquela indiferença sinistra.

"Quem é o responsável daqui?", pergunta.

Um soldado de torso nu, banhado de suor, se ergue e senta no catre. "Primeiro-sargento René. Às ordens."

"Deite-se", ordena o tenente. Manda os que manifestam os sintomas do estafilococo erguer a mão, conta. Depois se vira para o único sadio: "Seu nome?".

"Salvatore Camporesi."

"Não comeu a carne?"

Camporesi dá de ombros: "Comi sim, e muito. Duas porções bem grandes".

O tenente ordena que se apresente ao comando, é preciso cobrir os turnos de guarda da noite.

"Mas montei guarda ontem", protesta Camporesi.

O tenente devolve o dar de ombros. "O que posso dizer? É uma emergência."

"Tenha uma boa noite, Campo", diz um soldado num tom desdenhoso. "Se vir uma estrela cadente, faça um pedido por mim, tesouro."

Camporesi exprime em voz alta o desejo de que o colega se afogue nos seus excrementos, depois enfia as botas e ruma balançando para a saída, enquanto os outros o bombardeiam com camisetas enroladas, lenços sujos e colheres de plástico.

Egitto prepara as seringas, e os rapazes se põem na posição adequada, deitados de lado, a cueca abaixada até a metade das nádegas. Alguém deixa escapar um peido, ou o solta de propósito, e é aplaudido. Vigora entre eles uma liberdade completa, quase obscena, para cada um o corpo dos outros não é menos familiar que o próprio, inclusive no caso da única mulher do grupo, que oferece o lado nu sem constrangimento.

Um dos soldados está em condições particularmente críticas. Egitto anota seu nome no caderninho que utilizará mais tarde para fazer o relatório ao comandante: Angelo Torsu, cabo. Ele bate os dentes dentro do saco de dormir e debaixo de quatro camadas de cobertores. Tira sua temperatura. Trinta e oito e nove.

"Antes eram quarenta", intervém René.

Egitto percebe o olhar do primeiro-sargento cravado nele. É um chefe de pelotão atento e zeloso, dá para ler no seu rosto. Deslocou seu catre para o meio da barraca para manter todos sob controle.

"Nem consegue mais andar. Da última vez teve que se virar aqui."

Não há reprovação no modo como fala, e os outros não comentam. Aquele corpo que está mal pertence a eles também e o tratam com respeito. Egitto imagina que alguém se deu ao trabalho de ajudar o soldado com o saco, depois o fechou e jogou no lixo. Quando teve de fazer o mesmo com seu pai, preferiu chamar uma enfermeira. Que raio de médico sente nojo de um homem que sofre? Que filho se recusa a cuidar do corpo do pai?

"Quantas vezes?", pergunta ao soldado.

Torsu olha para o tenente por trás de um véu de confusão e prostração. "Hein?", murmura.

"Quantas vezes defecou?"

"Não sei... dez. Ou mais." O hálito dele é rançoso, seus lábios secos colam um no outro. "O que é que eu tenho, doutor?" Egitto mede seus batimentos no pescoço, estão fracos mas não a ponto de preocupar. "Não é nada grave", tranquiliza-o.

"Estão todos me olhando lá do céu, doc", diz Torsu, depois gira os olhos para trás.

"O quê?"

"Está delirando", intervém René.

Egitto confia ao primeiro-sargento alguns remédios para dar ao soldado e umas garrafinhas de lactobacilos para distribuir aos outros. Recomenda manter úmida a boca de Torsu com uma esponja molhada, tirar a temperatura de hora em hora e avisá-lo em caso de piora. Promete que voltará de manhã, a mesma promessa que fez a todas as unidades, mas certamente não conseguirá ver todas elas.

"Doc, posso lhe falar um segundo?", diz René.

"Claro."

"Em particular."

Egitto fecha a mochila de primeiros socorros e segue o primeiro-sargento até o lado de fora da barraca. René acende um cigarro e por meio segundo seu rosto é clareado pela chama do isqueiro. "É sobre um dos meus rapazes", diz, "aprontou uma." Sua voz treme um pouco, por causa do frio, dos espasmos ou de alguma outra coisa. "Com uma mulher, sabe?"

"Uma doença?", tenta adivinhar o tenente.

"Não. Aquela outra coisa."

"Uma infecção?"

"Ele a engravidou. Mas nem foi culpa dele."

"Em que sentido?"

"A mulher é de certa idade. Não devia mais acontecer, teoricamente."

A ponta do cigarro de René está incandescente. Egitto acompanha aquele único ponto luminoso porque não tem mais nada para que olhar. Pensa que as vozes na escuridão são mais marcantes, que não se esquecerá facilmente da do primeiro-sargento. Não se esquecerá mesmo. "Entendo", diz. "Existem uns remédios, como você deve saber."

"Foi o que eu disse a ele. Que há remédios. Mas ele quer saber direito o que vão fazer com ele. Quer dizer, com a criança."

"Está falando de uma interrupção de gravidez?"

"Um aborto."

"Geralmente, o feto é aspirado com una cânula bem fininha."

"E depois?"

"Depois acabou."

René dá uma tragada comprida. "Onde põem o feto?"

"É... descartado, creio. Estamos falando de uma coisa minúscula, que praticamente não existe."

"Não existe?"

"É muito pequeno. Como um mosquito." Só lhe diz uma parte da verdade.

"O senhor acha que se dá conta?"

"A mãe ou o feto?"

"A criança."

"Acho que não."

"Acha ou tem certeza?"

Egitto está perdendo a paciência. "Tenho certeza", diz, para encerrar logo o assunto.

"Sou católico, doc", confessa René. Nem se dá conta de que se traiu.

"Isso pode complicar as coisas. Ou simplificá-las demais."

"Não um católico desses que vai à igreja. Creio em Deus, claro, mas a meu modo. Tenho minha fé. Quero dizer, os padres são pessoas como o senhor e eu, certo? Não podem saber tudo."

"Acho que não."

"Cada um acredita no que sente, na minha opinião."

"Sargento, não sou a pessoa certa para discutir sobre isso. Talvez fosse melhor falar com o capelão."

O cigarro de René ainda está pela metade, mas ele o esborracha entre os dedos. A brasa cai no chão e fica ali, brilhando. Lentamente o brilho se atenua e fica negro como o resto. René joga a guimba na lata de lixo. É um homem apegado à ordem, pensa Egitto, um soldado como manda o figurino.

"Quanto tempo leva?"

"Pra quê, sargento?"

"Pra aspirar a criança com a cânula."

"Nessa altura ainda não é uma criança."

"Mas quanto tempo é preciso?"

"Pouco. Cinco minutos. Nem isso."

"E ela não sofre."

"Acho que não."

Mesmo na escuridão Egitto percebe que o sargento gostaria de perguntar de novo se ele tem certeza absoluta. Como tomar certas decisões sem conhecer os termos da operação, os detalhes logísticos, as coordenadas? Um soldado aspira à clareza, um soldado ama o planejamento.

"O que o senhor faria no lugar desse rapaz, doutor?"

"Não sei, sargento. Sinto muito."

Depois, enquanto atravessa solitário o pátio, com o facho azulado da lanterna iluminando seus passos, Egitto se pergunta se não devia se permitir influenciar o sargento, orientá-lo para a escolha mais justa. Mas e ele sabe qual é a escolha mais justa? Não tem costume de interferir na vida alheia. O que Alessandro Egitto sabe fazer melhor é se manter distante.

Há pessoas propensas à ação, a se comportar como protagonistas — ele é apenas um espectador, prudente e escrupuloso: um eterno segundo filho.

Um suspiro

Ela sempre foi a preferida. Dei-me conta bem cedo, quando ainda era pequeno o bastante para que nossos pais considerassem suficiente uma boa encenação para dissimular o sentimento desigual que tinham. O olhar deles pousava instintivamente em Marianna e só depois, como acontece quando você se lembra de repente de algo que está faltando, viravam para mim, me recompensando com um sorriso mais largo que o necessário. Não se tratava, de parte deles, da cega obediência a uma ordem que a natureza havia imposto com nossas vindas ao mundo, nem muito menos de preguiça ou desatenção. Tampouco era verdade que notavam Marianna antes por ser *mais alta*, conforme eu dizia a mim mesmo durante certo período. Era a presença dela, da menina, sentada à mesa com a franja mantida no lugar pela tiara, escondida pela espuma da banheira, debruçada na escrivaninha na hora das lições de casa, que os enfeitiçava, como se cada e toda vez ela os pegasse de surpresa. Arregalavam os olhos simultaneamente e um crepitar silencioso de satisfação e espanto explodia no centro das suas pupilas, o mesmo que deve ter se acendido quando assistiram trêmulos ao milagre do seu nascimento. "Lá vem ela!", exclamavam em uníssono quando chegava, e se punham de joelhos para igualar as estaturas. Depois, me vendo, concluíam: "... e Alessandro", com a voz enfraquecendo na última sílaba. O que foi destinado a mim, que cheguei três anos depois e vim ao mundo por uma cesariana de urgência — Nini anestesiada e Ernesto que vigiava a movimentação do colega na sala de operação —, não passava de uma réplica parcial e distraída das atenções que minha irmã já havia recebido.

Por exemplo: eu sabia que para ela o carro do meu pai tinha um nome — Trombudo —, e ele conversava com o automóvel todas as manhãs, quando a levava para a escola. No trânsito à beira-rio, enquanto os troncos manchados dos plátanos quebravam com regularidade a luz das oito da manhã, Trombudo adquiria vida e semblante animais: os retrovisores laterais viravam orelhas, o volante, umbigo, as rodas, pernas pesadas. Ernesto camuflava a voz, falando em falsete com uma marcante nota nasal. Escondia a boca atrás da gola do jaleco e pronunciava frases pomposas: "Onde devo levá-la hoje, senhorita?".

"Pra escola, por favor", respondia Marianna, com uma vozinha de miss.

"E o que acha de, em vez disso, ir ao parque de diversões?"

"Não, Trombudo. Tenho que ir à escola!"

"Ai, escola é tão chato!"

Anos depois, eu me via colecionando os indícios do passado radioso que tinha me precedido, através dos episódios evocados com frequência por Ernesto a fim de se reapropriar por alguns instantes do afeto antes manifesto e agora fugidio da filha. A saudade que traía naqueles fragmentos me deixava imaginar uma felicidade plena e irrepetível, misteriosamente desaparecida depois da minha chegada. Outras vezes eu pensava se tratar apenas de um dos inumeráveis modos em que nosso pai se gabava da sua flamejante fantasia: de fato, parecia mais preocupado em comemorar seus feitos de genitor que em despertar a alegria adormecida da minha irmã.

"Vamos ver se a Marianna ainda se lembra do nome do carro", dizia.

"Trombudo", Marianna arrastava as vogais e abaixava as pálpebras devagar, porque aquela brincadeira havia tempo a entediava.

"Trombudo!", exclamava Ernesto satisfeito.

"Isso, Trombudo", Nini fazia eco, lentamente, sorrindo com candura.

Para se convencer plenamente de que Marianna ocupava um lugar especial no coração dos nossos pais, bastaria você se aventurar no quartinho de despejo do nosso velho apartamento, acender a lâmpada tênue que Ernesto nunca arrumou (ainda agora pende raquítica dos fios elétricos) e contar as caixas que trazem do lado *Marianna*, e logo depois as outras, as de *Alessandro*, as minhas. Sete a três. Sete caixas transbordantes da infância gloriosa da minha irmã mais velha — cadernos, desenhos a têmpera e aquarela, boletins escolares com notas fantásticas, antologia de versinhos que ainda hoje ela deve saber recitar —, e no nível mais abaixo somente outras três, cheias de bugigangas minhas, talismãs bestas e brinquedos quebrados que por teimosia resolvi não jogar fora quando era hora. Sete a três: era essa, grosso modo, a proporção de afeto estabelecida involuntariamente na casa dos Egitto.

Eu não lamentava, porém. Aprendi a aceitar o desequilíbrio de amor dos meus pais como uma desvantagem inevitável e até justa. E se às vezes eu me entregava a uma escalada secreta de autocomiseração — os objetos inanimados nunca tinham querido falar comigo —, logo afugentava aquela ciumeira, porque eu também, como meus pais, tinha predileção por Marianna e a venerava mais que qualquer um.

Antes de tudo, ela era bonita, de ombros estreitos e o narizinho franzido na careta mais maliciosa, os cabelos louros destinados a escurecer um pouco e a miríade de sardas deliciosas que apinhavam seu rosto de maio a setembro. No seu quarto, ajoelhada no meio do tapete, circundada pelos vestidos da Barbie Bailarina e da Barbie Embaixadora da Paz e de três Pequenos Pôneis Hasbro de crinas multicores — cada elemento posicionado exatamente onde ela achava que devia estar —, parecia dona não só de si, mas de tudo o que lhe pertencia. Espiando-a, eu aprendia o cuidado com os pequenos objetos que eu não teria: o modo como os guardava, como atribuía personalidade e significado a um e outro apenas tocando neles, e todo o rosa embriagador que a circundava me convenceram de que o mundo das meninas devia ser mais fascinante, fértil e completo que o nosso. Isso sim me fazia arder de inveja.

E depois Marianna era incrível. Um caniço esguio e tenaz nas aulas de balé, antes que Ernesto exigisse que parasse, pelas consequências desastrosas que as pontas teriam nos seus pés, entre as quais artroses, tendinites seriamente comprometedoras e osteopatias variadas; dona de uma conversa brilhante, que deixava deliciados os amigos cultos da família (num almoço de comunhão recebeu os parabéns do chefe do serviço de Ernesto por ter utilizado adequadamente o termo *lisonja*); mas principalmente um portento na escola, tanto que a grande aflição de Nini no ensino médio se tornou o de esquivar os parabéns que choviam de toda parte sobre ela, vindos dos professores, dos outros pais invejosos e até de conhecidos insuspeitos, aos quais havia chegado a notícia dos seus resultados extraordinários. Não havia matéria para a qual Marianna não demonstrasse vocação, e a atitude com que se preparava para todas elas era sempre a mesma: dócil, séria e rigorosamente privada de paixão.

Também tocava piano. Terças e quintas às cinco da tarde, a professora Dorothy vinha à nossa casa. Uma senhora imponente, com seios e barriga vultosos e um gosto antiquado no vestir, que parecia querer fazer notar a qualquer custo suas origens inglesas por parte de pai. A mim cabia recebê-la à porta e, uma hora e meia depois, acompanhá-la de volta. "Bom dia, sra. Dorothy."

"Basta Dorothy, tesouro."

E depois: "Até logo, Dorothy".

"Até breve, querido."

Foi ela a primeira vítima da ira secreta de Marianna. A aliança com minha irmã, que por muito tempo acreditei equivocadamente inquebrantável, se baseava na zombaria cruel daquela tarde em que, enquanto esperava a professora de música, Marianna disse: "Sabia que a Dorothy tem uma filha que tartamudeia?".

"O que é isso?"

"Quer dizer que ela f-f-f-f-fala a-assim. E não sabe dizer as palavras que começam com M. Quando me chama faz Mmm--mmm-mm-arianna."

Distorceu o rostinho e se pôs a mugir bem alto. Era uma imitação monstruosa e irresistível, alegremente maldosa. Nini teria achado condenável: ela passava boa parte do tempo se preocupando com os modos invisíveis com que nosso comportamento pudesse magoar os outros, e nas conversas evitava atentamente qualquer referência aos seus filhos, para que não pudesse dar a ideia — errada, erradíssima — de se gabar deles ou fazer comparações. Se, falando de um coleguinha, Marianna dizia: "Vai muito pior que eu, só tira C", Nini logo se mostrava alarmada: "Marianna! Não faça comparações!". Imaginem se a tivesse pegado imitando a filha gaga de Dorothy Byrne, com a boca torta e os olhos envesgados!

Por isso, porque aos oito anos minhas reações mais imediatas sempre copiavam as supostas reações da minha mãe, fiquei inicialmente desconcertado com Marianna a mugir dobrando as consoantes. Depois senti meus lábios se alargarem pouco a pouco. Quase com horror, me dei conta de que estava sorrindo. Aliás, não: estava gargalhando mesmo, e com gosto, como se descobrisse de repente o gênero de coisas que faziam de fato rir. Marianna emitiu outro mugido, antes de cair na gargalhada por sua vez.

"E-e-e... olhe o sovaco da Dorothy... tem manchas escuras... fedem que é um horror!"

Não conseguíamos parar: o riso de um alimentava o do outro. E mal dava indícios de que ia parar, Marianna torcia um pouco o lado da boca e começávamos tudo de novo. Antes desse momento nunca havíamos compartilhado nada. Toda intimidade possível, ou mesmo a simples cumplicidade, era varrida pela diferença de idade que nos separava e pela desdenhosa resignação com que Marianna parecia me tolerar. A imitação maldosa da filha de Dorothy foi nosso primeiro vínculo direto, nosso primeiro segredo. No jantar, quando Ernesto ficava preso no consultório e Nini nos deixava a sós para dar uma última mexida no pouco convidativo purê de batatas, Marianna deformava o rosto e eu por pouco não destroncava a boca. Viraria um costume o de tomar como vítimas certos conhecidos, descobrir os aspectos absurdos da nossa vida regulamentada e rir até nos acabar, contagiando um ao outro, até não termos mais ideia do que nos havia divertido tanto.

Naquela tarde, quando Dorothy apareceu à porta, num longo vestido verde-petróleo com as mangas plissadas, tínhamos os olhos em lágrimas. Logo percebi as manchas nas axilas e, embora já então eu soubesse me conter, não consegui dizer bom-dia a Dorothy sem despejar gargalhadas e jorros de saliva.

"É um prazer vê-los tão alegres", comentou a professora, irritada. Largou a bolsa no sofá e se dirigiu decidida para o banco do piano.

Deixei então as duas a sós, como sempre. Depois de conferir que na mesinha de vidro estava à disposição uma garrafa d'água com dois copos, fechava a porta do corredor e voltava para o meu quarto. Alguns instantes de silêncio e eu ouvia o tique-taque do metrônomo se iniciar.

Uma boa meia hora era dedicada ao aquecimento: escalas cromáticas, tercinas e semicolcheias, leitura à primeira vista, os exercícios de Pozzoli e os arrebenta-tendão de Hanon. Depois vinha o repertório. Algumas peças me agradavam particularmente: "Doctor Gradus ad Parnassum" de Debussy, a sonata "Ao luar" de Beethoven, um minueto de Bach de que só me lembro do *ritornelo* e o "Prelúdio op. 28 nº 4" de Chopin, que na sua suave descida até o baixo, da primeira parte, me enchia de uma melancolia lancinante. Mas minha preferida era sem sombra de dúvida "Un sospiro" de Franz Liszt, com que Marianna alcançou o auge do seu virtuosismo e a mais notável intensidade interpretativa. Ela já tinha feito catorze anos e se preparava para uma audição, a primeira verdadeira audição de musicista depois de uma eternidade de estudo solitário. Dorothy havia organizado uma apresentação das suas alunas numa igrejinha barroca no centro da cidade.

Marianna estudou *ad nauseam* essa peça, que continha algumas dificuldades técnicas, entre elas um cruzar de mãos no complicado arpejo inicial: a mão esquerda, depois de tocar duas oitavas, passava rapidamente sobre a direita, para completar a melodia nas notas altas. Era uma bela peça, muito mais para olhar que para escutar, e às vezes, enquanto Marianna estudava, eu abria ligeiramente a porta e observava seus dedos se moverem graciosos, acariciarem o teclado, vigiados atentamente por suas pupilas movediças. O movimento era tão rápido que eu chegava a pensar que ela não estava apertando as teclas, o mindinho direito se estirava quase se soltando da mão.

Mas a passagem crítica ficava mais para a frente, quando, se aproximando do *languendo*, a partitura se lançava numa vertiginosa escala descendente. Marianna tropeçava nesse trecho, os diminutos músculos dos seus dedos não mantinham a velocidade e ela parava, deixando os toques secos do metrônomo prosseguirem. Impassível, repetia a partir de alguns compassos antes e o enfrentava de novo, uma vez, duas, dez vezes, enquanto não lhe parecia ter adquirido a justa fluidez. Muitas vezes, porém, no dia seguinte errava novamente e então se enraivecia e batia no teclado com as mãos, arrancando dele estrondos lúgubres.

Apesar de tudo, uma semana antes da audição havia alcançado um domínio pleno, e chegou a hora de pensar na roupa. Nini a levou a uma loja sob os pórticos e escolheram juntas um tubinho sem mangas, que combinava com as sapatilhas. Para mim foi uma calça azul-marinho e uma camisa salmão — cor esta que dominava todo o meu armário, antes de desaparecer totalmente para evitar referências inoportunas ao enrubescimento do pescoço e do rosto. Enquanto, na ponta dos pés, procurava contemplar o máximo possível minha figura no espelho do banheiro, eu me sentia pelo menos tão emocionado quanto minha irmã, mas provavelmente, hoje digo a mim mesmo, muito mais.

A igreja era fria, e os espectadores, uns cinquenta ao todo, não tiraram os casacos, razão pela qual o evento adquiriu um ar provisório: parecia que de uma hora para a outra deveríamos todos correr para fora. Dorothy apareceu no suprassumo da sua elegância, recebida por um aplauso afetuoso, embora desde setembro houvesse aumentado suas aulas particulares de trinta para trinta e cinco mil liras. Sua filha estava sentada na primeira fila, um pouco à parte, a boca defeituosa devidamente fechada.

Marianna estava programada para ser uma das últimas, porque fazia parte das alunas de maior nível. Eu tratava de controlar minha impaciência me concentrando na música. Reconheci muitas das peças tocadas pelas meninas que a precederam, porque ela também as havia estudado. Nenhuma me pareceu à sua altura, ou pelo menos tão precoce quanto ela havia sido. Cada vez que uma menina subia no palco, eu continha a respiração, com medo de me dar conta de que fosse mais talentosa que Marianna ou apresentasse uma peça mais impressionante. Mas não havia nenhuma tão boa quanto minha irmã, nem uma peça tão impressionante quanto "Un sospiro" de Franz Liszt.

Nini estava sentada a meu lado, de vez em quando pegava minha mão e a apertava. Ela também estava nervosa. Em silêncio estudava a roupa das outras jovens pianistas, avaliando se não havia exagerado com Marianna. Respondia gentilmente aos sorrisos das outras mães em busca de cumplicidade, e parecia no entanto acrescentar: lindo, mas não vejo a hora de que isso acabe. Preferia que a rotina musical da sua filha voltasse a se desenrolar na sala de casa, em segurança, porque estar ali aquela noite pedia uma manifestação de emoções muito acima do que podia suportar. Eu morria de vontade de dizer a ela que Marianna era a melhor, mas sabia o que iria ouvir de volta. Nini teria olhado para todos os lados, aterrorizada, antes de me repreender: Alessandro, pelo amor de Deus! Não faça comparações!

Uma cadeira depois, boa parte do rosto de Ernesto estava coberta por uma echarpe. Usava também um gorro de lã crua com orelheiras e diversas camadas de agasalho debaixo do capote. Era seu segundo dia de Jejum Absoluto (nada além de litros e mais litros d'água em temperatura ambiente), uma purificação autoimposta que deveria livrá-lo de uma série de toxinas misteriosas presentes em todo alimento. Durante os Jejuns Absolutos, que durariam três anos com frequência semestral, Ernesto tirava licença do hospital e passava o dia todo deitado no sofá, rodeado por garrafas de plástico meio vazias, emitindo grunhidos de sofrimento. O terceiro e último dia desatinava feio. Perguntava as horas para quem estivesse nas paragens (o Jejum terminava às dez da noite) e Nini aplicava bandagens úmidas na sua testa. Na noite da audição ainda estava senhor de si, mas na igreja cheia de correntes de ar sentia mais frio que os outros. Nini tinha lhe implorado, antes de sair de casa, para que pelo menos tomasse algumas colheres de caldo: "É somente água, Ernesto. Você vai se sentir melhor".

"É, água enriquecida com gordura animal. E sal. Você tem um conceito estranho de somente água."

Se tivesse desmaiado no meio de todos, caindo sobre as cadeiras da frente, Nini teria se apressado a justificá-lo, aduzindo como causa os muitos turnos da noite (chegam a seis, sete por mês, demais mesmo, mas se alguém lhe pede um favor ele não sabe dizer não).

Ernesto entretanto não desmaiou e passou toda a soirée de braços cruzados, enquanto sob a echarpe sua respiração estava cansada pela inanição. Quando Marianna se levantou na primeira fila e se aproximou do piano, ele foi o primeiro a bater palmas para incentivá-la. Endireitou as costas e limpou a garganta, como para ressaltar é minha filha, minha filha, a esplêndida menina que subiu ao palco. Eu pensava na escala descendente que durante sua longa preparação havia armado uma cilada permanente para Marianna, e repetia em silêncio tomara que não erre, tomara que não erre.

Fui ouvido. Marianna não errou a escala. Foi muito pior. Sua performance foi desastrosa desde as primeiras notas. Não era a sequência que era imprecisa — eu teria percebido qualquer esbarrão, tão a fundo conhecia a peça —, mas a execução era capenga, dura, a ponto de ser irritante, principalmente no arpejo inicial, que requeria leveza e espontaneidade. Os dedos de Marianna tinham endurecido subitamente e produziam sons sem ligação um com o outro, como soluços. A tensão lhe fazia contrair as costas, e ela estava acorcundada sobre o piano, como se tivesse de brigar com ele, como se os pulsos lhe doessem ao tocá-lo. Nini e Ernesto não mexiam um músculo, prendiam a respiração como eu, e agora éramos três a desejar que tudo acabasse o mais depressa possível. O suspiro tinha se transformado num arquejo.

Quando terminou, Marianna se levantou, o rosto vermelho, ensaiou uma reverência e voltou para seu lugar. Vi Dorothy se aproximar dela e cochichar alguma coisa no seu ouvido, acariciando suas costas, enquanto os aplausos já se apagavam, cheios de perplexidade. Tive de fazer força para conter o impulso de levantar e dizer em voz alta esperem!, não é assim que ela devia tocar, juro para vocês que ela toca muito melhor, eu a ouvi todas as tardes e essa peça é maravilhosa, acreditem, foi a emoção, deixem que ela tente novamente, deixem que ela tente só mais uma vez... mas outra menina já tinha assumido seu lugar ao piano e atacava com vergonhoso atrevimento uma rapsódia de Brahms.

De volta para casa, falamos pouco. Ernesto respondeu a cumprimentos genéricos, mais ao conjunto da soirée que à audição de minha irmã, e Nini concluiu dizendo: "Oh, que cansaço! Mas agora vamos para nossa casa quentinha e amanhã tudo volta a ser como sempre".

Marianna continuou com aplicação decrescente as aulas particulares de piano, todas as terças e quintas, num total de treze anos, até não ser aceita no exame de admissão ao sétimo ano do Conservatório, uma decepção que em casa foi silenciada e logo esquecida. Aliás, já era uma época em que Nini e Ernesto haviam percebido quanto as inclinações reais da filha divergiam do que desde o início haviam imaginado para ela. Marianna não tornou a levantar, nem uma única vez, a tampa do piano de cauda Schimmel e, ao atravessar a sala, passava longe dele, como se aquele animal a houvesse atormentado por demasiado tempo e ainda agora, mesmo adormecido, provocasse nela temor e repugnância. O instrumento continua ali, mudo e brilhante. Dentro, as cordas de aço estão desfiadas e perderam sua sonoridade correta.

Vento forte, escuridão

"Há quanto tempo estamos aqui?"
"Vinte e cinco dias."
"Imagine! Muito mais."
"Vinte e cinco, estou dizendo."
"Parece uma eternidade."

No vigésimo quinto dia da chegada dos alpinos no Gulistão, trigésimo sexto da aterrissagem no Afeganistão, a FOB Ice foi atacada pela primeira vez.

Uma tempestade de areia se abate furiosamente com a noite, o ar está denso de poeira e uma neblina alaranjada e espessa esconde o céu. Para percorrer as poucas dezenas de metros até o refeitório ou os banheiros é preciso ir de cabeça baixa, olhos semicerrados e boca fechada, e as faces não protegidas se enchem de abrasões. As barracas vibram como animais sentindo frio e as rajadas produzem assustadores *vuuu*. Os grãos de areia enlouquecidos na ventania a toda a velocidade carregaram eletricamente todo obstáculo no seu percurso — toda a base está como que pendurada numa torre de baixa tensão. A histeria das moléculas penetrou o ânimo dos militares, que se mostram mais loquazes que de costume. Dentro da Ruína, os rapazes do terceiro pelotão falam em voz alta, cada qual encobrindo o outro. De vez em quando um se levanta dos bancos para se aproximar da única janela do barracão e contemplar a nuvem de areia turbilhonante e os rodamoinhos que passeiam pelo pátio externo, como espectros. E diz, olhem isso, ou então, merda.

O falatório incomoda sobretudo o primeiro-sargento René, às voltas com um e-mail para Rosanna Vitale que não encontra modo de formular. Na cabeça organizou os pensamentos ordenadamente, como é seu costume, porém mal os passa para o papel, toda a lógica que os conduz se mostra de repente cambaleante, equívoca. Havia começado com uma longa crônica do empreendimento bélico — a viagem cansativa desde a Itália, a inércia dos dias em Herat, a transferência para a FOB —, tinha inclusive se dado ao luxo de uma descrição detalhada e a seu modo poética do que viu durante a excursão a Qala-i-Kuhna e da tempestade de agora. Só depois conseguia enfrentar o verdadeiro motivo da carta, num parágrafo que se iniciava com a frase *Pensei muito naquilo que conversamos da última vez*, e prosseguia com rodeios cada vez mais audazes para evitar a qualquer custo a palavra *criança*, substituída por perífrases como *a coisa que aconteceu*, *o incidente* ou *aquilo que você sabe*. Mas, relendo desde o começo, percebeu que a divagação inicial tem algo de ofensivo, o assunto principal foi relegado a um dentre outros, como se desse a ele pouca ou nenhuma importância, quando na verdade importa sim, e como, e quer que fique claro, portanto deletou tudo e recomeçou. Agora está na quarta tentativa e, apesar dos esforços léxicos, apesar de lhe parecer ter tentado todos os caminhos para alcançar a ideia que tem em mente, não conseguiu chegar à conclusão. Está se perguntado se há mesmo um modo para dizer o que quer sem parecer brutal ou covarde, ou ambas as coisas. Num acesso de raiva, compõe a frase lapidar:

Querida Rosanna,
acho que deve abortar

e clica na tecla de enviar. Mas a tempestade tornou lenta a conexão, e René tem tempo de descartar a mensagem antes que ela caia na rede.

A seus pés se formou um laguinho fedorento de cinzas e guimbas, a fumaça estagna no ar em camadas aveludadas, mas René acende outro cigarro. Um filho lhe arruinaria a vida, em todo caso a perturbaria muito. E depois, que sentido tem compartilhá-lo com uma mulher que mal conhece, ou melhor, que não conhece nem um pouco, uma mulher quinze anos mais velha que ele, uma mulher que o paga para desfrutar do seu corpo? Um filho é coisa séria, não é brincadeira, é feito em certas condições, programado. O doc disse que basta um instante para se livrar dele, que a mãe e a criança nem sentem... tem de parar de usar essa palavra, *criança*, parar! É pouco mais que um mosquito, eis o que é, ele é aspirado por uma cânula e pronto. Existe somente um caminho possível para sair dessa enrascada: Rosanna tem de abortar e ponto final. Infelizmente não poderá estar ao lado dela porque está engajado na missão, e isso o incomoda, mas quando for a hora mandará flores para ela no hospital, ou diretamente à sua casa. Que tipo de flores é adequado a um aborto?

Chegando a esse ponto, uma suspeita de egoísmo se intromete entre os pensamentos do sargento. E se estivesse enganado? Se o que está para fazer fosse um desses crimes para os quais não existe perdão? Rosanna disse, a culpa é minha, cem por cento minha, mas o que sabe René do modo como o Senhor avaliará as culpas no momento oportuno? Ei-lo de novo perdido nos seus pensamentos, o olhar vago fixado na janela esbofeteada pelas rajadas de poeira. René não tem experiência das perigosas espirais em que o raciocínio humano pode se envolver, seu cérebro sempre procede por concatenações lineares de ideias, por passagens lógicas. Todos esses avanços e recuos, todo esse carrossel de objeções e contraobjeções são ainda mais cansativos por ele nunca os ter vivenciado.

"ACORDE, SARGENTO!"

Passalacqua bate palmas diante do seu nariz, René tem um sobressalto. Ofendido, dá um empurrão nele. Zampieri, de outra mesa, toma as suas dores: "Deixe-o em paz. Não vê que o sargento está escrevendo uma carta de amor?". Pisca os olhos para René, que não responde.

Fecha o programa de mensagens eletrônicas e clica duas vezes no ícone da Warcraft II. Distração, precisa de um pouco de distração.

Alguns metros à frente, numa mesa nivelada com meio rolo de papel higiênico amassado e enfiado debaixo de uma das pernas, Ietri, Camporesi, Cederna e Mattioli se enfrentam no Risiko. É o típico jogo em que Cederna é eliminado por ser muito fanfarrão. Escolheu o exército negro, e em pouco menos de uma hora foi derrotado em diversos territórios. Sobra um exército distribuído em manchas de leopardo, e ele decidiu concentrar todas as forças restantes no Brasil, visando obstinadamente as milícias de Ietri entrincheiradas na Venezuela. A cada vez renova o ataque com a força máxima, e Ietri começa a ficar exasperado. Tem certeza de que a missão do amigo não tem nada a ver com a destruição das duas forças nem com a conquista do continente sul-americano. É pura e simples prepotência de Cederna, quer irritá-lo, estragar seu gosto pelo jogo porque está perdendo e não admite que as coisas corram bem para ele, Ietri (depois de ter conquistado o continente norte-americano, Ietri se move lentamente para o sul).

"Ataque do Brasil contra a Venezuela com três dados", diz Cederna. "Pode dar adeus aos seus tanques, virgenzinha."

"Não entendo por que você está sempre enchendo meu saco", rebate Ietri, mas logo se arrepende. De fato, Mattioli exibe um sorriso sarcástico.

Cederna o imita: "*Não entendo por que você está sempre enchendo meu saco...* porque os venezuelanos são uns comunistas de merda e devem ser castigados. É por isso".

Joga os dados no tabuleiro e é com certeza de propósito que desmancha com eles as tropas de Ietri, que havia levado um bom tempo para dispô-las cuidadosamente. Um cinco, um seis e um dois. "Buuum!"

Ietri pega com má vontade os dados azuis. Seu exército, apesar de numeroso, agora parece impotente, presa do caos da retirada. Lança os dados e obtém uma pontuação inferior, dois em três. Cederna se apressa a pegar os tanques correspondentes, simulando outras explosões.

"Tire as mãos. Eu pego."

Já está cheio. Se ele estivesse no lugar de Cederna não se comportaria assim. Teria se aliado provavelmente contra Mattioli, que tem aquele modo ávido e silencioso de jogar, como alguém que não se diverte porque leva a competição demasiado a sério. No prato há vinte euros, não é muita coisa, mas é sempre alguma. Ietri se assustou com a veemência com que deseja se apossar do dinheiro. Às vezes, com frequência cada vez maior, seu ânimo é varrido por forças que ele não sabe dominar.

"Novo ataque. Venezuela. Morte aos comunistas!"

"Ei, agora chega!", explode.

"Quem decide quando chega sou eu, virgenzinha."

Camporesi cai na gargalhada. Ninguém tem a mais pálida ideia de quão profunda é nesse momento a humilhação de Ietri. Aperta os dados no punho.

Dessa vez faz menos com todos os três dados, perdeu o território. Não se descontrola, sobram muitos outros. Tira os tanques e os enfia de volta na caixa. Se Cederna gosta de se comportar como um babaca, azar o dele. Não vai lhe conceder de jeito nenhum a satisfação de se irritar.

A mão acaba de ser passada para Mattioli, que se prepara para aplicar uma das suas estratégias traiçoeiras, arquitetada demoradamente em silêncio, quando percebem o primeiro estrondo. Um baque surdo e reverberante, como de uma bigorna se arrebentando no chão. O ouvido dos rapazes está treinado para distinguir os barulhos da artilharia. Mas o sargento René é o primeiro de todos a pronunciar a palavra *morteiro*.

Ele a soletra devagarinho, consigo mesmo. Logo depois grita: "Para o bunker!".

Os rapazes pulam de pé e se dirigem para a porta, rápidos e disciplinados. Conhecem o plano de evacuação, testaram-no uma centena de vezes pelo menos. Para o cabo Francesco Cederna, é o primeiro tiro de morteiro ouvido fora de um exercício. Espanta-se pelo barulho ser idêntico ao que conhece: claro, é óbvio que é. Por pouco não agradece ao inimigo por ter interrompido sua partida perdida de Risiko.

Camporesi e Mattioli entram na fila para sair. Cederna fica encarando o rosto subitamente pálido de Ietri. Varre os tanques do tabuleiro com o braço: "Que pena, virgenzinha. Você ia tão bem". Pega as notas de euro e as enfia no bolso. O outro não diz nada. Ocorre uma nova explosão e dessa vez sentem sem equívoco a vibração do solo aos seus pés. "Coragem. Passe na frente."

Cederna mergulha por último na tempestade de areia. Quer manifestar naturalidade e dar a si próprio a impressão de ter tudo sob controle. Outro tiro explode em algum lugar mais à esquerda. Mais perto, dessa vez. Pode ser que tenha caído dentro da base, mas a visibilidade está reduzida a poucos metros, é impossível verificar. O uivo estridente da sirene e o acúmulo de gritos produzem uma estereofonia complicada. As ordens para os soldados operativos se confundem com as exortações a se abrigarem feitas aos outros. Cederna lamenta que hoje seu pelotão esteja em repouso, devem estar escondidos num canto como cachorros assustados por fogos de artifício. Que merda.

Ouve os motores dos Lince serem ligados. Onde têm a intenção de ir? Com uma tempestade daquela correm o risco de sofrer mais estragos que uma chuva de *shrapnel*. Abre a boca para berrar aos companheiros que se mexam, mas a areia o esbofeteia diretamente na goela, é obrigado a parar e cuspir no chão. Contém um princípio de vômito. As detonações agora se sucedem mais frequentes e bombeiam adrenalina no seu sangue. Não é desagradável, faz com que se sinta a mil. Os filhos da puta estão com tudo!

Alcança o bunker. Seus olhos ardem, principalmente o direito, onde entrou um grão de areia que lhe parece grande como uma pedra. A galeria de cimento está apinhada de soldados. "Abram espaço pra mim", diz.

Os seus tentam algum movimento, mas o túnel está tão repleto e eles tão espremidos que não liberam um só centímetro. Cederna pragueja. "Se espremam, caralho!"

René ordena que ele cale a boca, fique onde está, também vê que não há mais espaço.

"Então vou pro outro bunker."

"Não diga besteira. Fique aí, está protegido."

"Falei que vou pro outro. Não vou ficar aqui fora."

"Fique onde está. É uma ordem."

Uma muralha de barreira hesco protege suas costas, mas o ar cheio de terra penetra no corredor de passagem e fustiga seu rosto. A ousadia de Cederna se dissolve, e ele começa a se sentir agitado, a tremer. Se pelo menos estivesse com o capacete e o colete antibalas podia se fechar em posição tartaruga, mas está sem nada. Seus cabelos estão empastados de areia, ela se meteu por toda parte, na gola do blusão, dentro das meias e nas narinas. Se um tiro aterrissasse bem perto, um estilhaço podia perfurar seu ombro ou, pior ainda, seu pescoço. Não tem a menor intenção de levar um estilhaço, em poucos dias sairá de licença e quer chegar inteiro. Até aquele babaca do Mitrano conseguiu entrar no bunker, ao menos pela metade, e com a unha do polegar está raspando a lama seca da ponta de uma botina.

Cederna tem uma ideia. "Ei, Mitrano."

"O quê?"

"Acho que estou vendo uma coisa ali. Pode ser um homem no chão. Venha ver."

Todos se viram, repentinamente tensos. Cederna os tranquiliza com um olhar malicioso.

No entanto, Mitrano fica na defensiva. "Não creio", diz. Aprendeu às próprias custas que não dá para confiar em Cederna. Foi por culpa dele que se tornou o pele da FOB, especialmente desde que Cederna acolheu um helicóptero de oficiais em visita empunhando o cartaz *Levem de volta Mitrano*. Debocha dele sem parar, no refeitório rouba sua comida do prato, mastiga e devolve mastigado na bandeja, chama-o de mongoloide e meia punheta. Ontem mesmo pegou sua espuma de barbear, passou toda ela no peito sem pelos e saiu andando seminu pela base, delirando.

"Estou dizendo que há uma coisa, uma massa escura. Posso precisar de ajuda. Rápido, venha olhar."

"Pare com isso, Cederna", intervém Simoncelli. "Não é nada engraçado."

"Sim, é outra das suas brincadeiras", diz Mitrano.

"Deixe pra lá então, seu cagão. Vou sozinho." Faz que vai se levantar.

"Está falando sério?"

"Claro."

Mitrano hesita um instante, depois se desvencilha das pernas de Ruffinatti que está na frente dele e engatinha para fora do bunker. Cederna indica o ponto.

"Não estou vendo nada."

"Olhe melhor."

Como todos já haviam previsto — todos, menos Mitrano —, Cederna o afasta com uma cotovelada e ocupa seu lugar no abrigo. "Se fodeu!"

"Ei, saia daí! É o meu lugar."

"Ah, é? Não vejo seu nome em lugar nenhum."

"Não é justo."

"*Não é justo, não é justo, não é justo*, parece mulher!"

Cederna se acocora, abrindo espaço para se encostar no cimento. Os outros, no entanto, não gostaram do que fez. Olham torto para ele. "Que sujeira", comenta Camporesi. Zampieri tira bruscamente a panturrilha de sob a coxa dele.

Cederna não entende por que agora se comportam assim, sempre se divertem quando sacaneia Mitrano e de repente estão dispostos a defendê-lo. Não passam de um bando de hipócritas, essa é a verdade, e diz isso. "Vocês são um bando de hipócritas", mas dizê-lo não o alivia muito e não detém a vergonha que está crescendo dentro dele, um sentimento pegajoso a que não está acostumado. Até Ietri evita fitá-lo, como se se envergonhasse dele. "Vocês são um bando de hipócritas", repete baixinho.

Mitrano o puxa pela manga. "Aí era o meu lugar", chora-minga.

Cederna agarra seu braço e o esmigalha, até o outro pedir água.

"Sabe jogar buraco, tenente?"
"Não, senhor."
"Bisca?"
"Também não."
"Pelo menos conhece o vinte e um?"
"Comandante, o senhor quer mesmo jogar cartas *agora*?"
"Tem alguma ideia melhor? Não vá sugerir damas. É um jogo para idiotas", parte o baralho no meio, olha para a carta descoberta: um valete de copas. "Que tédio, tenente. Pode crer. Vamos acabar perdendo esta guerra. Esses pilantras vão nos matar de tédio."

Só quem se mexe no bunker são as pequenas aranhas peludas de patas trêmulas, que também procuraram se proteger da tempestade e das bombas. Andam de cabeça para baixo no espaço deixado livre pelos homens, o teto, que está cheio delas. Os soldados as acompanham com o olhar, porque não têm muita outra coisa para ver. Mattioli estica um braço, pega uma aranha entre o polegar e o indicador, observa-a se debater, depois a esmaga.

O sargento René é o primeiro a quebrar o silêncio — silêncio por assim dizer, porque continuam a chover morteiros. Pronuncia o tipo de frase que ninguém queria ouvir em circunstâncias como aquela: "Onde está o Torsu?".

Contou seus homens e notou a ausência do sardo. Levou um segundo para entender do que se tratava, a contagem tinha se tornado com o correr dos anos uma questão de instinto. Não levaria mais tempo para descobrir que dedo da mão falta se lhe arrancassem um.

Os soldados se calam, consternados. Allais diz por fim: "Ainda está na barraca". Como justificação coletiva acrescenta: "Está muito mal. Não consegue se levantar".

Nos últimos dias, a febre de Torsu subia e descia loucamente, chegando muitas vezes a quarenta. Nos piores momentos murmura frases sem nexo que arrancam gargalhadas dos companheiros. Não consegue ingurgitar nada de sólido, emagreceu até no rosto, os pômulos sobressaem sob os olhos, e apesar do jejum a diarreia não se acalmou. De noite René ouve Torsu bater os dentes de frio e mais de uma vez foi obrigado a pôr tampões de cera no ouvido.

"Temos que ir buscá-lo", Zampieri exorta seus companheiros, mas sua exaltação tem algo de histérico demais para convencê-los.

Alguns rapazes se erguem sobre os joelhos, pouco decididos, esperando a determinação do primeiro-sargento. Como ela não vem, voltam a se acomodar. René interroga Cederna com o olhar: é seu homem mais confiável, o único que se sente no dever de questionar.

"Não podemos trazê-lo pra cá", diz Cederna. "Não consegue nem sentar e não há espaço pra deitá-lo no chão."

"Você é a besta de sempre", dispara Zampieri.

"E você a cretina de sempre."

"Tem medo de que o Torsu tire seu lugar, por acaso?"

"Não. Tenho medo de que alguém morra."

"Quando foi que você se tornou tão altruísta? Achava que a única coisa que te importava era que *você* não morresse."

"Não sabe o que está falando, Zampa."

"Ah, não? E por que o Mitrano está lá fora enquanto você está grudado no meu rabo?"

"No seu rabo só grudam os carrapatos."

"Parem com isso!", intervém René. Ele necessita de silêncio, tem de raciocinar. À parte o trabalho de carregar Torsu nos braços naquelas condições, há o problema do espaço. Poderiam levá-lo ao comando, mas aí teriam de atravessar o pátio, sem dúvida nenhuma o ponto mais exposto da FOB. Teria de pôr seriamente em risco quatro ou cinco homens por um excesso de cautela para com um, somente. Tem sentido?

Cederna o está fitando nos olhos, como se fosse capaz de ler seus pensamentos. Sacode a cabeça.

Vem outra lufada de explosões, seguida do contrafogo das metralhadoras, que disparam um carregador depois do outro. O sargento parece distinguir um clarão roxo, mas talvez seja apenas impressão. Duas aranhas se encontram no teto, ficam se estudando um pouco, se tocam com as pernas, depois se afastam em diferentes direções. Concentre-se!, diz René a si mesmo. Um dos seus homens ficou sozinho na barraca. Faz um esforço para eliminar da mente o rosto pálido e suado de Torsu, o som da sua voz e a lembrança do último passeio juntos nas montanhas quando se aproximaram de um cervo, os dois sozinhos. Despersonalizar cada homem, cada amigo, é esse o truque, apagar seus traços e o timbre da sua voz, até mesmo seu cheiro, até ser capaz de tratá-lo como uma simples unidade. Talvez seja o procedimento que também deveria adotar para resolver a outra questão. Não é o momento de pensar nisso. Agora, são as explosões. Não se deixe distrair, Antonio. Não ouça a respiração ofegante de Zampieri. Mantenha sob controle o medo. Considere os fatos, somente os fatos. Há um soldado em perigo, mas próximo o bastante da fortificação externa, de modo que tem certa proteção. Por outro lado, cinco homens em movimento expostos por pelo menos três minutos ao fogo inimigo, provavelmente mais. Ser um chefe significa ponderar as possibilidades, e René é um bom chefe, é a pessoa adequada a esse papel. Quando comunica sua decisão, está plenamente convencido. "Vamos ficar aqui", diz, "vamos esperar."

"Que horas são?"
"Meia-noite e dez."
"Devíamos sair pra dar uma olhada."
"Boa ideia, vá você."
"Então vou."
Mas não se mexe.

Faz um tempo que Cederna não está mais prestando atenção em Mitrano, mas os pensamentos de antes lhe deixaram um ressaibo de mau humor. Não vê nenhum sentido em estar emperrado ali, enquanto o inimigo dispara no acampamento. É preciso sair e massacrá-los, todos eles, desentocá-los, despejar pencas de bombas nos seus fétidos esconderijos, é o fim que merece quem combate de má-fé. Se já estivesse nos corpos especiais: acordar no meio da noite, ser lançado de paraquedas de três mil metros de altura no meio de uma zona vermelha, passar um pente-fino numa aldeia, pegar os terroristas, encapuzá-los e amarrar suas mãos e seus pés. Se depois um tiro for disparado por engano e liquidar um deles, melhor assim.

Faz calor no bunker e os músculos da sua perna estão entorpecidos. Pensa de novo na licença, em Agnese, tem a intenção de raptá-la logo depois da formatura e levá-la para o mar, em San Vito. Em outubro, com um pouco de sorte, ainda dá para se banhar, mas mesmo com mau tempo se divertiriam, fazendo sexo na cama rota da tia, com as cortinas abertas para serem espiados pelos vizinhos. A casa de San Vito tem o cheiro da sua infância, das férias de quando era criança, e mesmo o sexo tem um gosto diferente quando o fazem lá. No pátio ainda há a gaiola enferrujada em que a tia criava seus dois papagaios tropicais. A gaiola era pequena demais e eles se atormentavam um ao outro com as asas e o bico, sem parar. Cederna tinha dado nomes a eles, mas não se lembra quais — para os outros da família eram apenas *os papagaios da tia Mariella*. Eles haviam decepcionado todo mundo porque não aprendiam uma palavra, só emitiam gritos ásperos, passavam o tempo emporcalhando a gaiola com excrementos e brigando, mesmo assim se afeiçoara a eles e chorara quando morreram num intervalo de poucos dias um do outro. Cederna fecha os olhos. Tenta recordar.

A sirene soa de novo às quatro da manhã. Três toques breves e espaçados, para assinalar o fim do alerta. Àquela altura muitos dos rapazes nos bunkers estão dormindo, perderam contato com a fome e a infinidade de dores nas articulações. O entorpecimento torna lenta e nervosa a volta para as respectivas barracas.

Para o tenente Egitto ainda não havia terminado. Acordam-no quando acabava de pegar no sono (pelo menos é o que lhe parece, na realidade dormiu mais de uma hora).

"Doc, precisamos do senhor."

"Está bem", mas não consegue se levantar e por um instante adormece de novo.

Uma mão o sacode. "Doc!"

"O quê?"

"Venha comigo."

O soldado o empurra para fora do catre. Egitto não tem tempo de distinguir seu rosto nem sua patente. Esfrega as mãos com força no rosto e chovem escamações. Pega as calças na cadeira. "O que foi?"

"Um dos nossos não quer sair do bunker, doc."

"Está ferido?"

"Não."

"O que ele tem?"

O soldado hesita. "Nada. Mas não quer sair."

Egitto enfia a meia. Está cheia de areia, a aspereza interna lhe arranha os pés. "E por que me chamaram?"

"Não sabíamos quem mais chamar."

"De que companhia você é?"

"Charlie, senhor."

"Vamos."

A tempestade ainda está em curso, mas diminuiu de intensidade, agora é pouco mais que um vento sujo. Avançam inclinados, protegendo os olhos com as mãos.

O rapaz está encolhido no meio do bunker. Junto dele um par de colegas, está claro que procuram convencê-lo de alguma coisa. Quando veem Egitto entrar no túnel, batem continência e se afastam apressados.

O soldado parece um fantoche meio frouxo, como se tivessem tirado seu enchimento e o costurado de novo sem nada dentro. Os ombros estão baixos, a cabeça caída sobre o peito. Egitto senta em frente a ele. Ao irem embora, seus companheiros levaram as lanternas, por isso tem de acender a sua. Encosta-a na parede de cimento. "O que foi que houve?"

O soldado permanece em silêncio.

"Fiz uma pergunta. Responda ao seu superior. O que foi que houve?"

"Nada, senhor."

"Não quer sair?"

O soldado sacode a cabeça. Egitto lê seu nome na tarja. "Você se chama Mitrano?"

"Sim, senhor."

"E o que mais?"

"Vincenzo Mitrano, senhor."

O rapaz respira pela boca. Deve ter suado muito porque suas bochechas estão avermelhadas. Egitto imagina o bunker apinhado. Ainda paira no ar um forte fedor de suor, misturado com outro menos reconhecível, o cheiro que produzem muitos corpos comprimidos um contra o outro. Crise vagal, pensa. Acesso de pânico, hipoxemia. Pergunta ao soldado se já tinha acontecido com ele uma coisa assim antes, mas não usa a palavra *pânico* nem *crise*, melhor *claustrofobia* — soa mais impessoal e não dá ideia da negligência. O soldado responde que não, não sofre de claustrofobia.

"Sente a cabeça girar neste instante?"

"Não."

"Tem náusea, vertigem?"

"Não."

Egitto fica em dúvida. "Você por acaso não se...", aponta para a entreperna do soldado.

Ele o fita estupefato. "Não, senhor!"

"Não teria de que se envergonhar."

"Eu sei."

"Pode acontecer com qualquer um."

"Não aconteceu comigo."

"Está bem."

Criou-se certo embaraço. Egitto precisa de sintomas a que se ater. Anamnese, diagnose, cura: é assim que funciona um médico, não conhece outro método confiável. Talvez o soldado tenha tido medo, só isso. Tenta tranquilizá-lo: "Não vão mais atirar esta noite, Giuseppe".

"Me chamo Vincenzo."

"Vincenzo, desculpe."

"Eu disse agorinha mesmo. Vincenzo Mitrano."

"Tem razão. Vincenzo. Esta noite não atiram mais."
"Eu sei."
"Podemos sair. Em segurança."
O soldado aperta os joelhos contra o peito. Sua pose é de criança, mas o olhar não, é um olhar de adulto.
"Em todo caso, não foi um perigo de verdade", insiste Egitto.
"Nenhum projétil caiu dentro da base."
"Caíram perto."
"Não caíram, não."
"Eu ouvi. Caíram perto."
Egitto começa a se impacientar. O consolo é um território que ele não conhece, lhe faltam as palavras adequadas. Mitrano suspira. "Me deixaram do lado de fora, doc."
"*Quem* te deixou do lado de fora?"
O soldado faz um gesto vago com a cabeça, depois fecha os olhos. Ouve-se falar em voz baixa a poucos passos do abrigo, seus companheiros o estão esperando. Egitto distingue as palavras *meio fracote*, e com certeza o rapaz as ouviu, tanto que diz: "Ainda estou aqui".
"Quer que os mande embora?"
Mitrano olha para a saída. Sacode a cabeça. "Não tem importância."
"Tenho certeza de que se tratou de um acaso."
"Não. Me deixaram do lado de fora. Eu estava sentado ali e eles me armaram uma cilada pra me expulsar. Fizeram de propósito."
"Pode falar disso com o capitão Masiero. Se achar que deve."
"Não, não é pra dizer a ninguém, doc."
"Está bem."
"Jura?"
"Juro, é claro."
O silêncio dura três, talvez quatro minutos. Um tempo eterno para passar assim, sonolento numa toca escura.

"Quantos anos você tem, Vincenzo?"

"Vinte e um, senhor."

"Não tem ninguém com quem gostaria de falar? Uma mulher, talvez? Faria você se sentir melhor."

"Não tenho nenhuma mulher."

"Sua mãe, então."

Mitrano cerra os punhos. "Agora não", replica seco. Depois de um instante acrescenta: "Tenho um cachorro, sabe, doc?".

Egitto reage com entusiasmo excessivo: "Ah, é? Que tipo de cachorro?".

"Um pinscher."

"É aquele de focinho achatado?"

"Não, esse é o buldogue. O pinscher tem focinho comprido e orelhas retas."

O tenente gostaria de aproveitar o assunto para distrair o soldado, mas não sabe nada de cachorro. Lembra vagamente ter desejado um a certa altura da vida, ou então Marianna é que queria e ele o desejava por ela — em todo caso, não aconteceu nada. Ernesto via os animais de apartamento como mortíferos vetores de germes, e para Nini outra presença teria significado acrescentar complexidade àquela rede já trabalhosa de relações domésticas. Egitto se pergunta se foi privado de alguma coisa. Mesmo que sim, essa privação não lhe importa mais faz tempo.

"Doc?"

"Sim."

"Vou sair daqui. Vai chegar uma hora em que sentirei vontade de sair e sairei."

"Mas não agora."

"Não, não agora. Se pro senhor tudo bem."

"Pra mim, tudo bem."

"Desculpe por terem feito o senhor vir."

"Não tem problema. Não se incomode com isso."

"Sinto muito."

Egitto se levanta, ajudando-se com os braços. Limpa a poeira das calças. Ali está terminado. Sua cabeça roça o teto do bunker.

"Doc?"

"Diga."

"Pode ficar mais um instante?"

"Claro."

Vai sentar de novo, bate com o cotovelo na lanterna. O facho de luz acaba rente ao chão, revelando as marcas das botas na areia: cada uma apaga parcialmente as outras, o resíduo fóssil de uma luta. É então que o soldado começa a chorar, primeiro submissamente, depois cada vez mais alto. "Caralho", diz entre os dentes. Depois repete: "Caralho caralho caralho caralho", como se a toxina de que quer se livrar estivesse aninhada naquela palavra.

Egitto não procura interrompê-lo, mas por algum motivo prefere desviar o olhar para a nesga de céu entre a parede e a proteção externa — está quase claro. Ouve o choro do rapaz, o decompõe nos seus elementos: os tremores do diafragma, as vias nasais que se enchem de muco, a respiração que acelera até um máximo de intensidade e depois, repentinamente, se amaina. Mitrano está novamente calmo. Egitto lhe estende um lenço de papel. "Sente-se melhor?"

"Acho que sim."

"Em todo caso, não estamos com pressa."

Na realidade, está esgotado. Gostaria de deitar no chão ali mesmo e dormir. Fecha os olhos por um instante, a cabeça cai para a frente.

"Doc?"

Um segundo é quanto lhe basta para se encontrar num sonho confuso, no meio de um embate armado.

"Doc!"

"O quê?"

Mulheres

A tempestade de areia passou. A limpidez da manhã não guarda memória da confusão da batalha, mas o humor dos homens ainda está abalado e no rosto dos que se dirigem um a um para o café da manhã são bem visíveis os sinais de insônia e de um mal desafogado nervosismo. Na perturbação generalizada, as atividades se desenvolvem como todo dia: os instrutores chegam ao fortim das forças policiais afegãs às oito em ponto e ensinam como revistar um furgão e dar um trato nos suspeitos a bordo, uma patrulha vai até uma localidade inexplorada, próxima de Maydan Jabha, enquanto os outros se dedicam àquelas atividades de economia doméstica que em circunstâncias diferentes considerariam pouco viris — lavar roupa, limpar a poeira das barracas, lavar as latrinas com baldes d'água.

No entanto, uma nova consciência os faz tremer imperceptivelmente. Os veteranos, que já conhecem de outras missões essa sensação, aceitam-na fleumáticos e aos recrutas em busca de reconforto respondem, e onde achavam que estão, numa colônia de férias? No entanto eles também, combatentes traquejados e duros, veem pela primeira vez a fortaleza inexpugnável que ergueram como ela de fato é: um recinto de areia exposto às adversidades.

Às onze, o terceiro pelotão está reunido aos pés da torre de vigia oeste para um exercício de tiro. Os rapazes esperam, traseiro apoiado na mesa em que as armas estão brilhando e prontas para o uso, ou encostados nas barreiras hesco, à sombra. Fazem o possível para parecerem à vontade, até mesmo entediados. Na realidade, estão exaustos e um pouco deprimidos, nenhum tem mais nada a dizer, depois de terem passado o resto da noite com as lâmpadas nuas da barraca acesas, uns de olhos inutilmente fechados para ter algumas horas de descanso, outros ainda comentando pela enésima vez a dinâmica do ataque (que ninguém entendeu muito bem) — todos, de qualquer modo, com os ouvidos alertas para detectar uma nova detonação. O primeiro-sargento René quebrou a cabeça para dirigir aos seus homens um discurso de incentivo, mas não lhe vinham as palavras e acabou se limitando a dizer, estamos em guerra, sabíamos disso, como se a culpa fosse deles.

Os canos dos fuzis cintilam ao sol, e as duas caixas de munição dão, a mais de um, vontade de carregar a arma e sair da base para disparar a esmo em quantos afegãos estiverem ao alcance das suas balas. René conhece esse estado de ansiedade, ele mesmo o experimenta e o viu se prenunciar nos cursos de treinamento ("uma reação natural, humana, que deve ser mantida sob controle"). Pecone interpreta um pouco grosseiramente o sentimento comum quando ergue um fuzil, aponta-o para a montanha e depois para o céu, virando-se alerta bruscamente. "Venham, seus filhos da puta! Acabo com vocês um a um. Pam! Pam!"

"Baixe essa arma. Ou vai é acabar com algum de nós", diz René. É uma piada, mas soa lúgubre e ninguém ri.

O capitão Masiero aparece no fundo do pátio, os soldados esparramados no chão pulam de pé e endireitam os ombros. O coronel ordenou que o capitão cuidasse dos polígonos de tiro durante a permanência na FOB, quando via de regra cada pelotão cuida disso internamente. Inútil dizer que René não está nada contente com a novidade, sente-se desprestigiado. Tem uma antipatia congênita por Masiero, julga-o sem meios-termos um babaca e um lambe-cu da pior espécie. Pelo que sabe, a intolerância é recíproca.

Quando o capitão chega à torre de vigia, os rapazes formaram uma fila. "A arma está em posição?", pergunta Masiero.

"Sim, senhor."

"Então vamos começar."

Trepam um de cada vez na escada de madeira. René lhes passa uma cinta dourada de munição. Masiero se posta às costas de cada um e repete a ordem ao pé do ouvido: "Está vendo o morro? Há três barris. Mire naquele vermelho ao centro. Dispare rajadas breves e avance. A MG é uma puta que quer ficar de pernas pro ar, não se esqueça disso. Deve mantê-la abaixada, entendeu? Abaixada. Carregue e abra fogo quando estiver pronto. Ponha os tampões, senão arrebenta os tímpanos".

René atira primeiro, é impecável. Quando atingido, o barril estremece, depois volta à posição. Os tiros fora do alvo provocam golfadas de fumaça entre as rochas e os arbustos. Mesmo assim, Masiero não poupa uma farpa: "Muito bem, sargento. Tente relaxar quando atira. Vai ver que é mais divertido".

René pensa em enfiar o indicador e o médio no nariz dele, até saírem pelos olhos.

Espera que seus rapazes façam bonito. Detesta admitir, mas faz questão de que se mostrem capazes diante do capitão.

O início é promissor. O alvo é acertado pela maioria pelo menos uma vez. Camporesi, Biasco, Allais e Rovere se saem lindamente, Cederna recebe cumprimentos pela rapidez com que carrega a arma e aponta.

O cabo Ietri é o primeiro a decepcioná-lo um pouco. Como sempre, o teto da guarita é baixo para ele. É obrigado a se agachar sobre a metralhadora. Talvez por isso, ou porque o bafo do capitão no seu ouvido o deixe nervoso, mantém o gatilho apertado tempo demais.

"Não se pode desperdiçar munição", Masiero o adverte.

Quando passa a seu lado, de cara amarrada, René lhe dá um tapinha nas costas. Ietri ainda é jovem, se melindra com tudo.

Zampieri se apresenta por último. René olha involuntariamente para seus seios enquanto ela trepa na escada, mas não tem nenhum pensamento sexual preciso. Nunca teve, talvez porque ela seja uma espécie de amiga ou porque a viu arrotar fragorosamente depois de ter esvaziado uma lata de cerveja, e certas coisas não se conciliam com sua ideia de feminilidade. Ele a trata como a todos os outros, como um homem. Zampieri é um bom elemento, dirige os Lince com firmeza e um pouco de necessária negligência, é determinada e nunca tira o corpo fora, nem mesmo quando Torsu, no quartel, passa um filme pornô. Fica ali um pouco afastada, mas vê até o fim. De certos olhares que percebeu, René seria capaz de apostar que ela tem uma queda de velha data por Cederna, mas ninguém mais desconfia. Todos acham que é lésbica.

Zampieri ouve as instruções do capitão, assentindo. Põe os tampões nos ouvidos e espicha o pescoço. Peleja com a tampa de alimentação para inserir os cartuchos, mas não consegue direito. Cada vez que tenta apoiar a cinta de munição, a tampa fecha nos seus dedos. A coronha escapa da concavidade do ombro. "Não consigo", diz, e tenta em vão mais uma vez.

Masiero manda os rapazes trazerem um estrado de madeira. Di Salvo encontra um na cabana de ferramentas e em dois içam-na para a fortificação. René arruma o estrado no chão e Zampieri sobe nele. "Melhorou?", pergunta, caloroso, para tranquilizá-la.

"Melhorou."

"Seria melhor ainda se você pusesse a munição do lado certo", comenta Masiero, asperamente.

"Claro. Desculpe, senhor."

Zampieri ainda se atrapalha com a tampa, e a metralhadora continua a escapar e dobrar para a frente, um animal recalcitrante. René está impaciente. Os rapazes observam de baixo a companheira com um misto de pena e curiosidade, e olham em seguida para René, como lhe pedindo para intervir. O capitão apoiou os antebraços no peitoril da guarita e exibe um sorriso sarcástico. Finalmente Zampieri consegue firmar a arma com o cotovelo e fechar a tampa de alimentação. "Feito."

"Até que enfim. Carregar!"

A moça tenta puxar para trás o manípulo de carregamento, mas ele é duro demais. O próprio René sentiu um pouco de resistência antes. Agora tem certeza de que Zampieri não vai conseguir. De fato, ela tenta outra vez, mas não consegue puxá-lo até o fim.

"Vai ver que travou", diz baixinho.

Masiero a afasta com uma cotovelada. "Não está travado porra nenhuma! Você é que é uma incapaz", carrega a arma com um gesto violento. "Agora dispare!"

Zampieri não treme, mas suas bochechas estão mais vermelhas que o normal, o pescoço rígido. René também sente o sangue pulsar no corpo todo, nas orelhas, nas mãos. Zampieri mira apressadamente, a MG recua e o disparo termina uns vinte metros acima do barril. O capitão solta um palavrão, depois se posta atrás da moça e a empurra para a frente com os quadris, na direção da coronha da metralhadora. Se não estivessem gelados, os rapazes na certa teriam arriscado um comentário picante.

"Dispare, caralho!"

Os tiros terminam ainda mais longe do alvo. Zampieri emite um gritinho devido à dor no seio, apertado entre a arma e o esterno de Masiero. Ele a faz se virar com um puxão e se põe a sacudi-la. "E você é uma fuzileira? Hein? Uma fuzileira? Estamos no Gulistão, caralho! Aqui nos massacram por culpa de gente como você!"

Os rapazes do pelotão baixam ligeiramente a cabeça. René, ao contrário, decide encarar o capitão até o fim.

"E esta noite era você que montava guarda? Poderíamos ter morrido todos por sua causa. Isto é uma guerra, e você não sabe usar uma metralhadora!"

Zampieri fica paralisada, parece que vai se despedaçar de uma hora para outra esmagada como estava por Masiero. Os vasos dos seus olhos explodem, vermelhos.

"Capitão", se intromete René.

Masiero se vira furioso. "O quê?"

"O senhor talvez a esteja intimidando demais."

René permanece em posição de sentido, impassível, enquanto Masiero se aproxima dele em passos lentos, respirando pela boca.

"Estou *intimidando-a*?"

"Meus homens nunca usaram essa arma antes de hoje."

"Oh, que coisa. Sinto muito. Quem sabe eu devia dar à senhorita uma pistola d'água. Ela já usou uma dessas?"

René se cala. Sua expressão não se altera, nem a dos seus homens, mudos ao pé da torre. Foram educados a uma severa inexpressividade, a manter os piores pensamentos bem escondidos atrás dos olhos, e Masiero foi um dos seus mestres. O capitão se aproxima ainda mais de René, para a um palmo do rosto dele. Olha para os galões do blusão, como se não o conhecesse muitíssimo bem. "Primeiro-sargento, me diga uma coisa. O senhor já participou de um embate armado? Um embate armado *de verdade*, entende-se."

"Não."

"Responda como se responde a um superior, sargento."

"Não, senhor."

"Entendo. Que pena. Mas não se preocupe. Nesta missão vai participar. Sabe por quê? Porque aqui atiram. Aqui nos odeiam e querem matar todos nós. Ouviu aqueles belos petardos esta noite? Pois então saiba que não era uma festa e que não vão parar enquanto não arrasarem esta base e fizerem picadinho de todos os cães infiéis como você e eu. Sabe o que os talibãs fazem com os prisioneiros, sargento?"

"Não, senhor."

"Crucificam. Como Jesus Cristo. Consegue imaginar um prego enferrujado cravado entre os nervos da sua mão? Vocês, aí embaixo, conseguem imaginar? Mademoiselle, a senhorita imagina? Morrer de fome, ou de hemorragia. Pode levar até três dias. Aqueles filhos da puta molham seus lábios para que você dure mais. E sabe o que mais fazem, sargento?"

"Não."

"Não, *o quê?*"

"Não, senhor."

"Moem você com um cacete, horas a fio, até não dar mais pra ver se ainda está de roupa. Mas tomam o cuidado de não te deixarem morrer. Porque depois te trancam num local cheio de insetos e deixam que eles terminem o trabalho. Ou então... pergunte então o quê, sargento."

"Então o quê, senhor?"

"Ou então te penduram de cabeça para baixo até todo o sangue descer pro cérebro e fazê-lo explodir. PUM! Entendeu agora por que é bom saber carregar uma MG?"

"Sim, senhor."

"E acha que a senhorita de cabeleira loura aqui atrás também entendeu?"

"Sim, senhor."

"Porque seria uma pena eles lambuzarem esses lindos cabelos dourados de sangue, não acha?"

"Sim, senhor."

Masiero faz uma pausa. O silêncio é tão absoluto que René é capaz de ouvir sua própria respiração.

"Bom", disse Masiero por fim, "por ora acabamos."

O capitão desce a escada. Os soldados ficam duros enquanto passa por eles, sem se dignar a lhes dirigir um só olhar. René, no alto da fortificação, sorri para Zampieri, como a lhe dizer para não se chatear: não aconteceu nada de grave.

O crepúsculo é o momento preferido do dia para o tenente Egitto. O ar fica mais fresco de repente, mas ainda não é cortante como o da noite. Na luz do anoitecer, a FOB parece ficar menor, e dando uma volta pelo pátio pedregoso sobressaem finalmente cores diferentes dos ocres e verdes costumeiros: os rapazes passam de roupão azul, rosa, laranja e havaianas. Por algumas horas a atmosfera é de plácida cotidianidade. A rija apatia do tenente se atenua e ele é percorrido por inesperadas lufadas de bom humor.

Junto dos chuveiros há uma barraca com aquecimento que serve de vestiário, mas Egitto não se sente à vontade para se desnudar diante dos colegas; prefere fazê-lo dentro da cabine do chuveiro, apesar de o espaço não ser suficiente. Bolou uma técnica para tirar a roupa e, depois, se vestir ficando em equilíbrio numa perna e na outra, sem que os pés entrem em contato com o chão imundo, antes de enfiar os chinelos. A sobrevivência na FOB requer talento num sem-fim de coisas assim, de somenos importância.

A água é morna, não propriamente quente, mas passados uns dez segundos fica bastante agradável. Alguém esqueceu uma espuma de banho na saboneteira. Egitto desatarraxa a tampa e cheira o conteúdo: tem um aroma forte, acre e implacavelmente masculino, desses que pairam com frequência nos vestiários de quartel. Os rapazes gostam de se envolver em densas nuvens de perfume, borrifam o tórax e até a genitália com desodorantes agressivos, que depois estagnam no ar úmido — outra diferença entre ele e eles. O tenente se lava com o sabonete alcalino da farmácia.

Derrama o líquido na mão, esfrega-o no peito e nas costas. Nos pontos piores se abrem feridas escuras, que depois fecham rapidamente. O tenente dirige o jato d'água para os pedaços de pele morta esparramados no chão, até serem chupados pelo ralo. Talvez o dono do frasco esteja esperando do lado de fora da porta. Quando Egitto passar, ele reconhecerá o cheiro da sua espuma de banho e só Deus sabe como poderá reagir. Os rapazes são imprevisíveis. Em todo caso, teria razão, não se rouba o sabão de um colega, é um desses crimes que num posto avançado do deserto assumem uma dimensão gigantesca. Derrama mais um pouco, passa nas virilhas e nas pernas. Depois fica debaixo da água de olhos fechados, até alguém bater na porta. Seus três minutos de chuveiro terminaram.

Voltando à enfermaria, encontra a entrada da barraca entreaberta. "Tem alguém aí?"

Uma voz feminina chega do lado oposto da lona verde: "Alessandro? É você?".

O pano se abre e emerge um braço nu, um ombro, em seguida um pedaço de toalha branca, depois o rosto redondo de Irene Sammartino, com os cabelos presos no alto. Irene. O holograma seminu dela é projetado de um além muito distante, no tempo e no espaço, em frente ao tenente. Egitto, aturdido, dá um passo atrás se afastando da aparição.

A mulher sorri para ele. "Escolhi esta barraca. Não sabia onde você dormia. Não há sinal de vivalma."

"O que você está fazendo aqui?"

Irene inclina a cabeça para o lado, fecha os braços nus em torno do seio — seu seio nunca foi muito grande mas também não é minúsculo, Egitto se lembra mais ou menos como era encerrar um hemisfério na palma da mão.

"Isso é jeito de receber uma velha amiga? Venha. Deixe eu te dar um beijo."

Egitto se aproxima, relutante. Irene o escruta atentamente, lá de baixo da pequena diferença de estatura que os separa, e parece querer se certificar de que todos os detalhes estão no devido lugar. "Ainda está bonitão", diz, satisfeita.

A toalha só cobre uma parte das suas coxas e ondula a cada movimento dela. Não é um nó aquilo que mantém a toalha fechada na altura da clavícula, mas somente um canto dela enfiado debaixo da borda, que podia se desfazer de um instante para o outro, liberando por inteiro seu corpo. Egitto não sabe por que está ventilando essa possibilidade. Irene Sammartino, descalça, está na sua barraca, e ele não tem ideia de por que está ali, não sabe de onde chegou, se caiu do céu ou brotou da terra, quais são suas intenções. Ela lhe dá dois beijos amistosos e leves nas faces. Recende a um perfume gostoso, que não suscita nele nenhuma lembrança. "Coragem, tenente, diga alguma coisa! Parece que viu o diabo em pessoa."

Meia hora mais tarde Egitto está pedindo esclarecimentos ao coronel Ballesio, que enquanto isso se dedica com muita preocupação a raspar o fundo de um potinho de iogurte com o dedo.

"Irene, certo. Disse que vocês são amigos. Sorte a sua. Belo pedaço de mulher, nem precisa dizer. Mas fala pelos cotovelos. Sem parar. E diz coisas que francamente não entendo. Não acha que tem algo de triste nas mulheres que falam coisas pouco divertidas? Minha mulher é assim. Nunca tive coragem de dizer isso a ela." Ballesio enfia o indicador inteiro na boca, tira-o fora brilhante de saliva, uma salsicha úmida. "E também me parece que esse tipo de mulher tem tendência a engordar. As pernas, quer dizer, olhou para elas? Não são *gordas*, mas se vê que correm esse risco. Tive uma moça com sobrepeso como suboficial e... ufa! Aquelas carnes têm algo de diferente... de suíno. Está bem instalada?"

"Cedi meu catre a ela."

"Fez bem. Folgo em saber. Eu a teria instalado aqui, mas afinal vocês já são amigos." Ele lhe deu uma piscadela? Ou terá sido apenas impressão? "E depois tenho esse ronco tremendo. Quase me custou o divórcio. Minha mulher e eu dormimos em quartos separados há catorze anos. Não que me desagrade, mas às vezes acordo porque ronco alto demais. Um trator, nem mais nem menos", tosse. "Não existe remédio, doutor?"

"Não, coronel." Egitto está mais furioso do que deixa transparecer.

Ballesio examina o fundo do potinho, quem sabe sobrou um restinho de iogurte... Lambeu escrupulosamente até a tampinha de alumínio, que agora jaz em cima da mesa e brilha tenuemente sob o neon. Joga o potinho no cesto de lixo, mas erra. O plástico bate na beirada e rola no chão, aos pés do tenente. Egitto espera que não lhe peça para catá-lo. "Claro. Porque não existe remédio. Esparadrapo, balas, dormir de lado, experimentei tudo. Não há solução. Se você ronca, ronca, e ponto final. Bom. A srta. Irene ficará aqui uma semana, se os helicópteros permitirem."

"O que ela veio fazer, comandante?"

Ballesio olha de través para ele. "Pergunta isso a mim, tenente? Como quer que eu saiba? Está cheio dessas Irenes circulando pelo Afeganistão. Procuram, perguntam. Não ficaria surpreso se sua amiga estivesse aqui pra colher informações sobre um de nós dois. Vá saber. Hoje um soldado se lamenta de uma babaquice qualquer e logo eles caem em cima de você como aves de rapina. Ela que fique à vontade. Não tenho mais nada a defender. Se me mandarem pra reserva amanhã, ficarei mais que feliz. Já você, fique de olho."

Egitto respira fundo. "Comandante, queria lhe pedir permissão pra dormir aqui. Não o incomodarei."

O rosto de Ballesio se anuvia, depois volta a se relaxar num sorriso. "Não, eu sei. Claro que não. *Eu* é que o incomodaria, isso sim. Me diga uma coisa: qual o problema, tenente?"

"Considero mais apropriado que a srta. Irene tenha sua privacidade."

"Por acaso você é veado?"

"Não, senhor."

"Sabe o que meu velho sempre dizia? Dizia, querido Giacomo, se você gosta mole, tem quanto você quiser. Assim mesmo, mas em dialeto, que soa pior ainda. *Se'l te pias moll, ghe n'é fin che te vöret.*" O coronel aperta seus atributos através das calças. "Ele era um sacana. Aos oitenta anos ainda se metia na cama da cuidadora. Coitado, morreu sozinho, como um cachorro. Não sei se nos entendemos, tenente", de novo o piscar de olhos, evidente dessa vez, "mas no que me diz respeito, você e sua hóspede podem fazer o que bem entenderem. Não tenho nada contra um pouco de promiscuidade."

Egitto decide ignorar por completo o conteúdo das alusões do coronel. Como ele reagiria se soubesse a natureza exata da sua amizade com Irene Sammartino? Não tem a menor vontade de descobrir. Repete lentamente: "Se acha que não vou incomodá-lo, mudo pra cá. Momentaneamente".

"O.k., o.k., como preferir", diz Ballesio, impaciente. "Sabe, Egitto? Você é o oficial menos divertido que conheci em trinta anos de serviço."

De noite, porém, Egitto não fecha os olhos. Ballesio de fato ronca como um trator, e o tenente passa o tempo se irritando, imagina a úvula pegajosa do comandante vibrando à passagem do ar, as glândulas banhadas de sangue, inchadas, hipertrofiadas. Gostaria de se levantar e sacudi-lo com força, mas não tem coragem, gostaria de voltar para a enfermaria e pegar uma caixa de lorazepam, mas não tem coragem para isso tampouco. E Irene Sammartino está dormindo lá. Quando pensa nisso, lhe vem de novo a dúvida de se não foi uma alucinação detalhista e prolongada. O máximo que pode fazer é amansar Ballesio fazendo sons com a boca. O coronel se aquieta por alguns segundos, depois recomeça, mais alto que antes. Às vezes entra em apneia e quando volta a respirar produz sucções monstruosas.

A frustração de Egitto o torna vulnerável ao assédio das recordações. A cápsula de liberação retardada de duloxetina amolece, cede gradualmente ao fluxo dos pensamentos. O tenente percorre os poucos e estilizados episódios que ainda tem presentes da história de Irene. Quanto havia durado? Não muito, uns dois meses no máximo. Assistiam a alguns cursos em comum na escola de formação de oficiais. Tinham se aproximado porque eram apenas mais despachados que seus comportadíssimos colegas — ela, daquele seu modo veemente; ele, com seu jeito cáustico, uma herança inesperadamente preciosa da verborragia de Ernesto.

A atração que o tenente sentia por Irene era do tipo frio, mas às vezes mudava de sinal repentinamente, jorrava alto como um fogo em que se joga gasolina. Do tempo passado com ela se lembra sobretudo dos encontros sexuais no quartinho apertado do dormitório, os lençóis sempre um pouco mais úmidos do que gostaria. Mas a invasão afetiva de Irene logo se tornara um motivo de ansiedade e quando, por fim, os ardores eróticos também começaram a se arrefecer, Egitto não havia descoberto como substituí-los.

Guarda a imagem dos dois deitados na sua cama de solteiro, despertos e inertes, é um domingo de manhã e ouvem os arrulhos dos pombos no telhado, parecem grosseiros orgasmos humanos, sugestões que Egitto opta por ignorar: o instante preciso em que se dá conta de que não está mais a fim. Diz isso a Irene, quase nesses mesmos termos brutais.

Mas se livrar de Irene Sammartino não se mostrou tão simples. A umas duas semanas da separação veio aquela sequela desagradável, ela o convocava a um bar no centro da cidade e com um ar arrasado lhe confessava estar com um atraso de seis dias — não podia ser mero acaso, não, seu ciclo era pontualíssimo, infalível. Porém não tinha vontade de fazer o teste, ainda não. Haviam caminhado demoradamente sob os pórticos, sem se tocar, Egitto considerava consigo mesmo os diversos cenários, controlava com dificuldade o nervosismo e de quando em quando procurava persuadi-la a tirar a dúvida. Resultou ser rebate falso. Nos meses seguintes, Irene aparecia quando ele menos esperava. Os amigos comuns, a rigor, eram mais dele que dela, mas Irene não perdia uma oportunidade de encontro. Sempre chegava sozinha, sorridente, por instantes era incrivelmente tagarela. Dava corda a todos, ignorando-o, mas quando se cansava desse papel se encerrava no mutismo. Começava a olhar em torno com a irrequietação de um felino, lançando olhares frequentes em sua direção, e mais cedo ou mais tarde durante a noitada acontecia de os dois se virem a sós, se perguntando como iam as coisas, cada vez mais embaraçados.

Depois, de um dia para o outro, Irene sumiu no nada. A conjectura que ganhou corpo entre os estudantes da escola era que o serviço de inteligência a tinha designado para um programa especial, no exterior. Isso não espantou Egitto: sempre havia sido uma moça esperta, tinha talento para a comunicação. Não especulou muito sobre isso, em todo caso. Sentia-se aliviado.

O nariz do coronel Ballesio emite um assobio agudo, como o de um rojão, que termina com um estrondo. Egitto se vira no catre pela milionésima vez. Irene Sammartino... quantos anos se passaram? Oito? Nove? E depois de todo esse tempo ela reaparece bem ali, no Gulistão, dentro da sua barraca, como um cavalo de Troia que o destino introduziu à noite no seu esconderijo. Para transtorná-lo, para levá-lo de volta. A quê, não sabe. Ao mundo rutilante dos vivos? Não, o destino não tem nada a ver com isso. Egitto tem com frequência a tentação de ceder ao fascínio das coincidências, mas nesse caso está metida Irene Sammartino. Se ela veio até a FOB é porque decidiu vir, deve ter em mente alguma coisa: ele não se deixará enganar. *Fique de olho, tenente.*

Ietri e Zampieri montam guarda na torre principal. A lua é uma unha luminosa sobre a montanha, e Ietri se lembra de uma parlenda dos tempos do ensino fundamental: *a lua é uma mentirosa, quando faz o D cresce, quando faz o C decresce.* Com o D no céu, seu pai se levantava antes de raiar o dia para plantar beterrabas. Com o C havia saído de casa uma noite de maio e não voltara mais.

"É lua minguante", comenta consigo mesmo.

"Ahn?"

"Nada."

Zampieri senta no chão e estica as pernas. Mexe para a frente e para trás as pontas das botas. "Está frio", diz. "Caralho, já pensou em janeiro? Deve ser de matar."

Ietri tira as luvas do bolso, oferece-as a ela. Zampieri nem dá bola, continua falando enquanto estuda a pele esfolada em torno do polegar direito. Morde-a onde está mais rosada. "O capitão devia vir até aqui. Sentir o frio que está fazendo. Mas duvido, ele não suja a bunda."

"Quem, Masiero?"

Zampieri olha para a ponta das botas, sem parar de mordiscar o dedo. "Você viu como ele me tratou? Me chamou de mademoiselle, como se eu fosse uma modelo idiota."

"Mademoiselle é isso?"

Ela de novo não lhe dá atenção. "Eu sei carregar uma MG, garanto. Sei carregar todas as armas do mundo. Aquela metralhadora estava montada alto demais. O Masiero devia me ver atirar com meu SC. Eu faria aquele barril virar pó."

"Você não ia conseguir acertar tão longe com um SC", Ietri a contradiz, mas de imediato tem a impressão de que não era a coisa certa a dizer. Zampieri de fato olha para ele estranhando, um pouco desgostosa, antes de voltar a falar. "Aquela arma estava travada, eu disse pra ele. Deve ter sido o Simoncelli, que atirou antes de mim. Ele sempre bagunça com a artilharia."

Tira o polegar com a boca, esfrega-o com o indicador. Solta o rabo de cavalo e sacode a cabeça. É mais bonita com os cabelos assim, pensa Ietri, mais feminina.

Um instante depois está soluçando convulsivamente. "Me chamou de senhorita! Machista filho da puta! Duvido que faça isso com vocês. Duvido! É só porque sou mulher. Que cretina que eu sou. Cretina... quando escolhi... esta... profissão."

Seus ombros se sacodem com o choro, e Ietri tem de reprimir o instinto de acariciar sua cabeça.

"Não... sou... capaz."

"Claro que é."

Ela levanta a cabeça de repente e o incinera com os olhos. "Não sou, não! O que você sabe de mim, hein? Nada. Não sabe nada."

O desabafo parece acalmá-la. Ietri decide não protestar. Zampieri continua a chorar, porém de forma mais submissa, como se fosse apenas um modo diferente de respirar. Ietri não sabe como se conforta uma moça. Consolou muitas vezes a mãe, principalmente no período negro em que seu pai havia sumido na plantação, mas era diferente. Não precisava fazer grande coisa, porque ela é que fazia tudo: apertava-o até quase estrangulá-lo e repetia, você tem sua *mamma*, você tem sua *mamma*. "Eu também às vezes penso que não sou capaz", diz.

"Mas se você sempre faz tudo certo. O catre sempre arrumado, sempre pontual no toque de reunir, nunca reclama de nada nem banca o idiota. Camaradas, eis o cabo Ietri, o soldadinho perfeito!"

Ietri não gosta do tom com que ela diz aquilo. Ele se esforça para fazer tudo direito, é verdade. Não vê nada de mal nisso. Sente no entanto a necessidade de se justificar. "Olhe que eu também faço besteiras!"

"Claro que sim."

"Estou falando sério."

"Claro!"

"Outro dia, minha lanterna caiu de noite na latrina."

Zampieri torna a olhar para ele, assombrada. "A lanterna que entupiu a latrina era *sua*?"

"Tentei tirá-la, mas fazia um escuro de breu. Não queria meter a mão ali dentro. Estava imundo, me dava nojo."

A moça bate as palmas das mãos nos joelhos e cai na gargalhada daquele seu jeito barulhento. "Você é um verdadeiro babaca!"

"Cale a boca! Vai acordar a base inteira."

Mas Zampieri não para. "Você é mesmo um babaca!", repete. Depois se deixa cair de lado e não se incomoda de esfregar o rosto no chão.

"Eu pelo menos sei atirar", resmunga Ietri, cada vez mais ressentido.

Ela senta novamente. Um pouco de pó sujou sua face, se limpa com o antebraço. "Está bem, está bem, não fique zangado", diz, mas depois torna a cair na gargalhada.

O quadrado de terreno da guarita está coalhado de cápsulas de projéteis. Ietri cata uma, a faz girar entre os dedos. Ele se pergunta se era de um tiro que matou ou de um que errou o alvo.

Zampieri dá uma fungada: "Ei, te ofendi?".

"Não."

"Não mesmo? Acho que você está se sentindo mortalmente ofendido."

"Não estou ofendido."

"Você é uma gracinha de cara amarrada assim."

Ietri abre a boca. "O quê?"

"Disse que você é uma gracinha."

"Em que sentido?"

"Em *nenhum* sentido particular! Você é uma gracinha e pronto. Nunca te disseram isso?"

"Não."

"Devia se olhar no espelho. Está todo vermelho."

"Como você sabe, se estamos quase no escuro?"

"Está tão vermelho que dá pra ver assim mesmo. Você está fosforescente, caralho."

Provavelmente ela tem razão. Ietri *se sente* vermelho. Vira as costas para Zampieri e finge olhar pela seteira. A montanha é um grande animal agachado, um pouco mais escuro que o céu, dá para distinguir sua silhueta. Zampieri disse que ele é uma gracinha. Deve acreditar nela? Ela abre o zíper do blusão e enfia a mão no bolso interno. Tira fora um pequeno frasco de alumínio, toma um gole e oferece a ele. "Tome. Assim se acalma um pouco."

"O que é?"

Ela dá de ombros.

"Está louca? Se flagrarem a gente bebendo na guarita seremos punidos."

"Eu não disse, senhoras e senhores? Eis o cabo Ietri, o soldadinho perfeito!"

Toma outro gole e ri consigo mesma. Ietri se envergonha. "Passe a garrafa", diz.

Zampieri lhe estende o frasco. Ele engole uma dose. É grapa da forte. Devolve-o. "Como é que você bebe esta coisa?"

"Bebo o que tem. Quer mais?"

"Quero."

Continuam assim mais um pouco, passando um ao outro o frasco. Ietri não desiste nem quando perde a vontade, porque toda vez consegue tocar os dedos da colega. "Você ficou com medo ontem à noite?", pergunta a ela.

"Nunca tenho medo", replica Zampieri. Pega uma mecha de cabelos, enrola-a. "E você?"

"Não, não", Ietri se apressa a dizer, "claro que não."

Zampieri esqueceu o zíper do blusão um pouco abaixado, dá para entrever a camiseta verde colada ao seio. Ietri a imagina sem roupa. Constrói sua figura nua de modo metódico, do pescoço aos pés. Ela voltou a torturar a pele do dedo com os dentes e parece novamente distante, imersa nos seus pensamentos que não têm nada a ver com ele. "Vou fazer o capitão pagar caro", murmura, "um dia vou fazê-lo pagar caro, juro."

Não falam mais. A grapa acaba, mas ainda a tempo de Ietri ter uma ereção. Continua a espiar dentro do blusão de Zampieri, a imaginar os seios brancos, até ela fechar dolorosamente o zíper e se encolher de frio. Um minuto depois dormia, ele percebe pela respiração e pela cabeça, que tem movimentos rítmicos para cima.

Quando já chegava o instante de serem rendidos, duas horas depois, não a acorda. Ficou todo o turno de pé, apesar de as panturrilhas formigarem. Olhou muito para ela, quase o tempo todo. Permitiu-se fantasiar como faria amor com a companheira, deitados no chão da guarita, como lhe apertaria as coxas e manteria a boca tapada. Mas também teve pensamentos mais ternos, em que se beijavam e se acariciavam as mãos e ele lhe mostrava a casa de Torremaggiore e jantavam juntos com a mãe, que preparava para a ocasião uma *focaccia* com batatas. É uma fantasia não menos excitante. Ietri só conhece uma maneira de se libertar de toda aquela tensão. Chegará sua vez de se aventurar nas latrinas, terminado o turno. O problema — e não é em absoluto um problema menor — é que ficou sem lanterna.

Olhar, olhar e olhar

"Um IED é uma bomba caseira, não se esqueçam disso. Improvised Explosive Device. Qualquer um pode fazer uma. Peguem um galão de fertilizante químico, dois fios de cobre e dois grampos de metal, liguem tudo. É o circuito elétrico mais simples que vocês podem imaginar, até uma criança é capaz de montar. As instruções estão na internet. Vocês não têm como evitar. Um IED custa o preço de uma pizza com cerveja, e vocês encontram o material no comércio. É uma ratoeira, é o que é. E os ratos somos nós. É por causa dos IEDs que esta guerra se tornou uma guerra fodida como a do Iraque. Vocês não veem mais o inimigo, não há inimigo. Ele enterra sua bomba e depois se esconde atrás de uma pedra pra apreciar o espetáculo. Bum! Vocês não têm como evitar, só podem olhar. Devem olhar pra tudo, sempre. Olhar, olhar, olhar e olhar. Um monte de lixo na beira da rua? Suspeita de IED. Um garotinho de pé num telhado cumprimentando vocês? Suspeita de IED. Um pouco de terra mais escura que o resto? Suspeita de IED. Se a terra é mais clara, suspeita de IED também. Pedras enfileiradas? Um carro abandonado? A carcaça putrefata de um camelo? Suspeitas de IED. Somos os cães farejadores desta guerra. Se houver risco de bomba, parem e deixem a ACRT trabalhar. Não os apressem. Se a ACRT se apressa, vocês vão pelos ares. Levem de beber pra eles, se pedirem de beber, e mesmo se não pedirem, porque se a ACRT tem sede e sente dor de cabeça e se atrapalha, vocês vão pelos ares, não se esqueçam disso. É uma guerra nojenta, a mais nojenta de todas. Vocês não podem enfiar a baioneta nas tripas desses talibãs, tratem de aceitar isso. Eles saem por aí com suas roupas brancas limpinhas. Vão esconder os IEDs e pode ser que vocês os encontrem quando eles estiverem de volta. Sorriem pra você, dizem *salam aleikum* e um quilômetro adiante te deixaram o presentinho. São uns filhos da puta. Era melhor quando a gente lhes cravava uma faca na barriga, pelo menos você os olhava cara a cara. (*Ruído de aprovação.*) Dos IEDs vocês não podem saber nada, nunca, não se esqueçam disso. Cada IED é uma história à parte. Temos detectores de metal, e eles fazem de cerâmica as placas de pressão. Mandamos um robô fazer o reconhecimento do terreno, e eles põem a carga um quilômetro além da placa de pressão. Encontramos a placa, ficamos supercontentes e a levantamos para desativá-la, o que ativa outro bem ali embaixo e a carga explode na nossa bunda. Esses talibãs filhos da puta sabem como fazer a guerra. Não fazem outra coisa há cinquenta anos. (*Pergunta.*) Um Lince resiste a dez quilos de explosivo, doze talvez. Aqui fazem bombas de vinte e cinco quilos. Até um caça-minas Buffalo vai pelos ares com vinte e cinco quilos. Uma carga assim parte você em dois, como se um raio caísse na sua cabeça. Depende de onde ela explode, claro. Se for na frente do Buffalo, pode ser que os dois operadores se salvem. Se explodir no meio, tchauzinho. Se explodir atrás, pode ser que escapem o piloto e o especialista, sem as pernas ou os braços, ou as duas coisas. O metralhador, que vai na torreta, de qualquer jeito está fodido. Quem estiver atrás, cata os pedaços. Vocês sabem como fazer. Se um IED explodiu, explodiu. Se alguém morreu, morreu. Temos que ver as coisas como elas são. Não se esqueçam disso também. Não se esqueçam de nada. O que vocês esquecerem é o que os matará. Se um IED explodiu e um amigo de vocês foi pras cucuias porque a ACRT não viu e vocês ficam putos da vida com ela e têm vontade de dar um bom pé na bunda da equipe, não façam isso, porque poderia haver outro IED vinte metros adiante, e uma ACRT com o rabo doendo é uma ACRT menos eficiente, e com certeza vocês não querem ir pelos ares também. Esperem estar na base pra arrancar a pele deles. (*Risadas.*) Quem morreu, morto está, e a ACRT não pode fazer porra nenhuma. Ninguém pode fazer porra nenhuma. (*Pergunta.*) ACRT é Advanced Combat Recognition Team. IED é Improvised Explosive Device, eu já disse. Se vocês acrescentarem um D no fim, se torna Improvised Explosive Device Disposal, que é outra coisa completamente diferente. Já EOD é Explosive Ordnance Disposal. VBIED é um IED escondido numa porra de automóvel. Vocês têm que conhecer as siglas, as siglas são importantes, todas elas. Se não sabem inglês, aprendam. A sigla exata no momento exato salva a vida de vocês. Não é uma guerra limpa, esta. Não é uma guerra equilibrada. Vocês são os alvos. Vocês são os ratos num pedaço de queijo bolorento. Não tem um só amigo nosso lá fora. Nem aquelas crianças com moscas na cara. Nem os *mao-mao*. Noventa por cento das vezes, um *mao-mao* sabe onde está escondido um IED, e não vai dizer a vocês. São corruptos como as putas, esses caras. Nunca vão onde um *mao-mao* não quiser ir. E nunca vão onde um *mao-mao* disser pra vocês irem. (*Pergunta.*) Um *mao-mao* é um policial afegão. Mas onde, caralho, vocês estavam até hoje? (*Risadas.*) Estamos num país de gente nojenta e corrupta. Não há o que melhorar aqui. Quando tivermos dado um jeito em algumas coisas e formos embora, tudo voltará a ser a zorra que era. Vocês querem é voltar pra casa. Voltem pra casa e a missão de vocês terá sido um sucesso, o Afeganistão que vá se foder. (*Pergunta.*) Porque somos soldados, fazemos o que tem de ser feito. E não me façam perder meu tempo com perguntas de merda."

Chega uma denúncia. Um homem disse a outro, que soprou para outro, que por sua vez contou para o vendedor de peças de automóvel do bazar (que por um favor recebido se tornou informante de média credibilidade), que os responsáveis pelo ataque da outra noite estão escondidos num bairro da parte norte da aldeia. Na última semana houve um estranho vaivém de motocicletas nessa zona. É o que basta para organizar uma represália.

Claramente, Ietri não sabe nada de tudo isso. A comunicação se esfarela descendo os níveis de comando. Ele e seus companheiros só ouvem de René o nome de um objetivo e um horário de partida. Saem da FOB duas horas antes de raiar o dia. A ideia é surpreender os talibãs se aproximando furtivamente, embora isso não tenha muito sentido: quarenta toneladas de metal avançando a passo de homem num terreno todo esburacado não produzem exatamente o que se chama efeito surpresa. Se, no entanto, passasse pela cabeça dos talibãs fugir, encontrariam alguém a lhes barrar o caminho, porque os soldados convergem para a zona vindos de cinco direções diferentes, bloqueando as ruas. Herat assegurou uma cobertura aérea de dois caças-bombardeiros que voam invisíveis acima da zona e identificam as fontes de calor num raio de muitos quilômetros. O coronel Ballesio bolou em dois tempos e três movimentos essa estratégia grosseira e impecável algumas horas antes.

Ietri está a bordo do Lince pilotado por Zampieri. Do assento traseiro prefere olhar para ela a olhar para a planície lá fora, horizonte clareado por um arco alaranjado de luzes. Zampieri o perturba muito ou o tranquiliza muito, conforme a situação. É uma coisa curiosa, que lhe dá de pensar. A ACRT ordena três paradas por suspeita de bombas: um passarinho morto, desventrado, na beira da pista, alguns sacos moles abandonados no nada, um grupo de três pedras dispostas ao longo de uma linha quase reta. São alarmes falsos, mas suficientes para aumentar a inquietação de Ietri. De um ponto em que conseguia mantê-la sob controle, ela se espalha por todos os cantos do corpo. Aperta com mais força o cano do fuzil metralhadora que mantém de pé entre os joelhos. Põe-se a escrutar as possíveis geometrias das pedras, quem sabe não perceberia alguma suspeita que escapasse da engenharia de combate. Mas não consegue entender, são todas regulares e irregulares conforme você as olhe. Não dá para entender como o pessoal da engenharia pode fazer o trabalho que faz. Vai ver que eles também contam com a sorte, e de fato de quando em quando um deles vai para as cucuias. "Estamos chegando?", não resiste a perguntar.

Ninguém responde.

"Então, chegamos ou não?"

"Chegamos quando chegamos", responde friamente Zampieri, sem desviar os olhos do caminho.

Descem do blindado, o sol já nasceu. Correndo, os soldados percorrem uns cinquenta metros, viram numa esquina e depois noutra. René parece saber aonde vão. Dispõem-se em fila colados à parede de uma casa.

Comunicam-se com gestos dos braços, da cabeça e dos dedos, sinais codificados. Dizem mais ou menos: vocês avancem, vigiem de lá, você passa na retaguarda, entramos por aquela porta. O último comando é para Ietri: você vai primeiro, Cederna cobre suas costas, arrombe a porta e se afaste. René ergue o polegar direito, o que quer dizer: entendeu? Ietri acha que sim, mas e

se estiver enganado? Gira o indicador para pedir que o comandante repita. René executa de novo a sentença, mais lentamente.
O.k.?
O.k.
Ietri vai para a frente da coluna, depois pula para o lado oposto da entrada. Cederna o segue dois passos atrás. Devia escolher logo eu?, pensa. Sabe-se lá por quê, lhe vêm à mente as baratas da Ruína, o modo como atravessavam o cômodo correndo silenciosas, procurando um abrigo ao longo do percurso.
Olhe ao seu redor, velho. Olhe onde estamos.
Um galo canta alto à distância e o acorda. Bom, recapitulando: há uma rua estreita e vazia, que passa entre as moradias e se perde no nada do deserto, parte da rua fica à sombra, a sombra é projetada pela casa onde o inimigo está escondido e é do lado sombreado que se encontram os soldados; sete, René à frente, estão de pé à direita da porta de madeira, ele e Cederna são os únicos do outro lado.
Ietri enfia a mão dentro da gola, procura a corrente com a cruz, tira-a fora, leva-a aos lábios e se dá conta de que suas mãos estão tremendo. As pernas também. E os joelhos. Caralho. Tem de arrombar a porta com um só pontapé. Parece meio podre, mas está aferrolhada. Pode ser que por dentro a tenham trancado com barras de ferro, nesse caso está frito. É possível que acabem com ele dali a um instante, que os talibãs dentro da casa tenham percebido a chegada deles e agora os esperem com as *kalashnikovs* apontadas para a entrada. Abrirão fogo contra o primeiro que se apresentar, e o primeiro é ele. Havia uma coisa de que precisava se lembrar antes de morrer, ele a tinha em mente até um instante atrás. Seria da sua mãe? A maneira como, quando garotinho, ela penteava com os dedos seus cabelos cortados em cuia? Não lhe parece que seja isso. Aliás, a propósito da sua mãe, agora se lembra somente do tabefe que ela lhe deu um dia antes

de partir e do modo como desandou a chorar no aeroporto. Ietri percebe uma onda surda de raiva voltada contra ela.

"Vai, virgenzinha, vai", Cederna o incita às suas costas.

Mas Ietri tem as panturrilhas pesadas como sacos de areia molhada. Não pode nem pensar em levantar a perna e desferir um pontapé. O peito da bota anfíbia podia estar grudado no chão. "Não consigo."

"Como não consegue?"

"Não consigo."

"Por que não consegue?"

"Estou com a cabeça vazia."

Cederna se cala por um instante, Ietri sente a mão dele no seu ombro. René está de novo fazendo sinal para arrombar.

"Respire, Roberto", diz Cederna. "Está me ouvindo?"

Não pode morrer enquanto sua mãe estiver viva. Já sofreu tanto, pobre mulher. A vida de Roberto Ietri não pertence a Roberto Ietri, não totalmente; uma boa parte ainda é da sua mãe e ele não pode se permitir tirá-la dela. Seria um crime, um sacrilégio. Sua cabeça está tão vazia. O suor cola na sua testa e no pescoço, nas axilas, chove dentro das suas roupas.

"Faça respirações longas, profundas, o.k.? Faça só isso, respire. É a única coisa com que você deve se preocupar. Vai correr tudo bem. Conte até cinco. Respirando. Arrombe essa porra de porta e depois saia da frente. Sou eu que estou te dando cobertura. Entendeu, Roberto?"

Ietri faz que sim. E seu último pensamento, porém? E sua mãe? Foda-se sua mãe.

"Respire, Roberto."

Um.

Como funciona? Chega primeiro o barulho do tiro ou a bala? Com certeza o intervalo não é longo o bastante para que ele se esquive da trajetória. Mas talvez seja o suficiente para o cérebro entender, para dizer ao resto do corpo, acabou, está morto.

Dois.

Percebe um movimento à margem do seu campo visual, à esquerda. Gira a cabeça rapidamente e vê uma luz branca cintilar.

Três.

É só uma pedra refletindo os raios do sol. Olha para a frente. A porta, a porta, a porta, arrombe a porta.

Quatro.

Fecha os olhos por um instante, pula para o lado e desfere um chute com o pé direito. A madeira se agita nos gonzos, se escancara, salta para trás uma vez, depois fica meio fora de eixo.

Egitto volta para a enfermaria com o saco de dormir socado debaixo do braço e surpreende Irene fuçando no seu computador. Antes que tivesse tempo de dizer alguma coisa, por exemplo como é que descobriu a senha de acesso ao correio eletrônico (o que ele vê é sem sombra de dúvida a página do seu e-mail), e se, por cortesia, pode fechá-la já, ela o neutraliza com a voz mais angelical do mundo: "Não sabia do menino que você salvou. O comandante me contou. É maravilhoso, Alessandro. Fiquei emocionada". Com um gesto desenvolto e rápido — mas não o bastante —, faz o programa de correio eletrônico sumir e abre outra janela, que contém uma série inócua de pastas. Vira para ele. "Você é uma espécie de herói, em poucas palavras."

Egitto, atordoado com aquele descaramento, não vê nada melhor a fazer do que se deixar cair na cadeira do lado oposto da mesa, como um cliente numa agência de viagem, ou um dos seus pacientes. Larga o saco de dormir no chão. "Não diria isso", rebate.

Tudo bem. Se Irene está disposta a não procurar saber por que aquela noite ele tinha ido dormir em outra barraca e por que voltava agora com uma cara decomposta, ele, por sua vez, não lhe pedirá que explique a desastrada intrusão na sua vida privada. De todo modo, não tem nada de realmente interessante a descobrir na sua caixa de correio. Firmam esse pacto em silêncio, numa fração de segundo. Ainda existe um resíduo de cumplicidade entre eles.

Irene franze a testa, olha para o tenente com grande ternura. "Ontem não quis tocar no assunto, mas soube do seu pai. Sinto muito, Alessandro. É terrível."

Dessa vez Egitto não consegue conter a raiva. "E você veio até aqui pra me dar as condolências?"

"Como você é sério. Sempre na defensiva." Depois, subitamente jovial, acrescenta: "Então, deixe eu saber, o que você fez esse tempo todo? Se casou? Teve dez mil filhos?".

"Tenho a impressão de que você já está de posse dessas informações."

Irene sacode a cabeça. "Continua o mesmo. Não mudou nada." Será uma crítica? Ou, ao contrário, um sentimento de alívio? As amizades se dividem exatamente no meio, entre quem gostaria de te ver mudado e quem te espera sempre igual. Irene pertence sem dúvida ao segundo grupo. "Na verdade, não", ela prossegue, "não estou de posse *dessas informações*, como você diz. Mas admito ter notado que seu anular ainda está livre."

O dela também, percebe Egitto. Trata de pegá-la no contrapé, para não lhe dar chance de aprofundar o assunto: "Está aqui para uma investigação?".

"Digamos que estou fazendo um giro pelas bases do Sul. Para ver como vão as coisas."

"E como vão?"

"Pior do que parece", depois de dizer isso fica absorta um instante, sombria.

"Isto é?"

Vira-se para ele com uma expressão glacial. "Alessandro, me desculpe. Não posso discutir os detalhes da minha missão com você. Você sabe, recebo diretrizes que vêm... de cima", faz um gesto esvoaçante com as mãos.

"Entendo", Egitto se apressa a dizer. "Não sabia que você estava envolvida nesta missão, nisto aqui."

Na realidade, está irritado com a arrogância de Irene, assim como por se descobrir mais curioso do que gostaria sobre as circunstâncias que a trouxeram ao Gulistão — e sobre a vida dela. Parece existir de repente um desagradável subentendido entre eles: enquanto Irene Sammartino se tornou uma pessoa que recebe *diretrizes de cima*, ele continuou sua carreira medíocre de oficial do Exército.

"Entendi, subiu na vida", diz.

"Que nada", rebate Irene, condescendente. "Sou apenas uma funcionária, como todos." Depois acrescenta, quase para fazer uma pequena concessão: "Em todo caso, nos últimos anos aprendi dari. É uma língua que me fascina. Tão antiga. Tem modos contortos e muito elegantes de dizer as coisas simples".

Tempos atrás, como muitos colegas cheios de boa vontade, Egitto também encarou o dari. Ainda tem o manual, em algum lugar dentro dos baús. Não chegou além dos cumprimentos. Já Irene deve ter enfrentado o desafio a sério, ainda é uma mulher obstinada. Sua brilhante colega de curso deixou amadurecer o fruto do empenho nos seus estudos e agora o agita, substancial e perfumado, diante do seu nariz, como algo insondável para ele. Não funciona assim para todos, pensa Egitto, a árvore do conhecimento também produz frutos raquíticos e azedos. Fica em silêncio.

Irene puxa da tomada o cabo do computador, como se o aparelho fosse mesmo dela e Egitto não passasse de um chato qualquer. "Se não se incomodar, vou levá-lo. Preciso terminar um relatório urgente. Para nós é um desastre, requisitam os computadores continuamente por razões de segurança, sempre precisam... atualizá-los. É exasperante. A gente se vê no jantar, se você quiser." Mais uma vez sem pedir licença, com a impetuosidade que a caracteriza, se apossa do notebook, manda-lhe um beijo aéreo e desaparece do outro lado do encerado. Mais uma vez o tenente Egitto, estarrecido como se tivessem acabado de lhe roubar o lanche diante do seu nariz, não está em condições de se opor.

Ietri está com o rosto congestionado, os lábios sulcados por pequenas rachaduras escuras e dois grumos de saliva coagulados nos cantos. Sente-se virado pelo avesso. Tem vontade de vomitar e está cansado como nunca na vida esteve. Joga no chão o capacete e a mochila, pega o cantil e bebe até acabar o fôlego, cospe no chão.

"Então? Pegaram os caras?" Zampieri tinha ficado guardando os blindados o tempo todo, provavelmente roeu os dedos até sair sangue enquanto esperava.

Ietri sacode a cabeça, evita olhar para ela.

"Que filhos da puta", ela comenta.

Ietri teve medo, um medo fodido, e agora aquele medo todo não sabe por onde sair, trava sua garganta. Está a ponto de chorar mas não pode, não deve, por causa dos seus companheiros e porque Zampieri está bem ali. É um soldado ou o quê? Não era isso que queria? Não é por isso que se exercitou, que marchou dezenas de horas, subindo e descendo morros? Se Zampieri não parar de olhar para ele daquele jeito, é capaz de se debulhar mesmo em pranto. Encosta-se no capô do Lince. Está pegando fogo, mas ele não se mexe. Ficou imóvel contra a parede da casa enquanto os outros revistavam dentro. Quando saíram escoltando a família, seguiu-os como o último dos sete anões, aquele pequenino com a túnica comprida demais.

Cederna o surpreende por trás. Precipita-se furiosamente sobre ele, agarra-o pela gola do uniforme e o joga no chão. "Queria morrer, virgenzinha? Hein? Queria que abrissem um buraco na sua barriga, seu filho da puta? Porque é isso que você é. Aqui? Queria um puta buraco bem aqui?"

Comprime o estômago de Ietri com o joelho contra a placa de chumbo do colete antibalas. Ietri protege o rosto com as mãos. "Me desculpe", Ietri ofega.

"Me desculpe? Me *desculpe*? Desculpo o caralho, virgenzinha! Vá se desculpar com o Padre Eterno. Foi ele que te salvou."

Cederna lhe dá um sopapo, depois outro. Tapas velozes, que o surpreendem como relâmpagos e turvam sua vista. Cederna pega uma mancheia de terra e joga-a na sua cara, talvez tenha querido enfiá-la boca adentro, sufocá-lo, mas não o faz. Ietri não se defende, Cederna tem razão. Sente que sua caixa torácica podia afundar de um momento para o outro. A terra entra no seu nariz e nos olhos.

Zampieri é que o socorre. "Deixe-o em paz", diz ela, mas Cederna a repele com um empurrão.

"Por que você não se afastou? Hein? Por que não se afastou, seu babacão?", tem os olhos vermelhos, endiabrados. Dá outra joelhada que corta o fôlego de Ietri. "Vai tomar no cu!", esbraveja Cederna, depois o deixa para lá e se afasta rapidamente, praguejando.

Ietri tosse demoradamente, se contorcendo, sem conseguir parar. Depois de arrombar a porta ficou ali, petrificado, até Cederna o cobrir. Se houvesse um fuzil lá dentro, agora estaria nos braços do Criador. Sua primeira ação foi um fracasso total, todos viram. A cabeça o abandonou quase instantaneamente e o instinto não a substituiu. Nem o pior soldado, o mais inexperiente do mundo teria se comportado daquele modo. Com certeza René também pensa assim: quando lhe deu duas palmadas nas nádegas e disse muito bem, antes, não acreditava no que dizia, era só para estimulá-lo, tanto que logo girou nos calcanhares.

Zampieri se ajoelha ao lado dele. "Olhe como você está", diz.

Tira a *kefiah* do pescoço. Derrama nela um pouco d'água do cantil e torce-a. Passa-a pelo rosto de Ietri, primeiro na testa, depois nas bochechas.

"O que você está fazendo?"

"Quieto. Feche os olhos."

Molha de novo a *kefiah* e esfrega seu pescoço. Quando a passa detrás das suas orelhas, Ietri experimenta um prazer intenso, se arrepia todo. "Não sei por que você às vezes se comporta como um bocó", diz ela.

Sorri para ele. "Todo mundo aqui gosta de você."

Mas não é verdade. Cederna não o agrediu porque gosta dele, o agrediu porque podia ter pagado o pato. Ietri tinha posto todos eles em perigo. Tenta se levantar, mas a moça o mantém no chão. "Espere."

Passa a echarpe no nariz dele para tirar o muco incrustado.

"Não te dá nojo?"

"Nojo? Não. Nem um pouco."

Símbolos e surpresas

A doença de Torsu não tem fim. A intoxicação alimentar lhe causou disenteria, a disenteria, febre. Para debelá-la, tomou antibióticos que lhe causaram um abscesso gengival e febre alta, que o deixou de cama por tanto tempo que teve hemorroidas. As pontadas repentinas o fazem chorar como uma criança. Como se não bastasse, agora que pelo menos a temperatura está sob controle, ele se sente deprimido. Seus camaradas o tratam com indiferença, quando não são abertamente hostis. Quando levam suas refeições à barraca, a comida está fria e ainda mais repulsiva que de costume. Ninguém se dá ao trabalho de parar para lhe fazer companhia durante a tarde, e todas aquelas horas sozinho na cama têm o poder de aniquilá-lo. De início não foi assim, cuidavam dele, mas seu mal-estar logo lhes encheu a paciência. Esta manhã Cederna, passando ao lado do catre, tascou nele uma porrada sonora: "Mais um dia na boa vida, belezura?".

"Estou mal."

"É verdade, está amarelo como mijo. Pra mim, você vai morrer, sardo."

E há mais. Acaba de fazer uma descoberta desagradável. Se alinha as pontas dos pés em cima do saco de dormir, vê claramente que a perna direita é mais comprida que a outra. Nunca tinha notado isso, a doença é que deve tê-lo tornado assimétrico, o sofrimento modificou seu corpo. Por via das dúvidas, faz um teste. Posiciona-se de modo a ficar bem reto no catre, estende os braços ao longo dos flancos e abaixa o máximo que pode o peito do pé, depois levanta um pouquinho a cabeça para olhar: não há a menor dúvida, a perna direita é mais comprida que a esquerda, a ponta do dedão vai nitidamente mais longe. Esse pensamento o deixa enlouquecido. Imagina metade do corpo inchando. Havia um rapaz no seu vilarejo que usava calçados corretivos, tinha um calço preto sob um dos pés para equilibrar o apoio, mesmo assim andava como um coxo e era evitado por todos. Exasperado, Torsu escreve à sua namorada virtual, a única em quem pode confiar, e explica com grande coragem o que lhe aconteceu, mas ela se mostra indiferente, cética.

THOR_SARDENHA: antes eu não era assim, está entendendo?
TERPSÍCORE89: é impressão sua. você deve estar cansado, tente dormir um pouco
THOR_SARDENHA: estes dias você só sabe dizer que devo dormir. não faço outra coisa. não aguento mais dormir tanto. e se estou dizendo que minha perna direita ficou mais comprida você devia acreditar em mim, mas não, porque você sempre sabe tudo
TERPSÍCORE89: não gosto que fale comigo nesse tom
THOR_SARDENHA: falo como quiser

Por quase meia hora, Torsu fixa os olhos na tela do notebook aberto em cima da barriga (além de ser o único lugar possível, esquenta gostosamente o estômago), não escreve nada e Terpsícore89 também não. De vez em quando dá uma olhada nos pés, agora parece que a perna direita cresce de um minuto ao outro, ele está se tornando um monstro! Terpsícore89 ainda está conectada, muda. "Ei, responda!"

No fim é ele que cede.

THOR_SARDENHA: você continuaria me amando se eu ficasse diferente?
TERPSÍCORE89: mas eu nunca te vi... eu te amo pelo que revelam as palavras que você escreve, tonto. não me interessa quanto suas pernas são compridas. e você?
THOR_SARDENHA: eu o quê?
TERPSÍCORE89: você também me amaria se descobrisse que sou diferente daquela que imagina?

Torsu fica rígido. Empurra para trás o travesseiro de modo a endireitar a coluna. O que ela quer dizer? Diferente como? As palavras de Zampieri viajam na sua cabeça: *pra mim é homem*.

THOR_SARDENHA: diferente como?
TERPSÍCORE89: sei lá...
THOR_SARDENHA: pare de brincar comigo!!! diferente como?
TERPSÍCORE89: escute, não gosto nada que fale comigo do jeito que está falando hoje. você está violento e agressivo. acho que precisa descansar. a gente se fala quando você estiver mais sossegado.
THOR_SARDENHA: PERGUNTEI DIFERENTE COMO! RESPONDA!
TERPSÍCORE89: escute aqui, não recebo ordens suas. não sou soldado, eu
THOR_SARDENHA: por que escreveu soldado?
TERPSÍCORE89: ???
THOR_SARDENHA: você escreveu SOLDADO
TERPSÍCORE89: e daí?
THOR_SARDENHA: devia escrever SOLDADA, e não SOLDADO
TERPSÍCORE89: não sei do que está falando

THOR_SARDENHA: ah não? não sabe? acho que sabe muito bem, sim
TERPSÍCORE89: você devia dormir um pouco

Que desastre! Torsu sente a febre subir velozmente e tomar suas têmporas. Os dedos suados escorregam no teclado. Um homem! Teve meses a fio uma relação com *um homem*, um pervertido filho da puta. Dá vontade de vomitar. Escreve aquilo e deleta, depois torna a escrever, fica olhando um pouco e por fim tecla enter.

THOR_SARDENHA: você é homem?

Sua namorada virtual — ou namorado, a essa altura não sabe mais de nada — leva tempo para pensar. Não é uma pergunta que requeira reflexão: ou alguém é homem ou não é, existem poucas perguntas tão simples no mundo. Se tergiversa, é porque está considerando de que modo contornar a verdade. Torsu, de quando em quando, continua monitorando o estado dos seus membros inferiores. Muito em breve vai se ver disforme, e sozinho.

TERPSÍCORE89: você me dá dó. até logo.

Desconecta-se logo. Torsu pensa que provavelmente romperam, e no calor da hora não sente um grande descontentamento.

De tarde, porém, enquanto atravessa o pátio (com a impressão de capengar, como se a bacia estivesse agora fora de eixo), diz espontaneamente a si mesmo, agora vou escrever para Terpsícore89, e o coice daquele pensamento o deixa gelado. Que diabo lhe veio à cabeça? Não é possível que Terpsícore89 seja homem, não depois de todas as coisas maravilhosas e íntimas que eles se escreveram. Deve ter sido a prostração que o convenceu de uma coisa tão absurda. E aquela enxerida da Zampieri. O problema é que agora não sabe direito como remediar, não é muito hábil nas desculpas. Mas está se preocupando com quê? Vai arranjar um jeito, com certeza.

O otimismo faz cessar por alguns instantes até o tormento com as pernas. De fato, quando confessou sua descoberta ao doc, pouco antes — era melhor ele ficar sabendo logo, se fossem lhe dar baixa, que dessem logo —, este se limitou a sacudir a cabeça com ceticismo: "Os ossos não crescem depois da fase de desenvolvimento". Em compensação, enumerou uma série de doenças absurdas que deviam ser levadas em conta, haja vista a baixa resposta aos fármacos: cólera, tifo, uma infecção por ameba, e outras mais que não lembra.

A falta de interesse do doc por seu problema o deixou meio chateado. É um cara legal, o tenente Egitto, veio vê-lo regularmente, não deixou passar uma só injeção, mas tem sempre um modo de agir abrupto, nunca diz uma palavra além do necessário. Foda-se. Agora ele sabe que o problema da perna não é grave, esta manhã teve de correr ao banheiro uma vez só e logo vai ter Terpsícore89 de volta, todinha para si. Apressou o passo, intrépido.

A descarga de terror que lhe percorre ao ver a cobra enroscada perto do seu pé proporciona a ele um inesperado e fulminante vigor, prova de que seu corpo, querendo, tem toda capacidade de reagir. Torsu pula para trás, recua mais alguns passos, tropeça, se ergue, sem perder o réptil de vista.

"Caralho!", grita. Seu rosto formiga todo com o susto.

A cobra balança a cabeça triangular de um lado para o outro, como que tonta. Tem pele brilhante, azulada, tracejada de anéis mais claros. Torsu sente uma vertigem, por um instante a febre volta a anuviar sua mente e ele considera o réptil com o distanciamento de uma visão delirante. A cobra dá um giro de cento e oitenta graus, se desenrola preguiçosamente em todo o seu comprimento e começa a se afastar na direção oposta ao ponto em que está Torsu. O primeiro cabo está fascinado. Olha ao redor, procura alguma coisa. Por fim se ajoelha e com circunspecção pega um dos grandes tijolos amontoados em torno das estacas de fixação da barraca. "Pare", sussurra.

Ele sabe que as cobras são velozes. Uma vez viu um documentário sobre jiboias e se lembra da arrancada que dão. Pergunta a si mesmo se essa é das que trituram ou das que têm veneno nas glândulas. Não há como saber: todas as cobras se parecem um pouco. Levanta o tijolo com as duas mãos. Prende a respiração e o lança.

A cabeça da cobra explode, esguichando um sangue azulado à sua volta, o tijolo se equilibra por um instante numa das quinas e cai de volta sobre a cabeça esmagada. Privada do cérebro, a comprida cauda do réptil começa a se mexer enlouquecidamente, gira sobre si mesma, agitando a extremidade gotejante. Torsu se aproxima devagar, hipnotizado. A meia cobra tem um espasmo mais violento e roça sua panturrilha, como se tentasse mordê-lo sem ter mais dentes. Torsu deixa escapar um berro.

Depois o ser viscoso se aquieta. Fica alguns segundos pulsando de raiva, por fim se extingue totalmente. O soldado é obrigado a fechar os olhos no instante em que o bicho morre.

"Uau!", grita. "Caralho! Uau!" O coração martela de excitação no seu peito.

Nos primeiros dias no Gulistão, os rapazes armaram fora da barraca uns cabides para pendurar as toalhas: simples ganchos em S presos na malha de ferro das barreiras hesco. Torsu tira a sua, joga-a em cima da de Greco, depois pega o gancho. Volta até o cadáver da cobra, se inclina e crava o arame curvo na sua cauda. Levantado do chão, o réptil decepado chega acima da sua cintura. Parece fino demais para estrangular um homem, mas Torsu sabe que a natureza é cheia de paradoxos, nunca se pode ter certeza. Em todo caso, é uma presa condigna.

Pendura o cadáver na Ruína, no meio do fio de estender roupa. Depois, repentinamente cansado, se deixa cair numa cadeira e fica um bom tempo a contemplá-lo. Nunca tinha visto uma coisa tão repugnante e bela ao mesmo tempo. Quando criança pegava caranguejos, e lhe aconteceu algumas vezes dar com uma moreia ou uma cobra-d'água, mas eram pequenas e medrosas, não tinham nada a ver com o bicho que agora balança inofensivo diante dos seus olhos, na sonolência do início da tarde. É majestoso, eis o que é. Na sua terra, lhe vem à mente, dizem que toda cobra monta guarda a um tesouro.

Cederna e Ietri se estiram num banco ao sol. Levantaram halteres de mão improvisados e agora fazem abdominais mistos: *crunchs* normais, com rotação e invertidos, de maneira a trabalhar todos os músculos. O corpo é esculpido pedaço por pedaço, com método, muita gente não sabe disso. Na academia há gente que repete sempre os mesmos três ou quatro exercícios. Não têm ideia do que fazem.

Cada vez um segura o tornozelo do outro, e agora é Cederna quem descansa. Quando Ietri se levanta em direção aos joelhos, sente o cheiro penetrante do colega: suor misturado com aquele bafo pesado que vem durante o exercício físico. Não é desagradável, não muito.

"Está malhando pouco, virgenzinha. Parece um saco de batatas. O que é que há?"

Ietri faz uma careta de cansaço. Seu moral está baixo. Desde o pente-fino na aldeia, se sente meio estonteado. De noite teve sonhos angustiantes dos quais de dia não conseguiu se livrar. "Não sei", diz. "É que não dá mais pra ficar aqui. Acho."

"Se é por causa disso, vou te confessar um segredo: não dá pra *mais ninguém* ficar aqui."

"Mas você sai de licença daqui a uma semana."

Ietri solta os dedos que havia entrelaçado detrás da cabeça para ajudar a tomar impulso. Chegando a oitenta, para com a coluna colada no banco. O ventre pulsa com rapidez. A dor lancinante na lombar lhe diz que trabalhou bem. "Cederna?"

"O quê?"

"Lembra da casa em que a gente entrou ontem?"

"Chama aquilo de casa? Era uma latrina de chiqueiro."

"Talvez não tenha sido correto entrar daquele jeito. Arrombamos a porta daqueles pobres coitados."

"Não, *você* é que arrombou a porta."

"Tudo bem, não é esse o problema."

"De qualquer maneira, foda-se a porta."

"Era só uma família."

"Que caralho está dizendo? Como pode saber? Esses filhos da puta de talibãs se mimetizam. Vai ver que o cara tinha uma banana de dinamite escondida no cu e a gente nem percebeu."

"O Mattioli o arrastou pelos cabelos. Não era pra tanto."

"Ele não queria sair."

"Estava apavorado."

"Ei, que caralho deu em você, virgenzinha? Está ficando de coração mole? Saiba que é assim que eles tentam nos foder, com o sentimento de culpa. Fazem uns olhinhos meiguinhos e depois liquidam a gente."

Ietri não está convencido. Para ele, aquela era só uma família de infelizes. Ataca a nova série de *crunchs*, apesar de a dor na coluna não ter passado totalmente. Gira o busto noventa graus, para a direita e para a esquerda alternadamente, a fim de reforçar os oblíquos.

"Você não viu como eles tratam as mulheres?", diz Cederna.

"E o que isso tem a ver?"

"Mantenha os calcanhares abaixados, velho! Tem a ver, e como."

"É a cultura deles."

"Estou de saco cheio dessa história de culturas, ouviu? Se uma cultura é nojenta, é nojenta e ponto final. Não há o que dizer. Tipo comida japonesa."

"Comida japonesa?"

"Deixe pra lá. Mais dia, menos dia, alguém tem que ensinar a civilidade aos bárbaros. Se não der pra ser por bem, então deixem com a gente. E mantenha esses calcanhares abaixados!"

Ietri quase não aguenta mais. Ainda lhe faltam doze para terminar. "Não sei se é pra isso que estamos aqui", insiste, apertando os dentes.

"Claro que é pra isso. Imagine se enfiassem uma dessas burcas na sua mãe. Escute o que eu digo, os árabes são ainda piores que os chineses. E até que os judeus."

Trocam de posição. Ietri procura imaginar sua mãe coberta com uma comprida roupa preta. Não seria muito diferente do que é. Tem uma pergunta na cabeça, mas não ousa fazê-la. Cederna sopra na sua cara cada vez que levanta o tronco. Caramba, como ele é forte, cansa firmá-lo. O rosto do índio pele-vermelha tatuado no seu abdome se enruga e se estica. Por fim se decide: "Ei, posso perguntar uma coisa?".

"Dispare, virgenzinha."

"O que é exatamente um judeu?"

Cederna franze a testa mas não para. "Que porra de pergunta é essa?"

Ietri logo se põe na defensiva. "Nada. Você falou dos judeus e eu... era só uma pergunta."

"E uma pergunta cretina. Um judeu é um judeu, não?"

Pronto, ficou todo vermelho. Sabia que era melhor não ter perguntado. Estava com aquela dúvida faz tanto tempo, sem saber por quê, mas achou natural confiar em Cederna. Toda vez dá nisso. "Eu sei", tenta consertar, "quer dizer, toda a história de Hitler, dos campos de concentração etc. Mas... é que... um negro a gente vê que é negro. E um judeu, como a gente reconhece?"

Cederna para, ofegante. Apoia-se nos antebraços. Cospe para o lado, depois olha para o céu, absorto. "Não há uma maneira precisa", diz, "a gente sabe e pronto. Alguns são judeus, outros não são." Depois lhe vem à mente uma coisa, seus olhos brilham por um instante. "E, é claro, dá pra saber pelo sobrenome."

"Pelo sobrenome?"

"É. Por exemplo, aquele cara... o Levi. É sobrenome de judeu."

"Só isso? O sobrenome?"

"Só isso, claro. O que você achava que fosse?"

Cederna retoma os abdominais. Ietri sente os tendões dele se esticarem nas suas mãos, depois relaxarem. "Você não sabe porra nenhuma de nada, virgenzinha."

"Cederna?"

"O quê?"

"Você poderia parar de me chamar de virgenzinha? Por favor."

"Nem pensar."

"Pelo menos na frente dos outros."

"Paro quando você não for mais uma virgenzinha, *virgenzinha*."

Ietri morde o lábio. "Falando nisso", diz.

"O quê?"

"Nada."

"Agora você já começou. Dispare."

Não consegue mesmo ficar de bico calado, que droga! De onde Cederna tira esse poder de sempre lhe arrancar a verdade da boca? Já se ferrou uma vez, quando lhe falou da garotas, e agora sente que está para dar outro passo em falso, mas não consegue parar. "O que você acha da Zampa?"

O outro para na hora. "Uh, uh! Vejam só! Por que me pergunta?"

"Assim. Curiosidade."

"A virgenzinha gamou pela colega!"

"Pss! Pô, tô falando sério."

Cederna compõe de novo aquela expressão de filósofo que tinha quando explicava os judeus. Dá nos nervos de Ietri quando ele faz isso.

"A Zampa... tem um belo par de peitos. Mas de cara é feinha. Além do mais, uma mulher que serve o Exército tem alguma válvula fora de lugar."

"Não sei", Ietri hesita, se sente envergonhado como um garotinho, "ela me agrada um pouco. Ficar juntos, essas coisas."

"Deu azar, mano."

"Por quê?"

O amigo agora está sentado ao seu lado e enxuga o suor das axilas com a camiseta. Tem tatuagens coloridas nos bíceps e uma menor no pescoço, onde gravá-las deve doer pra caramba. Cada uma corresponde a um símbolo, a uma recordação e, se lhe perguntam, Cederna fica mais que contente em dar explicações sobre elas. Deixa-o um tempo em suspense. Depois diz: "Porque ela é lésbica, claro".

Ietri sacode a cabeça. Lésbica. Como é possível? As lésbicas usam cabelo curto. Os da Zampa são compridos e dourados. "Como é que você sabe?"

"Ora, velho, tá na cara! Se não fosse lésbica, você acha que ela ia ficar sempre tão sossegadinha? Vinte e quatro horas por dia no meio dos machos sem fazer nada? Imagine! Já teria enlouquecido."

Ietri gostaria de aprofundar a conversa, mas são interrompidos por Vercellin, que chega correndo e agitando os braços como um possesso. "Pessoal! Ei, pessoal, venham ver!"

"O que foi?"

Cederna se levanta. A silhueta altiva do seu rosto oculta por uns segundos o sol a Ietri. Triste, é como se sente por uma porção de motivos juntos que não consegue separar. E por essa nova e chocante notícia.

"Venham ver o que o Torsu encontrou", diz Vercellin. "Sensacional!"

A caça do sardo deflagra a euforia no terceiro pelotão. Os rapazes se confraternizam com ele, que para aproveitar a glória resiste de pé, apesar de a febre ter subido novamente. Inventam uma prova de coragem: um a um tocam o bicho morto, todos com exceção de Mitrano, que descobrem ter um terror atávico dos animais rastejantes. Depois é lançado o desafio de quem ousa lambê-la. Só Cederna e Simoncelli se aventuraram, e depois descrevem o gosto, se contradizendo várias vezes e deixando como única certeza que é um sabor meio nojento. Cederna queria tirar a cobra do gancho e enrolá-la no pescoço como uma echarpe, mas os outros não deixam. Põem-se a dançar em torno do cadáver, primeiro cada um do seu lado, depois formam um trenzinho puxado por Pecone. O sargento René e poucos outros ficam à parte, mas participam com sorrisos de aprovação. Zampieri se apossa de uma mesa e dança de modo sensual. Escorrega as mãos do pescoço ao seio, depois mais baixo, até as virilhas, desenha círculos irregulares com a bacia. Junta então as mãos acima da cabeça, como em prece, e meneia todas as articulações, dos pulsos aos tornozelos, imitando o movimento sinuoso da cobra. Ietri não tira os olhos dela nem um segundo. Lésbica? Ah, não, dessa vez Cederna errou feio.

Esgotado o entusiasmo entre eles, os rapazes compartilham a descoberta com as namoradas por meio das telas dos computadores, mas elas não parecem entender muito bem. Limitam-se a guinchar, que nojo, que nojo, e a rir, só porque os ouvem rir do outro lado. Então os soldados se espalham pela base e cada um vai arranjar público nas outras companhias: venham ver, venham, pegamos uma cobra. A peregrinação para o quartel-general do terceiro pelotão dura até tarde da noite. As luzes das lanternas tremulando na escuridão convergem de todos os lados para admirar o réptil pendurado. Até o coronel Ballesio aparece e, contemplando o bicho com os braços cruzados, diz: "Nossa Mãe Terra produz mesmo um bocado de nojeiras", coça o saco e vai embora.

O tenente Egitto acompanhou até a Ruína sua hóspede e agora alumia seu caminho com a lanterna, de volta para a enfermaria. Aponta o facho de luz para as pernas dela e procura se lembrar da forma das panturrilhas nuas, da sua consistência. Tem certeza de que as mordeu certa vez, e mordeu forte demais, causando uma reação raivosa.

Dentro da enfermaria, Irene tira o anoraque que ele lhe havia emprestado (ela tinha dado a entender sabe-se lá que experiência de Oriente Médio, mas não estava equipada para o frio do deserto, uma coisa estranha, que reavivou as dúvidas do tenente), joga-o num canto sem dobrá-lo e senta à escrivaninha. "Duvido que eu consiga dormir agora que sei que as cobras passeiam livremente pela FOB", diz.

Os soldados a aclamaram quando entrou no barracão de cimento. Quiseram que ela os fotografasse em grupo em torno da cobra. Egitto se manteve à parte.

"Cairia bem uma das suas cervejas para festejar."

Havia fuçado na geladeira, evidentemente. "São do coronel. Não sei se ficaria contente."

Irene pula da escrivaninha. "Do coronel, claro. Aposto que ele não dirá nada."

Debruça-se sobre a geladeira e, torcendo-se, dirige a ele um olhar despudorado. Egitto aceita a lata de cerveja que ela lhe oferece. Quando Irene abre a sua, um pouco do líquido escorre para fora, desce pelas suas mãos, ela o recolhe com os lábios, como um gato ávido. "Lembra do que fizemos na festa do Fornari?"

Uma vez cederam à atração mútua dentro do chuveiro de um amigo. Um coito fulminante, um dos auges de transgressão na vida erótica de Egitto. Sim, lembra.

"Quanto tempo passou, hein?"

Irene Sammartino não tem mais nada da moça impulsiva e volúvel que conhecia. Transformou-se numa mulher culta, uma mulher capaz de traduzir seu pensamento em dari e um instante depois flertar descaradamente, bebericando uma lata de cerveja.

"É, muito tempo mesmo", responde Egitto lacônico.

Mais tarde escovam os dentes do lado de fora. Nenhum dos dois tem vontade de ir até os banheiros, por isso usam uma garrafinha de água mineral. As cusparadas de dentifrício formam pequenas manchas, espumantes e brancas, perto da cerca. Egitto acaba deixando cair cuspe na jaqueta, ela o limpa com o dorso da mão. Riem juntos do acontecido. Desejam-se apressadamente boa-noite e vão se deitar em partes opostas da barraca. Egitto apaga logo a luz.

Mas não consegue dormir. Revê os rapazes junto do cadáver decepado da cobra e Irene puxando a lingueta da lata, a cerveja banhando suas mãos. Sabe exatamente que ela está a poucos metros de distância e conhece o significado do olhar que lhe lançou pouco antes — a palavra que lhe aflora à mente é *disponibilidade,* e a palavra *intenção* também lhe ocorre.

Pulando muitas passagens lógicas, se vê fantasiando sobre uma vida conjugal com Irene Sammartino. Ele a imagina como uma mulher que carrega consigo uma montanha de documentos, enche o espaço com revistas, pilhas de papel e amontoa roupas no sofá. Egitto não está zangado, não muito, observa-a através das frestas daquela desordem. Perde-se no exame minucioso das suas qualidades e defeitos anatômicos, como às vezes já fazia na época em que estavam juntos, como se a atração pudesse ser decidida assim, abstratamente, baseando-se numa planilha de duas colunas.

Mas veja a que ele se reduziu, a construir com minúcia cenas imaginárias envolvendo a única mulher com quem compartilha um quarto desde há muito tempo, uma mulher que nunca na vida havia desejado reencontrar. O destino, ou mais verossimilmente, uma forçação dele os enfiou ali dentro, e agora ela espera tirar as consequências óbvias. Mas aquele mecanismo não agrada ao tenente. Não se meterá em encrencas, não com Irene Sammartino.

Está preparado para o que acontece depois. Irene se move com prudência, mas o silêncio é demasiado absoluto para que Egitto não reconheça o ruído do zíper que morde os dentes do fecho, depois o frufru do acolchoado, a planta dos pés descalços que adere ao tecido sintético do assoalho através de um véu de suor. Um passo, outro passo. O tenente abre os olhos. O led minúsculo da geladeira é a única luz da barraca, parece um farol distante, protegido do mar aberto. Egitto se retesa, considera a maneira mais eficaz para sair daquela sinuca.

Agora é o zíper do seu saco de dormir que corre. Ainda não é o momento de abrir fogo, pensa, precisa esperar que o inimigo esteja mais próximo. Irene se deita em cima dele e começa a beijá-lo vorazmente no pescoço, no rosto, na boca.

"Não!"

A voz do tenente explode na quietude como uma trovoada.

Ela para, mas não de supetão, muito mais como se precisasse retomar fôlego. "Por que não?"

"Não", repete Egitto. As pupilas se acostumaram à intensidade mínima de luz, devem estar dilatadas ao máximo, distingue os contornos do rosto de Irene em cima dele.

"Não acha esquisito você e eu, a um passo de distância, dormirmos separados?"

"Pode ser. Mas não. Prefiro... que não."

Por um instante vacilou. Seu corpo manifesta um interesse inesperado por aquela visita noturna, se rebela, o confunde. Egitto não está mais certo de por que está escapando da emboscada. Sim, por quê? Porque tomou aquela decisão antes, é por isso. Por um senso de responsabilidade para consigo mesmo. Para se proteger.

Enquanto isso, Irene continua deitada em cima dele. Uma mão desliza velocíssima para a virilha do tenente, se mete por debaixo da cueca. O contato com os dedos de Irene irradia prazer por todo o seu sistema nervoso. Egitto agarra o braço dela resolutamente. Afasta-o. Depois limpa a voz para ter certeza de que sairá peremptória. "Saia daqui. Boa noite."

Ela se levanta sobre o joelho. Foi fácil, pensa Egitto, mais fácil do que havia imaginado. Irene apoia um pé no chão, deixa-o livre. Vai se afastar. Está salvo.

Com um gesto surpreendente, o gesto de um toureiro que faz a capa vermelha sumir diante do touro, ela puxa o acolchoado, descobrindo-o. Uma lufada de ar frio varre as pernas nuas do tenente. Egitto murmura um outro não, mas é uma tentativa fraca.

Ainda luta consigo mesmo, interiormente, enquanto a deixa agir. Por fim fecha os olhos. Está bem. O.k.

Terminado, pergunta a Irene se prefere ficar para dormir com ele, o catre é estreito, mas dá para os dois. Pura cortesia, uma oferta de ressarcimento um pouco hipócrita e muito deselegante.

"Faça-me o favor!", diz ela. "Boa noite, Alessandro." Toca-lhe a testa com os lábios.

Andando no escuro bate numa coisa, talvez o carrinho do desfibrilador. "Merda!", exclama.

"Se machucou?"

Irene geme de dor. Não responde. Egitto, protegido pelo escuro, sorri.

No coração da noite, enquanto o tenente por fim mergulha no sono, os dois soldados de guarda na guarita principal percebem um movimento insólito no acampamento dos caminhoneiros afegãos. Montam o visor noturno no binóculo para enxergar melhor, mas não é preciso, porque nesse meio-tempo os faróis de um veículo se acendem. Um caminhão, só um, parte lentamente para o sudoeste, em direção à saída do vale, e minutos depois desaparece.

Os soldados discutem se era para avisar o comandante, depois estabelecem que não era um motivo suficientemente grave para perturbar um oficial. Podem muito bem comunicar a boa-nova de manhã.

"Resolveram ir embora", comenta um.

"É. Já era hora."

Últimas notícias de Salvatore Camporesi

De: flavia_c_magnasco@******.it
Para: salvatorecamporesi1976@******.it
Assunto: Grandes novidades!!!
terça-feira, 28 de setembro de 2010 15:19

Tenho uma grande novidade! Lembra da estufazinha que você deu pro Gabriele? Pois bem, ontem brotou uma plantinha! Acho que é um pé de feijão, ou de tomate, não sei, tínhamos misturado as sementes. Você precisava ver a cara do Gabriele! Não parava de pular de um lado pro outro, eletrizado. Quis de qualquer jeito que eu pusesse a jardineira no chão, se espichou de bruços e ficou olhando pra plantinha pelo menos meia hora, com o queixo nas mãos. Achava que ela ia crescer diante dos seus olhos, creio.
Está ficando grande, sabe? Às vezes tem expressões que me lembram as suas, parece um adulto. Você sempre diz que não devo mandar fotos porque a conexão não é muito veloz, mas um dia desses mando uma foto mesmo assim. Estou pouco me

lixando pra sua conexão. E quero que você também me mande uma, quero cobri-la toda de beijos e ver que bonito você está, todo bronzeado.
Te amo imensamente.
F.

P. S. Dei uma olhada no herbário e acho que a plantinha é mesmo de feijão. Nossa, como cresceu! E em poucas horas.

De: salvatorecamporesi1976@******.it
Para: flavia_c_magnasco@******.it
Assunto: Re: Grandes novidades!!!
terça-feira, 28 de setembro de 2010 23:02

Meu tesouro, chorei quando li seu e-mail. Os rapazes estavam por perto e depois me gozaram a noite inteira. Mas não tem importância. Não consigo pensar em outra coisa além dessa plantinha. Trate bem dela, ensine ao Gabriele como se faz. Acho que na caixa da estufa havia um conta-gotas para regar. Senão pode usar uma colher. Quando eu voltar, vamos plantá-la no jardim. Vamos fazer uma horta bonita pro verão.
Aqui não há muito movimento. O que mais fazemos é patrulhar os arredores da base, mas não é perigoso, ninguém vem nos incomodar. Quase me chateio. Sabe, acho que você gostaria do deserto. Em mim, ele provoca uma sensação estranha, se fico olhando demais pra ele minha cabeça começa a girar. O ar parece mais leve que em outros lugares, e o céu é impressionante de tão azul de dia e negro de noite. Seria um lugar magnífico, não fossem os talibãs e o resto. Talvez um dia a guerra acabe e poderemos vir de férias. Já pensou? Nós três juntos no Gulistão. Garanto que o Gabriele ficaria de boca aberta ao ver os dromedários.
S.

De: flavia_c_magnasco@******.it
Para: salvatorecamporesi1976@******.it
Assunto: Re: Re: Grandes novidades!!!
Sábado, 2 de outubro de 2010 19:03

Não consigo mais dormir sozinha. Vou ficar doente, Salvo, juro. Vou ficar doente, e você não vai poder cuidar de mim. Por quantas noites ainda? São mais de cem. Eu contei, Salvo. Mais de cem! Nem consigo dizer isso. Me parece impossível. Queria te estrangular, de verdade. Está chegando o frio, hoje não vimos um só raio de sol. Este tempo está me condicionando, acho que não vou resistir até sua licença. O Gabriele também sente sua falta, mas de uma maneira toda dele. Sinceramente, às vezes não o entendo. Tem dias que parece que ele quase te esqueceu, e então fico com muito medo e me dá vontade de dar uma bronca nele. Mostro sua foto, aquela da entrada, pergunto quem é este senhor?, lembra dele? Ele olha pra mim com um ar de peixe morto, como se não te conhecesse. Me dá arrepios. Começo a falar de você, e passado um instante ele já se distraiu.
Depois, como quem não quer nada, outra noite ele apontou pro seu lugar. Não entendi, então ele pegou o prato e o pôs onde você costuma sentar. O prato do papai. Assim, como se você fosse voltar pra casa de uma hora pra outra. Pergunto a ele, sabe onde está o papai? Ele ri, como se eu estivesse de gozação, aponta pro assoalho. Está no andar de baixo?, pergunto pra ele. Ele faz que não com a cabeça. Acabei entendendo que ele queria me dizer que você estava no porão. Acredita? Não acho que fui eu que lhe meti na cabeça uma ideia assim, deve tê-la inventado. Ou vai ver que fui eu mesma. Nos primeiros dias depois que você partiu, fiquei louca e dizia um monte de coisas sem sentido.
Em todo caso, agora, de noite sempre ponho um lugar na mesa pra você. Faz a gente se sentir menos sós. Ponho um pouco de vinho no seu copo, que eu bebo depois de pôr Gabriele pra dor-

mir. Pois é: de noite bebo seu vinho! Tem algum mal nisso? Está rindo? De qualquer modo, mal não faz. Pelo menos, quando vou pra cama estou grogue e não preciso pensar que você não está aqui. Sei lá quantas coisas horríveis você faz aí, sem mim. Fico louca, juro.
Te amo, soldado bobo.
F.

De: salvatorecamporesi1976@******.it
Para: flavia_c_magnasco@******.it
Assunto: Re: Re: Re: Grandes novidades!!!
Domingo, 3 de outubro de 2010 21:14

Eu também me sinto de moral baixo hoje. Ontem à noite tivemos um pouco de confusão. Nada sério, mas não consegui dormir. E quando me levantei, não tinha água no banheiro. É a terceira vez em poucos dias. Me lavei por etapas, como pude, mas aqui também começa a fazer um frio danado de manhã. Eu sei que parece bobagem, mas isso bastou pra arruinar meu humor. Comecei a pensar sobre como as coisas são difíceis, como tudo é um nojo etc. Estava tão nervoso que por pouco não meti a mão no Cederna, a certa altura. Ele nunca percebe quando é hora de fechar aquela sua boca idiota.
Fiquei quase a tarde toda no catre. Tentava descansar, mas não conseguia. Tentava ler aquele livro que você me deu, mas nada, não tinha jeito. No fim fiquei pensando e mais nada. Principalmente em você e no Gabriele. Em todas as coisas que poderíamos fazer juntos num dia de folga. Agora que estou aqui e que não posso ter vocês, me dou conta de que às vezes sou preguiçoso demais. Nós dois somos preguiçosos demais. Mas assim que eu voltar, isso vai mudar. Não desperdiçaremos um só minuto.

Deveria ter te escrito antes. Percebo que me faz sentir melhor. Você é meu remédio. Me sinto tão besta quando você não está. É quase uma vergonha dizer isso, mas às vezes é como se eu não soubesse exatamente o que fazer de mim, se você não está comigo. Ali, no catre, eu pensava nisso e ficava mais puto ainda. Foi isso que você fez comigo, sra. Camporesi? Com que feitiço me tornou assim dependente de você? Fique sabendo que vai pagar caro...
S.

De: flavia_c_magnasco@******.it
Para: salvatorecamporesi1976@******.it
Assunto: Re: Re: Re: Re: Grandes novidades!!!
Terça-feira, 5 de outubro de 2010 11:38

O.k., melhor eu te dizer, de qualquer modo não consigo te esconder a verdade, nem se não te vejo e escrevo num computador idiota. Na realidade as coisas com o Gabriele não vão nada bem. Ontem me chamaram na escola porque ele bateu num coleguinha. Só lhe deu um soco, é verdade, mas bem forte, derrubou o menino. A professora estava uma fera, disse que o Gabriele está ruim da cabeça. Usou exatamente estas palavras: ruim da cabeça. Diz que, na opinião dela, não tem nenhum problema congênito, que simplesmente se recusa a falar, é seu modo para manipular todos nós. Dizia isso como se ele fosse um criminoso, um monstro. Como é que se permite? Disse também que se a situação não melhorar devermos pensar em levá-lo a um neuropsiquiatra. Neuropsiquiatra, entende o que isso quer dizer? Me sinto tão perdida, Salvo.
Quer saber de toda a verdade? Acho que a culpa é sua. Se ele não fala e está sempre com aquela expressão enraivecida e bateu naquele coleguinha (que no entanto é um moleque prepotente e,

pra mim, mereceu). Acho que a culpa é sua e do seu maldito trabalho. Porque você deveria estar aqui. Também é culpa sua se me sinto tão exausta. E feia. É, cortei os cabelos curtinhos. Sim, é isso mesmo! Cortei meus lindos cachos, que te agradavam tanto. E se você não voltar logo, vou cortar também o que sobrou. Ou pintar de vermelho ou cor de laranja ou roxo. Juro. Estou tão cansada, Salvo. Não aguento mais. Nada nem ninguém.

De: salvatorecamporesi1976@******.it
Para: flavia_c_magnasco@******.it
Assunto: Re: Re: Re: Re: Re: Grandes novidades!!!
Quarta-feira, 6 de outubro de 2010 01:13

Tesouro, você sempre se preocupa demais com o Gabriele. Ele é só uma criança. Não fique ouvindo tudo o que te dizem. O pediatra tinha sido claro, não? Ele vai falar quando sentir necessidade. Provavelmente por ora está bem assim. Sabe o que eu te digo? Ainda bem que está aprendendo a se defender. Sempre foi um pouco medroso e bonzinho demais. O mundo lá fora é impiedoso. Gostaria muito de ter visto a cara do menino que ele fez beijar a lona! Quando eu voltar, vou ensinar pra ele dois ou três golpes. E tenho alguns interessantes pra praticar com você também...
Sabe que o Torsu encontrou uma cobra? Estava pertinho da nossa barraca. Você ia morrer de medo se a visse. Aquele sardo descerebrado estourou a cabeça dela com uma pedra. Pendurou-a como um salame e nós dançamos em volta dela como malucos, como uma espécie de tribo, foi divertido. Lembra daquela víbora que encontramos no caminho do vale de Canzoi? Claro que lembra. Você fez o resto do passeio agarrada no meu braço. Estava aterrorizada. Você fica muito sexy quando está aterrorizada, sra. Camporesi. Assim que eu voltar vou encher nosso quarto de cobras, aranhas, baratas e ratos, assim você vai ficar o tempo todo agarrada em mim.

Está muito tarde. Vou dormir. Por favor, telefone pra minha mãe e diga que está tudo bem. Nos últimos dias não consegui falar com ela e não gostaria que ficasse imaginando coisas.
S.

P. S. Pode pintar o cabelo de azul, usar curto, liso, como quiser, que continuarei louco por você do mesmo jeito.

Tiros na noite

"Pensei numa brincadeira", anuncia Cederna a Ietri quando se barbeavam de manhã cedo.

"Que brincadeira?"

"Primeiro me diga se topa, depois eu te explico."

Lavam os aparelhos na mesma bacia de água morna posta no chão. A espuma da barba flutua cremosa na superfície. Cederna se barbeia com cautela, porque lhe saíram umas espinhas e ele precisa prestar atenção. Não sabe explicar a si mesmo o frenesi que se apossa dele certos dias, como hoje. Sabe apenas que acorda e tem uma vontade louca de fazer alguma coisa, de soltar a mão, de arrebentar objetos e pessoas, de subverter a ordem. É assim desde que era garoto, e conserva de cada dia desses uma lembrança meio desagradável, meio gloriosa. Se houvesse alguém para massacrar seria perfeito, mas o inimigo não aparece, de modo que precisa bolar alguma coisa. Uma brincadeira, para ser exato.

"Como posso dizer que topo, se não sei de que se trata?", objeta Ietri.

"Não confia em mim, virgenzinha?"

Ietri pensa um instante. Cederna sabe muito bem que o tem nas mãos. Ietri é seu pupilo. Se lhe pedisse para sair correndo pelado de encontro a um grupo de talibãs, na certa sairia.

"Claro que confio em você", de fato acaba dizendo.

"Então diga que topa."

"Não é perigoso?"

"Nãããoo. Você só vai servir de olheiro."

"Então está bem. Topo."

Cederna se aproxima mais. Segura a mão de Ietri que empunha o barbeador. Desliza sua navalha pelo rosto do companheiro. Ietri arregala os olhos, fica petrificado.

"O que você está fazendo?"

"Shhh…"

Ieri prende a respiração, segue a trajetória do barbeador com os olhos.

"Escute", diz Cederna. "Esta noite, quando os outros estiverem no refeitório, vamos buscar aquela cobra na Ruína."

"Eu não ponho a mão naquele troço."

"Eu pego. Já te disse, você é o olheiro, só tem que garantir que ninguém se aproxime."

"O que você vai fazer com a cobra?"

"Vou enfiá-la no saco de dormir do Mitrano."

"Caralho."

"Pois é. Você vai ver o pulo que ele vai dar quando encontrar a cobra."

"Mas você não viu como ontem à noite ele estava apavorado? Não conseguia nem olhar pra ela."

"Por isso mesmo."

Cederna passa a lâmina ao longo da mandíbula do amigo, acompanhando atentamente a curva do osso. Suas bocas estão tão próximas que se os dois franzissem os lábios, estes se tocariam. Nunca havia passado nem mesmo pela antecâmara do cérebro de Cederna beijar um homem nos lábios.

"E se ele ficar puto da vida?"

"Quem? O Mitrano? Isso é que seria o melhor."

O melhor é também se vingar de uma vez por todas de como o fez se sentir na noite do ataque, enquanto choramingava como uma mulherzinha para recuperar seu lugar dentro do bunker — mas isso Cederna não diz, é um assunto entre ele e o cretino.

"E se o René ficar puto?"

"O René nunca fica. E depois, foda-se. Se fôssemos atrás do René nos suicidaríamos todos de tédio. Ele vai se divertir, garanto."

"Não sei, não. Não me parece uma boa ideia."

"Você prometeu. Se agora me deixar na mão, você é um mau caráter. Espiche o pescoço."

"O.k.", resmunga Ietri, mal abrindo a boca. "Estou dentro."

"O importante é que ninguém nos veja, senão a brincadeira não dá certo. Quando não acharem a cobra vão enlouquecer."

"O Torsu está sempre na barraca."

"Ele está com o cérebro queimado pelo computador. Nem vai perceber."

Agora Cederna se dedica aos bigodes de Ietri, que obediente retrai os lábios para esticar melhor a pele. Enxuga com os dedos os resíduos de espuma. Seu irmão mais velho fazia assim com ele quando cresciam seus primeiros pelos no rosto. Por ele Cederna teria corrido pelado de encontro a um grupo de talibãs, mais que isso, se faria fuzilar. Foi com o irmão que aprendeu como é fácil ser adorado por alguém mais moço.

"Cederna?", pergunta Ietri.

"Dispare."

"Faz as pontas do meu bigode finas como as suas? Eu não consigo."

Cederna sorri para ele. É um bom rapaz, o seu Ietri. Chega a comovê-lo. "Mantenha a cabeça firme, virgenzinha. É um trabalho que requer precisão."

O fato de Irene ainda não ter tocado no encontro da noite anterior não tranquiliza o tenente Egitto: ao contrário, lhe causa uma agitação que aumenta com o passar das horas. Quando acordou, naquela manhã, ela já tinha saído. Soube pelo coronel que estava de patrulha com os rapazes, queria ver o bazar e conferir com certos informantes *assuntos dela*. Reapareceu na hora do almoço, no refeitório sentaram à mesma mesa. Viu-a entreter os oficiais com a história de um colega que, não tendo apreciado as anotações que ela havia redigido a seu respeito para o Estado- -Maior, foi chutando Irene até em casa e depois a agrediu, fraturando duas costelas suas com um soco. Todos se divertiram e se escandalizaram com a história: um militar que bate numa colega, nunca tinham ouvido falar de uma coisa assim, que pilantra mais covarde. Egitto sorria por imitação. Dava para acreditar no episódio? E por que Irene havia escolhido logo aquele? Será que queria lhe passar uma mensagem, lhe dar a entender que com ela é melhor não brincar? Depois do incidente da noite — agora o chama assim, *um incidente* —, experimenta como que uma sensação de perigo. Até leva em conta a hipótese de uma chantagem: se ele não jogar o jogo, Irene acabará mandando pelos ares sua carreira com um simples estalar de dedos. É isto que ela está lhe comunicando: de agora em diante ele terá de lhe obedecer, se tornar seu amante, uma estratégia muito mais elaborada que a da fingida gravidez. Egitto deixou quase tudo o que tinha na bandeja, limitou-se a beliscar as batatas ao forno, enjoado.

Ballesio o convida à sua barraca para a costumeira conversa da tarde, aliás nem o convida, dá por certo que o tenente o seguirá, mas Egitto apresenta umas desculpas esfarrapadas. Volta para a enfermaria, Irene não está. O tenente ultrapassa o encerado, contempla a porção de quarto que lhe foi usurpada. A bagagem de Irene está largada no chão, desprotegida, uma mochila um tanto pequena, adequada a quem tem a necessidade de ser ágil. Olha para trás, tudo calmo. Agacha-se e abre o zíper.

Tira fora as roupas de modo a não amarrotá-las e a não alterar sua posição. Quase só malhas e calças pretas, mas também um moletom — então ela tinha um. Enfia as mãos mais fundo, pelo tato reconhece um tecido diferente. Tira um vestido de noite, ou melhor, uma camisola, não tem certeza, em todo caso uma roupa leve, talvez de seda, com as ombreiras rendadas.

"Devia me ver com ela. Cai maravilhosamente bem em mim."

Egitto fica petrificado. "Desculpe", balbucia, "estava sozinho…" Não teve coragem de se virar.

Irene tira com delicadeza a roupa das suas mãos, dobra-a. Depois abre o zíper e a enfia na mochila. "Nunca se sabe o que pode acontecer com a gente."

Egitto se põe de pé.

"Estou morta de cansaço. Você se incomoda se eu descansar um pouco?"

"Claro que não. Fique à vontade."

Mas o tenente não se mexe. Agora que estão ali, cara a cara, e ele no flagrante do seu deslize, precisam esclarecer a questão que está em suspenso entre eles.

"O que foi?", pergunta Irene.

"Escute", diz o tenente. Para, respira fundo, depois prossegue: "Sobre o que aconteceu ontem à noite…".

Ela o fita com curiosidade. "Sim?"

"Aconteceu, só isso. Foi um momento de fraqueza. Não deve mais se repetir."

Irene pensa um instante. Depois: "Essa frase é a pior que um homem já me disse".

"Desculpe." Por alguma razão se sente verdadeiramente chateado.

"Quer fazer o favor de parar de se desculpar, caramba!" Irene muda repentinamente de tom. "Não há por que se desculpar de uma coisa assim, Alessandro. Considere o caso como um passatempo, um jogo, um presente de uma velha amiga, o que quiser. Mas, *por favor*, não se desculpe. Vamos tentar administrar essa situação como adultos, o.k.?"

"Queria ter certeza de que..."

Irene fecha os olhos. "Sim. Entendi perfeitamente. Agora *saia*, estou cansada."

Egitto bate em retirada, humilhado. Tudo o que fez nas últimas quarenta e oito horas se mostrou equivocado, incoerente. Talvez tenha perdido a capacidade de viver neste mundo.

Aconteceu várias vezes de o cabo Mitrano acordar com a bunda peluda de Simoncelli na cara, impedindo sua respiração. Não é uma sensação agradável. Primeiro, porque um brutamontes de noventa quilos sentar em cima de você provoca algo muito semelhante ao sufocamento. Depois, não é o tipo de intimidade que gostaria de ter com ninguém, muito menos com uma espécie de chimpanzé que tem a capacidade de peidar quando quer. Mas principalmente as risadas que você ouve ao seu redor enquanto não consegue se mexer — alguém amarrou seus pulsos na estrutura do catre e você não enxerga nada por causa das nádegas espremidas sobre suas pálpebras —, essas risadas vêm dos seus colegas da companhia, dos seus camaradas, dos seus amigos. As risadas fazem mais mal que as espetadas que alguém te dá nas coxas nuas e no dedinho do pé esquerdo.

Existem infinitas variantes para a brincadeira da bunda, e Mitrano sofreu todas elas. A boca tapada e os tornozelos amarrados com fita adesiva. O gelo na cueca (sempre com você imobilizado). A cera de depilar nos braços, o clássico dos lençóis dobrados em saco, os cabelos emporcalhados com pasta de dentes, que não há como tirar quando seca, só à tesoura. O vídeo da pasta de dente, em particular, foi divulgado a todo o regimento e agora está disponível no YouTube, com as tags *acordar*, *quartel*, *xampu especial*, *azar*: a primeira parte é filmada no escuro e os rapazes seminus têm olhos verdes como assombrações. Vê-se com clareza Camporesi espremendo o tubo e alguém — Mattioli provavelmente — o incitando: mais, mais. Na época Mitrano ainda tinha aquele apelido antipático, Cabelo de Caralho, e os rapazes arrancavam tufos de cabelo da cabeça e punham em cima de uma mesa bem iluminada para mostrar que pareciam mesmo pentelhos. Graças à pasta de dentes, de certa forma pelo menos a questão do apelido foi resolvida: Mitrano não deixou mais os cabelos crescerem depois que o obrigaram a raspá-los a zero.

Tudo isso tem pouca importância para ele agora. Está acostumado. No tempo do recrutamento era até pior. Maltratavam-no a valer então, usavam os cintos, os lastros de chumbo do colete antibalas e das vassourinhas do banheiro, mijavam dentro da sua mochila e na sua cabeça. A vida é assim, todo mundo sabe, sempre há alguém que dá e alguém que leva. Mitrano é um que leva, como seu pai aliás, que apanha até da sua mãe, por ser baixote e gordo. Tudo bem. Um bom soldado é antes de tudo alguém que sabe aguentar porrada.

Em geral, porém, prefere os animais às pessoas. Os cachorros, especialmente. Gosta de cachorros grandes, fortes e belicosos. Não que sejam mais amáveis que os homens, apesar de viverem num mundo de abusos; basta ver quando se encontram, o modo como se cheiram o traseiro e rosnam e se dão cabeçadas, mas são mais honestos, seguem o instinto e pronto. Mitrano sabe tudo sobre cachorros e os respeita. Dentro da FOB passa boa parte do tempo livre no canil da engenharia com Maya, uma pastora belga de olhos negros e aquosos, treinada para farejar explosivos. Seu condutor, o tenente Sanna, deixa-o brincar com ela, porque pelo menos Mitrano a mantém ocupada e ele poderá se dedicar às suas coisas, que consistem principalmente em estudar detalhadamente certas revistas de motores. Mitrano daria tudo para entrar no regimento de Sanna, mas foi vergonhosamente reprovado nos testes. A escola sempre foi sua inimiga.

Ficou brincando com Maya até a hora do jantar. Montou um percurso de agilidade numa parte do pátio, com alguns obstáculos, um túnel de pneus e uma bola. Precisou de quase uma hora para fazê-la compreender os exercícios, mas é um bicho inteligente e acabou aprendendo. Os soldados que passavam por ali paravam para olhar admirados e aplaudiam. Mitrano ficou satisfeito consigo. Podia não ser um ás do pensamento — à força de ouvir todos dizerem isso, sua mãe, suas professoras, seus instrutores e seus amigos, aceitou a coisa —, mas no adestramento de cães é imbatível. Preparou a comida de Maya, depois foi direto para o refeitório jantar, com o coração leve.

Passa a noite com os outros na Ruína, mas fica na dele, jogando com um console portátil. Seus camaradas estão alvoroçados porque a cobra desapareceu. Mitrano não dá a mínima, aliás fica contente porque lhe causava repulsa até olhar de longe para ela. Adora os animais, todos eles, salvo os répteis. Estes, nem pode ver. Mattioli o acusa de ter dado sumiço nela — parece porém que não estão zangados com ele —, mas sua cara deve ser tão incrédula que quando diz, qual é?, nem toquei na cobra, se convencem e o deixam em paz.

À meia-noite entra na barraca, com a cabeça meio confusa e os olhos ardendo por causa das horas passadas fitando o display minúsculo do Nintendo. Muitos já se deitaram e os outros estão se despindo. Mitrano tira as calças e a jaqueta, e enfia o pé nas ceroulas.

"Ei, Rovere", diz ao seu vizinho de catre.

Rovere está coberto até quase o nariz. Abre os olhos, encara-o com hostilidade. "O quê?"

"O que será que os talibãs estão fazendo agora?"

"O que você quer que estejam fazendo? Dormindo, é claro."

"Pra mim, estão nos espiando."

"Chega de história", e se vira para o outro lado.

Mitrano se enfia no saco de dormir. Embola o pequeno travesseiro para lhe dar um pouco de consistência e busca uma posição cômoda, de lado. Às vezes seu pai aparecia para o café da manhã com um olho roxo, ou não conseguia levantar a xícara de café de tanta dor no braço. Ele ficava calado. Aprendeu que o melhor que se pode fazer em certas famílias é não perguntar nada, nunca, e a dele é uma dessas.

Alguma coisa o impede de estender direito as pernas. Tateia com o pé, mas a meia-calça lhe tira a sensibilidade. Acha que alguma roupa suja acabou lá no fundo, depois é assaltado pela dúvida, aterrorizante, de que seus camaradas tenham de novo feito a brincadeira do saco. Desliza para trás a fim de ver se ainda pode sair. Por sorte, sim. Sentado, enfia a mão dentro dele para explorar o fundo, toca numa coisa. A pele do réptil está seca, áspera e desprende um cheiro de carne em decomposição que o alcança um segundo antes de entender o que tem na mão.

"AAAAAAAAAAAH!"

Pula de pé, por pouco não derruba o catre. Põe-se a saltitar como se a cobra estivesse entre seus pés. Todo o seu corpo é percorrido por descargas elétricas, os braços tremem.

Os rapazes acordam, perguntam o que aconteceu, outras luzes são acesas, tudo isso dura poucos segundos, o tempo em que Mitrano tira com um gesto velocíssimo a pistola do coldre pendurado na maçaneta do armário, arma e dispara uma, duas, três, quatro, cinco vezes no saco de dormir.

"AAAAAAAAAAH!"

Sente a cobra em cima dele, sente-a serpear nas suas costas, no rosto, se sente mordido em todo o corpo, o veneno, meu Deus, o veneno.

"ELA ME MORDEU! AQUELA FILHA DA PUTA ME MORDEU!"

Os colegas gritam que pare, mas Mitrano nem ouve. Dispara mais tiros no saco, provocando uma erupção de penas brancas. As detonações fazem o tímpano dos rapazes estalar de dor.

René resolve detê-lo, está quase o alcançando, mas os reflexos de Mitrano são acelerados pela adrenalina. Dá uma volta de noventa graus e aponta a arma para ele. O sargento estaca. Os soldados emudecem.

"Calma", diz René.

Mitrano não tem como se enxergar. Ficaria assustado se se visse tão pálido. Ficaria convencido de que o réptil o havia de fato mordido. O sangue sumiu do seu rosto, desceu todo para as mãos, roxas, que apertam a Beretta. A arma está apontada para o meio do peito do sargento. Podem dizer mil coisas do cabo Mitrano, mas não que não saiba atirar. Especialmente num alvo a um metro e meio de distância.

"Baixe a arma", ordena René, mas em tom conciliador, antes de irmão mais velho que de chefe.

"Há uma cobra!", soluça Mitrano. "Uma cobra… me mordeu, caralho!"

"Está bem. Vamos ver."

"Me mordeu. Me mordeu!", as lágrimas jorram dos seus olhos.

"Abaixe a pistola. Escute."

Em vez de obedecer, o cabo muda de alvo, aponta a Beretta para Simoncelli, imóvel como se estivesse brincando de estátua: um joelho ainda dobrado em cima do catre e o outro pé no chão. Depois mira em René.

A voz de Cederna chega de alguns metros além, do fundo escuro da barraca: "É a cobra morta, Mitrano".

O cabo hesita por alguns segundos, atônito. Absorve a notícia, digere-a lentamente. É óbvio: a cobra que desapareceu da Ruína. Lança mais alguns rápidos olhares para o saco de dormir à sua esquerda, como se não estivesse totalmente convencido. As penas se depositaram na capa verde e tremem com os levíssimos deslocamentos de ar. Nada se mexe dentro dele.

"Foram vocês?"

René faz que não com a cabeça. Outros o imitam.

"FORAM VOCÊS, HEIN?"

"Fui eu, Mitrano. Agora abaixe a pistola." Cederna se levantou e avança cautelosamente para o colega, está quase ao lado do sargento.

"Você", diz Mitrano. As lágrimas ainda jorram abundantes. "Sempre você. Eu te mato, Cederna. EU TE MATO."

Se apertasse o gatilho, o topo do crânio de Francesco Cederna teria sido perfurado de ponta a ponta, e o projétil, saindo do túnel, teria ido se cravar na mochila de Enrico di Salvo pendurada no fundo da barraca. Todos os presentes são capazes de avaliar essa trajetória.

Mitrano respira pela boca, sente falta de ar. De repente é tomado por um acesso de cansaço, um cansaço enorme, que o esmaga e o faz sentir-se como que líquido. Abaixa a pistola por um instante, e é o que basta para René e Simoncelli pularem em cima dele, derrubá-lo e desarmá-lo. Para dizer a verdade — e não obstante o que se vá contar posteriormente do episódio —, Mitrano não opõe resistência. Limita-se a ficar caído no chão. Sua mão está mole e sem força quando René lhe toma a Beretta.

A bunda de Simoncelli está de novo na sua cara, engraçado, não?, lhe vem à mente. Um dá e um outro leva, funciona assim. Sempre funcionou assim. Enquanto o grupo se amontoa em torno, o cabo fecha os olhos. Deixa-se arrastar.

As detonações acordaram os militares adormecidos e puseram em alerta os que ainda estavam acordados na base. Alguns mais zelosos se vestiram completamente e ficaram esperando, bestamente prontos da cabeça aos pés, uma ordem do que fazer. As sentinelas se comunicam por rádio e não chegam a um acordo sobre a proveniência dos disparos, localizam-na vagamente na área norte da FOB. Como ninguém pede ajuda, logo sossegam: com certeza se tratou de disparos acidentais. Acontece, pode acontecer, que um tiro escape sem querer de uma arma quando se vive noite e dia com elas nas mãos.

"O que foi?", pergunta Irene.

"Pss."

Os dois ficam ouvindo, relaxando um pouco a pressão sobre os respectivos corpos, enquanto a tensão erótica inexplicavelmente não dá sinal de diminuir. Egitto espera a sirene começar a tocar.

"Não foi nada", diz por fim. "Não se preocupe."

A criatura noturna, reconhecida, cobre seu rosto com uma cachoeira de cabelos; depois, de um só movimento, se derrama sobre ele.

Montes de flocos brancos

Era janeiro e nevava no dia em que menti a Marianna sobre seu vestido. Tinha pedido a ela que sentasse no banco de trás, mas ela não queria. Enquanto discutíamos diante do portão, minúsculos flocos pousavam no seu penteado inusitado.

"Na frente, o cinto de segurança vai amarrotá-lo", falei.

"Não me sento atrás que nem criança. Aquele banco evoca lembranças ruins. *Lembra* quando seu pai nos explicava o que aconteceria com nossa caixa *cra*niana se batêssemos de frente? É isso."

Ao longo do trajeto mantém o cinto afrouxado, distante do peito para não estragar o decote. Esfregava os lábios um no outro, e eu sabia que ela os morderia freneticamente, mas o brilho que o maquiador havia passado pouco antes e que os fazia parecer tão suaves, como se de pedra lisa, a refreava. Se eu tivesse lhe dado o braço naquele momento, é provável que o teria atacado a dentadas.

"Imagino que uma noiva devia se sentir *feliz* se neva no dia do casamento."

"Por quê, você não está feliz?", perguntei, mas logo me arrependi. Enfrentar a insatisfação de Marianna era tudo o que eu não queria.

Ela não se deu conta do caráter perigosamente geral da pergunta. Olhando chateada para os galhos embranquecidos das árvores, disse: "Acho apenas uma chatice *a mais*. Todos os sapatos *molhados*. E a *lama*".

Em todo caso, a pergunta incauta feita em voz alta foi o bastante para fazer desabar sobre mim o amargor que eu percebia pairar acima de nós fazia alguns meses, um acúmulo de consternação iniciado depois do terremoto silencioso que havia quebrado em dois nossa família e me deixado no meio, como um caroço macilento. A condensação da ameaça estava prevista para aquela manhã de comemoração, assim como a neve anunciada pelos meteorologistas com incrível precisão, depois de dias de céu sufocante. Dali a uma hora, Marianna se uniria em matrimônio com um bom rapaz. Casava com ele por reconhecimento, mas principalmente por desforra contra nossos pais. Casava com ele aos vinte e cinco anos apenas e deixando o resto em suspenso. Casava e pronto, deliberadamente, e eu é que a conduziria lhe dando o braço ao longo da nave central da igreja, empertigado e ridículo num papel que não era o meu, para entregá-la ao noivo.

Abaixou o para-sol e examinou o rosto no espelhinho retangular. "Esta noite não fechei *os olhos*. É claro que estava nervosa, não? *Todas* ficam, na noite da véspera. Mas *eu* não estava somente nervosa, tinha cãibras tre*mend*as no estômago, e elas não tinham nada a ver com a agitação, eram cãibras e pronto. Tomei dois comprimidos de Buscopan, mas não fizeram o menor efeito. *Claro*, se nossos pais não tivessem entupido a gente de remédios quando éramos pequenos, quem sabe ainda serviria para alguma coisa... de modo que às três da manhã não achei nada melhor a fazer que provar de novo, *mais uma vez*, o vestido. Estava na cozinha, em plena noite, vestida de noiva, como uma *lou*ca. E no cabelo tinha os malditos rolinhos, que nem sei por que pus, porque *odeio* este penteado de bonequinha besta. É o mesmo que a Nini fazia em mim. Resumindo, vi meu reflexo na janela e compreendi que este vestido é horrível, está simplesmente *errado*."

Ergueu o tule da saia e o deixou cair de novo nas coxas, como um pedaço de papel velho. Estava tão desgostosa, estava tão insegura quanto ao passo que ia dar, que se eu houvesse dito, tem razão, o vestido é grotesco e nós somos uns tontos, mas escute aqui, toda essa história é grotesca, é um erro, e o vestido nada mais é que um sinal disso, você não quer se casar com ele, nem sequer tinha a intenção de se casar, então vamos dar meia-volta e ir para casa, tudo se arranjará, garanto que se arranjará, se eu tivesse dado voz à verdade que se perfilava tão vergonhosamente nítida na minha mente, ela teria me encarado por alguns segundos, severa, depois teria desatado na sua risada multicor e teria respondido, tudo bem, vamos embora, façamos o que você diz.

Mas aquela não parecia uma circunstância adequada à sinceridade, e falei: "O vestido não está errado. E fica muito bem em você".

A manta branca que cobria o asfalto tinha alguns centímetros de espessura e as rodas teimavam em não sair do lugar, com os movimentos bruscos do volante. Os carros rodavam bem lentamente, cuidadosos. Eu também ia devagar, privilegiando os sulcos traçados pelos outros. Ostentar dificuldades me permitiu descuidar do silêncio que caíra no interior do automóvel, como se fosse coisa normal. Eu tinha consciência de que Marianna estava olhando para mim havia vários minutos, na expectativa de que eu também me virasse para ela e reconhecesse toda a apreensão dos seus olhos, tornando-a finalmente inconteste. Conhecia aquele olhar, tinha cruzado com ele centenas de vezes e sabia que estava ali me esperando.

Mas fiquei concentrado no caminho, e hoje, toda vez que penso na brusca deserção da minha irmã, revejo montes de flocos brancos que veem do escuro de encontro a nós e ainda percebo a gravidade da sua urgência, ignorada, a meu lado.

Quando parei na frente da igreja, um grupo de convidados se apressou a entrar. Só então olhei para Marianna, mas ela não esperava mais nada de mim. Estava longe, ausente, no mesmo estado de espera impotente que reservava às divagações de Ernesto.

Desliguei o motor. Agora tinha de vencer a repulsão dos nossos corpos, parecidos demais, e abraçá-la pela última vez como noiva. Quando a apertei, seu peito se esvaziou subitamente de energia e ela se pôs a tremer. Segurei-a até ela se acalmar.

"Nada de brincadeirinhas idiotas na festa, jura?", disse ela.

"Você já me pediu isso mil vezes."

"Não quero nenhum grito de beija, beija, ou vivam os noivos, nem que proponham qualquer outra idiotice. *Detesto* isso."

"Eu sei."

"Tem que jurar."

"Juro."

"E não quero fazer nenhum discurso, está claro? *Nada*, nem um agradecimento. Seria..."

Embaraçoso, concluí em silêncio. "Não vai haver nenhum discurso."

"Você jurou", disse Marianna.

Sua respiração estava ofegante, parecia ter esquecido que podia respirar com o nariz.

"Está em condições de ir?", indaguei. Tive de reprimir um acento de impaciência. Tínhamos chegado até ali, todos nos haviam visto, e na entrada da igreja um cara que eu não conhecia não parava de nos fazer gestos de entrar. Eu havia guiado debaixo de uma tempestade e sentia a camisa apertar meu pescoço, engolira punhados de ressentimento e desconforto e covardia para estar ali naquele dia fingindo excitação com as núpcias da minha irmã: quando é que resolveremos sair do carro e acabar logo com isso?

Marianna bufou, colou a cabeça na janela do automóvel para examinar mais uma vez a intensidade da nevasca, como se a neve é que a detivesse. Os flocos acumulados nos vidros desde que havíamos parado obstruíam quase totalmente a vista do lado de fora, estávamos fechados numa caixa de gelo.

"Acha que eles vão vir?", perguntou em voz baixa.

"Não. Acho que não. Você foi muito clara."

"Quem sabe na recepção."

"Também não vão estar lá."

Aproximou um polegar da boca. Acariciou com inocência os lábios, absorta.

Àquela altura eu já não tinha vontade, mas perguntei mesmo assim: "Quer que ligue pra eles? Acho que ficariam felizes de estar com você".

Marianna arregalou os olhos. "Não penso nisso nem *remotamente*. Não quero que se apossem deste dia especial também."

Era especial? Sim, de certa estranha maneira era mesmo. Marianna inflou as bochechas, como fazia quando era garotinha. "As coisas nunca acontecem como a gente imagina, não é?"

"Quase nunca, acho."

Deu mais uma olhada no espelho para conferir a maquiagem e tirou um grumo de rímel dos cílios. Depois jogou a cabeça para trás, bufando. "E daí? É você que vai me acompanhar, é muito melhor assim. Venha, soldado, vamos nos casar."

Abriu a porta, sem esperar que eu fizesse isso por ela.

Giro da morte

A Arma está em volta, em cima, embaixo e dentro de você. Se você tenta fugir dela, continua sendo parte dela. Se tenta enganá-la, é ela que está te enganando.

A Arma não tem rosto. Nenhum rosto representa a Arma. Nem o chefe de Estado-Maior, nem o ministro, nem os generais, nem seus subordinados. Nem você.

A Arma existia antes de você e existirá quando você não existir mais, eternamente.

O que você procura já está aqui, basta treinar os olhos para reconhecer isso.

A Arma não tem sentimentos, no entanto é mais amistosa que hostil. Se você gostar da Arma, ela gostará de você, de um modo que você não sabe nem poderá saber.

Não enlameie a Arma, não a insulte e, sobretudo, nunca, mas nunca mesmo traia a Arma.

Através do amor à Arma você sentirá amor a si mesmo.

Você tem o dever de preservar sua vida, em todo caso e a qualquer preço, porque sua vida não pertence a você, é dela.

A Arma não faz distinção entre o corpo e o espírito, ela nutre e dispõe de ambos.
É a Arma que escolhe você, e não você que a escolhe.
A Arma prefere o silêncio ao falatório, a cara fechada ao sorriso.
A glória que você busca é o meio que a Arma emprega para alcançar seus objetivos. Não renuncie à glória, já que ela é a porta pela qual a Arma penetra em você.
Você não conhece os objetivos da Arma. Se tentar adivinhá-los, enlouquecerá.
A verdadeira recompensa de toda ação reside na própria ação.
Quem crê na Arma não corre o risco de fracassar, nem com a dor nem com a morte, porque a dor e a morte são modos como ela está se servindo de você.
Por isso responda: você crê na Arma? Crê? Diga-o agora, então. Diga!

Um automóvel branco cuspindo fumaça para a poucos metros do acampamento dos caminhoneiros afegãos. O motorista, que tem a cara de pau de se mostrar com rosto descoberto, atira um presentinho pessoal aos homens sentados em círculo e se vai velozmente na mesma direção de que veio.

Antes que alguém tome coragem e vá pegá-la, os caminhoneiros observam demoradamente a cabeça cortada do colega, o temerário que partira duas noites antes para alcançar a Ring Road. A cabeça empanada de areia olha para eles por sua vez, com os olhos imobilizados pelo último horror que lhe foi reservado. A julgar pela irregularidade das fibras que saem do pescoço, foi decapitada com uma pequena lâmina, provavelmente um canivete. A advertência é clara até demais, e o portador não sentiu a necessidade de acrescentar nada, a não ser uma careta prometendo o mesmo tratamento a quem ousar seguir caminho: a única sorte digna para quem colabora com os militares invasores.

Algumas horas depois, os caminhoneiros se dirigem em massa para a FOB, erguendo alta a cabeça do amigo, como um estandarte ou um macabro salvo-conduto. Ninguém antes diria que fossem tantos, uns trinta pelo menos.

Passalacqua e Simoncelli montam guarda na torre principal e obviamente não sabem como se comportar. Se os homens que marchavam em direção a eles trazem explosivos no corpo, já estão próximos o bastante para consumar uma bela carnificina.

"Vou disparar", propõe Simoncelli.

"Dispare para o alto, porém."

A rajada apenas anima ainda mais os afegãos. Agora entram no corredor tortuoso situado antes da entrada. Invocam alguma coisa na sua língua.

"O que que eu faço? Disparo de novo?"

"Sim, ande!"

Outra rajada, não propriamente para o alto, quase raspando nos turbantes. Salta terra numa dezena de pontos atrás deles.

"Eles não param", diz Simoncelli, "vou jogar uma granada."

"Está louco? Vai matar todo mundo."

"Jogo bem longe."

"E se você errar?"

"Jogue você então."

"Jogo o caralho!"

Enquanto discutem, o grupo chega à base da torre de vigia. Naquele ponto, como se houvessem combinado, os caminhoneiros param e ficam esperando educadamente que alguém venha recebê-los.

"Uma fratura e tanto", comenta Ballesio uns dez minutos mais tarde, quando lhe abanam a cabeça decapitada diante do nariz. Depois olha para os afegãos com uma curiosa expressão de censura, como se eles é que tivessem aprontado aquela estripulia.

O coronel, o capitão Masiero e Irene Sammartino se retiram na casinhola do comando pelo resto da manhã. Nem vão ao rancho almoçar — diante de Egitto passam três soldados cada um com um prato. Serviço de quarto, pensa. Está ressentido por não ter sido convidado para a reunião e não sabe direito se a ciumeira tem mais a ver com Irene ou com Ballesio.

Às duas é convocado com os outros oficiais e comandantes de pelotão. O coronel tem um ar sombrio, senta-se no meio da comprida mesa de reuniões, mas como se estivesse apartado. Evita olhar para ele e deixa Masiero falar no seu lugar. Como sempre, o capitão explica tudo de um só fôlego, de modo cristalino, sem imprecisões ou a mais ínfima sombra de participação emocional. As altas esferas — o capitão as define assim, com nítido desprezo — consideram que a situação dos caminhoneiros ficou crítica. Não só é inaceitável que sejam expostos a barbáries como a recente decapitação do colega, como seu descontentamento pode vir a prejudicar a imagem da missão e constitui, entre outras coisas, uma ameaça em potencial. Resumindo, devem ser acompanhados de volta para casa.

O capitão desenrola um mapa onde assinalou um percurso com uma hidrográfica, junto com algumas anotações na sua arrepiante caligrafia microscópica. O plano é o mais simples possível: os militares devem ir em coluna junto com os caminhoneiros, atravessar o vale e alcançar a Ring Road pouco acima de Delaram, onde deixarão os caminhoneiros, darão meia-volta e regressarão à base. A distância a cobrir é de cerca de cinquenta quilômetros e o tempo previsto é de quatro dias ao todo, dois para a ida e dois para a volta. Com a boa probabilidade de que haverá IEDs à espera deles ao longo do trajeto e talvez algum embate armado, mas podem contar com a desorganização do inimigo. A partida está prevista para amanhã antes da alvorada. Perguntas?"

O tenente Egitto torturou a costura lateral da calça enquanto o capitão falava. É o único da sala que percorreu o vale, alguns meses antes, no sentido inverso. Toda uma vida lhe parece ter transcorrido desde então. Haviam encontrado quatro bombas caseiras, passado duas noites completamente em claro, seus companheiros de batalhão, ao chegarem, estavam exaustos e alguns continuaram imprestáveis o resto da estada. O ciúme de antes se transforma de repente num presságio angustiante. Levanta a mão.

"Por favor, tenente."

Ballesio o fulmina com um olhar feroz, como se dissesse não é com *ele* que você deve falar. Egitto o ignora. "Atravessei o vale uma vez. Não é um lugar seguro. Deveríamos buscar uma solução alternativa."

Masiero alisa a lateral do cavanhaque, enquanto os lábios se alargam num sorriso zombeteiro. "Não sou você, tenente. Mas quando me alistei, pensava que esta não era uma profissão *segura*."

Ouvem-se risadas incertas, nervosas, que logo desaparecem.

Egitto insiste: "Poderíamos levar os caminhoneiros de volta para Herat de helicóptero".

"Trinta caminhoneiros? Tem ideia de quanto custaria? E sem os caminhões deles. Não me parece um bom negócio para nossos amigos afegãos."

Ballesio se contorce na cadeira, como se presa de uma cólica.

"O vale é perigoso, capitão", diz Egitto.

Não lhe passa despercebida uma rápida olhadela entre Masiero e Irene, sentada de costas contra a parede, como quem não tem nada a ver com aquilo.

"Tenente, com todo o respeito, não lhe foi pedido que se preocupasse com estratégias. Cuide em vez disso da saúde dos soldados. Tenho visto muitos debilitados, ultimamente. Mais alguém tem objeções? Se não, vamos aos preparativos." Masiero junta as mãos como uma professora primária diante dos alunos. "Ah, ia me esquecendo. A operação se chama Mother Bear, Mãe Ursa. Não se esqueçam. MB, para as comunicações rápidas. Espero que o nome lhes agrade, fui eu que inventei."

Os presentes se dispersam, Egitto segue o comandante até sua barraca. Ballesio lhe dá as costas, como se quisesse se livrar dele. Quando Egitto põe um pé dentro da barraca, ele diz: "O que deseja, tenente? Estou ocupadíssimo".

"Tem que abortar a operação, comandante."

"Tenho? *Tenho?* Quem é você para me dizer o que tenho que fazer?"

Egitto não desanima. "É uma ideia precipitada e arriscada. Não vai ser como da primeira vez, agora o inimigo nos espera."

Ballesio agita os braços, exasperado. "Como você sabe?"

"A cabeça é claramente uma provocação. E depois...", hesita, "tenho um sexto sentido."

"Estou cagando pro seu sexto sentido, tenente. As guerras não são travadas com o sexto sentido. Os cinco primeiros são mais que bastantes."

Egitto respira fundo. Não é feito para a insubordinação. Sempre teve um espírito polêmico, isso sim, um espírito crítico afiado como o de Ernesto, mas sua inteligência é muito mais uma arma de defesa que de ataque. No entanto dessa vez não, dessa vez está determinado a impor suas razões. Sua cabeça gira, deve estar com a pressão baixíssima. "Sou obrigado a lhe pedir para rever sua posição, comandante."

"Chega!", troveja Ballesio. Depois, transtornado, se deixa cair na cadeira, os braços moles. Conhece modos infinitos para se mostrar desmantelado. Sacode a cabeça. "Acha mesmo que *eu* é que quero isso? Não acha que já tive minha dose de tudo isso, tenente? No que me diz respeito, esses caminhoneiros podem morrer lá fora, debaixo do seu nojento sol afegão, morrer com toda esta guerra. Já estou de saco cheio de guerras, de operações, de burradas."

O tenente também trata de sentar, com cautela. Agora deve adequar o tom à mudança repentina na conversa. "Não entendo, coronel."

"Não entende? Não *entende*? Peça pra sua amiguinha explicar."

"Está falando de Irene Sammartino?"

"A sua cê-dê-efezinha, ela mesma."

Mentalmente Egitto corrige o esquema que havia imaginado sobre a reunião daquela manhã: se antes havia posto Ballesio de um lado e em frente a ele Irene e o capitão, agora põe Irene na posição de poder. A moça espirituosa com quem numa vida anterior tivera uma relação sentimental e agora compartilha... alguma coisa, essa moça dá ordens aos dois oficiais submissos. "Foi uma ideia da Sammartino?", pergunta, um pouco assustado com a possível resposta.

"Ela não tem *ideias*, tenente. Ela é apenas uma intermediária, o olho implacável, o cano de descarga dos que estão acima dos azarentos como ela e eu."

Egitto não consegue acreditar que Irene queira fazer cair sobre todos eles semelhante pena de morte. Correndo o risco de ser ainda mais insolente, mesmo assim afirma: "Não acho que a Sammartino faria uma coisa dessas".

Com um movimento brusco, Ballesio apoia os antebraços na mesa e se inclina para a frente, furioso. "É de novo seu sexto sentido testicular que lhe sugere isso, tenente? Faça-me o favor! É um erro de principiante."

Egitto ignora se o que Ballesio lhe diz são conjecturas ou certezas, ignora o que ele sabe e o que não sabe. Do jeito que estão as coisas, pode ser que a própria Irene é que tenha soprado aquilo tudo ao coronel. Tem alguém em que possa confiar? A alusão, fundada ou não, o desorienta, sente-se como se estivesse nu. A coragem o abandona.

O comandante aponta o indicador para ele. "Escute aqui. Vá se confessar enquanto é tempo, nunca se sabe. Está dispensado."

Os oficiais se reúnem outra vez, cada companhia e cada pelotão se reúnem, e no fim cada um tem uma ideia confusa demais do que deve fazer, para começar a fazer. O moral é bom, principalmente entre quem vai partir: apesar de terem consciência do perigo de se aventurar em coluna fora da bolha de segurança, é uma ocasião para sacudir as teias de aranha de um mês passado envelhecendo na FOB. E depois, quem quereria ser soldado sem a oportunidade de atirar um pouco?

Somente Cederna, logo ele que pelo menos teoricamente é apaixonado pelos embates armados, não compartilha nem um pouco do otimismo geral. O telefonema que tem de dar o faz morrer de medo. Já o adiou por várias horas e agora deixou passar na sua frente dois rapazes que estavam atrás dele na fila. Esfolou os nós dos dedos de tanto mordê-los, e quando os chupa pela enésima vez sente o gosto do sangue. Agnese não vai gostar da notícia. O temor pela reação da namorada o deixa mais nervoso. Por que é que ele, que não tem medo de nada, tem medo de uma mulher? A raiva alimenta outro temor, num círculo vicioso que o enlouquece. De uma coisa está convencido, em todo caso: não lhe dirá nada que se assemelhe nem mesmo vagamente à verdade, não tem por quê. Não dirá que sua licença foi revogada por aquele coronel balofo em pessoa, porque fez uma brincadeira excessiva, e aquele imbecil do Mitrano desandou a disparar em plena noite no saco de dormir. Não dirá que há uma altíssima probabilidade de a licença não lhe ser restituída, nem mesmo mais tarde, e ele corre o risco de ser o único do regimento a ficar direto seis meses fora. E não dirá que sente muito, de jeito nenhum.

Tira o fone do gancho. Ainda está molhado do suor de quem o precedeu. Agnese atende com uma voz circunspecta.

"Sou eu", diz Cederna.

"Você?"

"Sim, eu."

"Sinto sua falta, rapaz."

"Não me deixaram ir."

Por que Agnese espera tanto agora? Diga alguma coisa, fale! "Sinto muito", acrescenta Cederna, faltando com a principal das suas intenções.

Ela permanece calada.

"Ei, você ouviu?"

Nada.

"Não adianta bancar a muda. Amanhã vai começar uma operação. Não posso contar os detalhes, mas é coisa séria. Precisam de todos os homens, não posso me ausentar."

"Nem tente", o tom de Agnese é seco mas calmo, diferente do que ele esperava. Estava pronto para ouvi-la chorar no telefone, ouvi-la bufar e ficar furiosa, mas não para isso. "Nem tente me fazer ter dó de você, com suas operações, os perigos e tudo o mais."

"Já disse o que tinha que dizer. Pense o que quiser."

"Isso mesmo. Penso o que quiser."

Desligou? Ainda está ouvindo? Esses silêncios prolongados não são um expediente correto.

"Agnese..."

"Não tenho mais nada a dizer."

"Vou depois que você se formar, está bem? Faremos uma viagem como prometi. O tempo até estará melhor."

"Não faremos viagem nenhuma, Francesco. Não faremos nada. E agora me desculpe, mas tenho que te deixar."

"Que caralho isso quer dizer?"

Agnese simula uma risadinha que deixa arrepiado o cabo. "Sabe o que eu te digo? Que você me deu um lindo presente de formatura, Francesco, o mais lindo que podia me dar. Minhas amigas acabam de organizar umas férias. Só mulheres. Tinha dito que não ia, porque você ia estar aqui, mas na realidade *quero* ir. Quero com todo o meu ser."

Cederna sente que o plástico do fone está perigosamente a ponto de se quebrar. Afrouxa a mão. "Você não vai sair de férias com suas amigas molambentas. Quebro sua cara se for!"

Agnese solta uma gargalhada forte, rouca. "Você é mesmo um primitivo, Francesco Cederna."

É só no inconsciente que o soldado constrói uma relação com uma frase semelhante que ela lhe disse muito tempo antes e num contexto bem diferente. Era um dos primeiros encontros deles, uma das primeiras vezes que iam para a cama juntos, e Agnese disse, você é mesmo um fanfarrão, Francesco Cederna, mas daquela vez continuou, um fanfarrão e um bonito rapaz, juro por Deus que ninguém nunca me fez ficar assim. Bom, ele tinha se sentido lisonjeado, claro, e surpreso também. Agora que aquela frase mais velha ecoa numa parte periférica do seu cérebro — sabe-se lá se ela se deu conta da correspondência —, agora que as coisas estão muito diferentes e ela não tem nada mais a acrescentar, Cederna experimenta uma sensação de amargor e derrota, e não está em condição de rebater.

Agnese encerra o telefonema no seu lugar. "Tchau. Sucesso pra sua operação."

O terceiro pelotão da companhia Charlie se encarregará da retaguarda, uma posição delicada, mas sempre melhor que estar à frente. E depois ficam perto do médico, o que do ponto de vista psicológico é uma mão na roda. Por nenhum motivo os veículos deverão sair do rastro do que o precede, nem encurtar ou encompridar distâncias de segurança preestabelecidas em quinze metros, nem tomar iniciativas de qualquer tipo, nem mesmo se aventurar a propô-las, e blá-blá-blá.

O primeiro-sargento René repetiu a cantilena tal qual, pela segunda vez, se interrompendo com frequência para se certificar de que todos haviam entendido. Vinte e sete vozes respondiam "sins" cada vez mais arrastados. Depois disso, mandou os rapazes irem cuidar das últimas tarefas. Ietri e Cederna deviam desmontar, limpar, lubrificar e montar de novo a artilharia ligeira.

Ietri percebeu que era melhor deixar seu amigo em paz; desde que revogaram sua licença está intratável, não dirige a palavra a ninguém, e se você topa com ele, com o olhar turvo e a boca apertada num grunhido, tem a impressão de que poderia te enfiar uma faca na barriga só porque você estorvou seu caminho. Gostaria de consolá-lo, mas sabe que o tipo de amizade deles é diferente: se parece muito mais com a relação entre um mestre e um discípulo, e um discípulo não ousa perguntar ao mestre o que não vai bem. Ele mesmo tinha dito que a brincadeira era perigosa. Pelo menos Cederna foi leal e ocultou aos superiores sua cumplicidade. Um dia, quando ele estiver mais calmo, lhe agradecerá.

Trabalham em silêncio. Espiam com um olho só dentro do cano dos fuzis, sopram a poeira ou utilizam a bomba de ar comprimido. Nas partes mecânicas mais delicadas, na parte ótica e nos carregadores, se alternam com um pincel de cerdas escuras e macias.

Ietri ainda não chegou a uma conclusão sobre como se sente em relação à operação de amanhã. No vestiário diziam que a estrada deve estar semeada de bombas e, de fato, nas últimas horas os soldados da engenharia andam pela FOB de cara amarrada. Gostaria tanto de pedir a opinião de Cederna. Precisava dela. Talvez ele também queira trocar duas palavras agora, desabafar um pouco. Morde a língua para não perturbá-lo, mas acaba não resistindo. "Ei, Cederna", diz.

"Cale a boca, virgenzinha."

Proteja minha família. Proteja minha mãe, principalmente ela. Proteja meus companheiros, porque são bons rapazes. Às vezes dizem coisas bestas e vulgares, mas são bons, todos eles. Proteja-os do sofrimento. E proteja a mim também. Proteja-me das kalashnikovs, *dos morteiros, das bombas caseiras, dos* shrapnels *e das granadas. Se eu tiver que morrer, no entanto, é melhor uma bomba, uma carga explosiva, faça que eu vá pelos ares ao pisar numa bomba e não sinta dor. Eu te peço, não me deixe ferido, sem uma perna ou uma mão. E não faça que eu seja queimado, pelo menos não no rosto. Morto sim, mas desfigurado pelo resto da vida não. Eu te rogo, te suplico.*

Os soldados sabem como organizar uma festa em tempo recorde, e as circunstâncias pedem uma de primeira. No correr da tarde, assiste-se na FOB a um belo exemplo de cooperação entre as diversas companhias. Os rapazes do terceiro pelotão põem à disposição a Ruína e algumas provisões — tabletes de chocolate, garrafinhas de vinte e cinco mililitros de grapa tiradas das rações K, batatinhas e salgadinhos variados —, os outros contribuem como podem: da engenharia chegam duas caixas acústicas potentes; os cozinheiros fazem o impossível para preparar tortas, sem recheio mas muito gostosas, e duas assadeiras de algo que parece uma pizza; alguém cuida das decorações. O comando fornece copos e pratos de plástico, por vontade explícita do coronel Ballesio.

Às oito a sala já está lotada. Não têm muito tempo, o toque de reunir está marcado para as quatro da manhã e ninguém sabe quando poderá dormir de novo. As risadas são um pouco mais altas que o devido, as frases mais coloridas, percebe-se com clareza que o aumento da algazarra é necessário para encobrir outro barulho, interno de cada um, que aumenta com o passar dos minutos. Ietri encheu a paciência de diversos companheiros para ficar com o papel de DJ e agora está no seu posto, atrás da mesa de som. Uma festa não é uma festa se não tem a música certa, e ele quer que Zampieri o veja fazendo uma coisa que ele faz bem. Em todo caso, ninguém tentou impedi-lo, porque todos tinham vontade de aproveitar a noitada, e só.

Antes do jantar anotou uma lista de grupos: Nickelback, Linkin Park, Evanescence, talvez alguma coisa antiga do Offspring, para depois tocar seus preferidos: Slipknot, Neurosis, Dark Tranquility. Espera que os rapazes tenham vontade de sacudir o esqueleto. No papel parecia uma sequência eficaz, mas agora que a festa começou se dá conta de que o tempo voa mais depressa que o previsto e precisa pular algumas músicas para chegar ao que interessa. E depois ainda não há ninguém dançando, a atmosfera está fria. Ietri não entende por quê. Normalmente, quando na Tuxedo entra a parte em espanhol de "Pretty Fly", ele não resiste a sair dançando. Alguém lhe sugeriu não muito amavelmente que mudasse de música, mas Ietri não deu bola.

"Ei, chega desta merda!", grita Simoncelli do outro lado da sala.

Ietri finge não ouvir. Com o rabo do olho percebe que Zampieri está se aproximando. Baixa a cabeça para se mostrar concentrado na sua tarefa, quando na realidade a única coisa que tem a fazer é selecionar essa ou aquela música. "Pretty Fly" está quase acabando e ele não sabe o que escolher. Seu roteiro escrito à mão numa folha de papel prevê Motörhead, mas não lhe parece o grupo adequado para receber Zampa, está confuso, agitado. Ela chega até ele, que põe ao acaso para tocar a primeira música que encontra: "My Plague".

Zampieri senta-se à mesa em frente a ele. Quando ela começou a lhe produzir aquele efeito? Ietri sente um milhão de alfinetes espetarem todo o seu corpo.

"Não tem nada mais audível?"

"Por quê? Você não gosta do Slipknot?"

Zampieri faz uma cara estranha. "Nem sei quem é."

Ietri baixa a cabeça. De novo percorre a lista de títulos, para a frente e para trás. De repente lhe parece que não tem nada apropriado, nada bastante interessante para impressioná-la. "Conhece o Suicidal?", pergunta esperançoso.

"Não."

"Nevermore?"

Zampieri meneia a cabeça.

"Vou tocar pra você. O Never é forte."

Ela bufa. "Não tem Shakira?"

Ietri se endireita, indignado. "Shakira? Isso não é música."

"Mas agrada a todo mundo."

"Ela só faz música comercial."

Zampieri olha ao seu redor, desconsolada. "Mas pelo menos alguém dançaria. Está vendo? Ninguém se mexe. Daqui a pouco a gente vai tapar os ouvidos com isso aí."

"Se não agrada a vocês, algum outro devia servir de DJ. Minha música é esta." Está com raiva e humilhado. Se Zampieri gosta mesmo de Shakira, então nunca se poriam de acordo.

"Olhe como você levou a coisa!", disse ela. "Você parece um garotinho, se ofendendo assim por causa da música", faz um gesto desdenhoso com a mão. "Ponha o que quiser, pra mim não interessa." E se afastou.

Ietri fica atônito, com o iPod bestamente na mão. Leva vários segundos para se recuperar. "My Plague" chega ao fim e ele não se mexe para pôr outra. Na Ruína agora só se ouve o vozerio dos rapazes. Zampieri já voltou para junto dos outros, reintegrou o grupo de Cederna, Pecone e Vercellin, e ri bobamente, como se não estivesse nem aí para a música ou para ele.

"Até que enfim!", grita Mattioli, com a mão em megafone, virado para o DJ. Os outros correspondem com um aplauso.

Que idiota foi. Queria se exibir e em vez disso fez um papelão, como sempre. Agora está todo envergonhado, gostaria de sumir. Eles é que se virem com a música. Ainda mais que não entendem nada do assunto. Ietri olha para seus colegas e de estalo os odeia como antigamente odiava os rapazes de Torremaggiore. Aqueles também não entendiam porcaria nenhuma de música, só ouviam os grupos escolhidos pelas rádios, os cantores italianos sem graça.

Amassa o copo de plástico e joga-o com raiva num canto. Sai da Ruína. As noites estão cada vez mais frias e ele não veste nada por cima da camiseta de algodão. Foda-se. Ruma com as mãos no bolso para os telefones, ainda dá tempo de telefonar para sua mãe. Quem diria que estava a ponto de não chamá-la, de tão ligado naquela festa inútil. Cruza com outros soldados que vêm na direção oposta. Podem ir, podem ir, de qualquer maneira não vão se divertir nem um pouco.

Encontra René perto dos telefones. O sargento anda para a frente e para trás, fumando. "Como é que você sai por aí sem lanterna?", repreende-o.

Ietri dá de ombros. "Já sei me orientar", diz. "Não ficou na festa?"

"Confusão demais", responde o sargento.

Parece abatido e muito tenso. Talvez isso queira dizer que a incursão não vai ser um passeio. Mas nesse momento não há lugar para o temor dentro de Ietri, não lhe interessa, está frustrado demais para sentir algo diferente. "Vai telefonar?", pergunta.

"Eu? Não." René passa a mão no crânio rapado. "Não, não vou. A gente se vê amanhã. Trate de descansar."

Afasta-se a passos ligeiros, o cabo fica sozinho. De noite o silêncio da FOB é diferente dos outros que conheceu, é silêncio dos motores, das vozes humanas, mas também silêncio da natureza: nada de pios de aves, nada de grilos, nada de rios correndo nos arredores, nada de nada. Silêncio e só.

A voz da mãe mistura seus sentimentos no estômago e o resultado é uma grave aflição que lhe comprime a garganta. "Parou a dor de barriga?"

"Mãe, isso já faz muitos dias. Estou ótimo."

"Mas está com a voz triste."

Não tem jeito, ela sempre o desmascara. Possui receptores sensíveis a todas as modulações da sua voz. "É que estou cansado", diz Ietri.

"Sinto muito sua falta."

"Hã, hã."

"Não sente a minha?"

"Pelo amor de Deus, não tenho mais oito anos."

"Eu sei, eu sei. Não fale assim. Você era uma maravilha aos oito anos."

E agora? Agora é o quê? Lembra que sua mãe também não suportava a música de que ele gostava e por um instante fica com raiva dela. Dizia, é pura barulheira, vai fazer mal aos seus ouvidos. Uma vez ele a tinha chamado de velha maluca porque ela tinha dito uma coisa desagradável sobre o Megadeth. Só daquela vez, porque levou em troca um sopapo que o fez rodopiar.

"Mãe, não vou poder telefonar por uns dias."

"Por quê?", ela se alarmou na hora. Num certo sentido, parece que já o está censurando por uma coisa que em nada depende dele. "Quantos dias?"

"Quatro ou cinco. Pelo menos. Precisam consertar as linhas telefônicas."

"Mas se agora estão funcionando! Por que não deixam assim?"

"Por que não dá."

"Não deveriam mexer nelas, se estão funcionando."

"Você não entende dessas coisas", corta Ietri.

Sua mãe suspira. "É verdade. Não entendo. Mas estarei pensando em você."

"Não tem por quê. Aqui não acontece nada."

"Uma mãe ao longe está sempre pensando no filho."

Ietri evita lhe dizer que dessa vez, só dessa vez, ela teria razão de sobra para se preocupar. Antes não, as dezenas de noites que esteve acordada o esperando com o coração nas mãos perdeu o sono inutilmente, ele sempre foi mais sensato, mais dócil e obediente do que ela imaginava. Com certeza ficaria decepcionada se descobrisse isso. Seu filho não tem nada de especial, é só um como tantos outros. "Tenho que desligar, mãe."

"Não! Espere. Afinal não vai me ligar todos esses dias. Conte mais alguma coisa."

Que coisa? Tudo o que tem para contar a faria sofrer. Que a comida é mais nojenta do que ele lhe faz crer. Que está louco por uma mulher, soldado como ele, mas ela o chama de garotinho. Que amanhã partirão para uma incursão numa zona controlada pelos talibãs e ele está se borrando de medo. Que esta manhã viu uma cabeça decapitada e ficou tão nauseado que chegou a vomitar o café da manhã nas botas e agora sempre que fecha os olhos torna a ver aquela cara. Que em certos momentos se sente vazio e triste, e velho, sim, velho aos vinte anos, e não acredita nem um pouco ter sido uma maravilha um dia. Que todos continuam a tratá-lo como o último dos últimos e não encontrou nada do que esperava e agora nem sabe mais o que buscava. Que gosta e sente muita falta dela, ela é o que mais lhe importa, a única coisa que lhe importa. Nem isso pode lhe dizer, porque é um adulto agora, e é um soldado.

"Tenho mesmo que desligar, mãe."

Torsu mentiu para o doutor, mas foi uma mentira bem-intencionada. Não queria ser o único do pelotão a ficar em segurança na base, enquanto os outros enfrentavam a viagem pelo vale. Na volta, teriam-no tratado como se tivesse fugido da raia, e não consegue imaginar vergonha maior. Por isso declarou que se sentia melhor, aliás, que estava em plena forma, jurou que fazia três dias que suas fezes eram de uma consistência aceitável (quando, na verdade, tivera o último episódio de disenteria aquela manhã) e assinou uma espécie de alta. Quando o doc se aproximou com o termômetro para tirar a temperatura interna, Torsu disse que preferia tirar ele mesmo e falou que estava com trinta e seis em vez de trinta e sete e meio. Afinal, são apenas uns tracinhos de diferença. Deu certo, o doc estava distraído hoje e queria encerrar a consulta depressa.

"Então, posso ir?"

"Se está se sentindo bem, pra mim não há problema."

"Acha que teremos encrenca por lá?"

O doc fixou os olhos num ponto indefinido. Não se pode dizer que tenham se tornado amigos, mas é como se agora se conhecessem um pouco, Torsu passou pela enfermaria todos os dias (aliás, sacou muito bem a relação suspeita entre o tenente e aquela mulher da inteligência!). Egitto não respondeu, pôs nas mãos dele duas caixas de paracetamol e o dispensou.

Como não está mais oficialmente doente, Torsu deixou para lá certas angústias inúteis, como a história das pernas, que, pensando nela agora, lhe parece pouco mais que uma fantasia delirante. Por segurança, em todo caso, pediu um metro aos rapazes da logística e mediu os membros inferiores, do calcanhar à anca, encontrando na maioria das tentativas uma diferença de apenas meio centímetro, nada preocupante portanto.

O que continua a preocupá-lo, no entanto, é o silêncio com que Terpsícore89 o está punindo depois da briga que tiveram. Ela não respondeu a nenhuma das suas mensagens, nem mesmo quando o soldado escreveu que se preparava para uma incursão de alguns dias no deserto, exagerando um pouco os riscos conexos. Começa a perder as esperanças. Está tão triste que nem pôs o pé na Ruína para ver como ia a festa. Depois que Cederna o expulsou da barraca, sentou-se do lado de fora, no chão. Está com o micro nas pernas cruzadas. O perfil de Terpsícore89 exibe o status *ausente*, mas ele não acredita. Está quase seguro de que ela lê suas mensagens. Esta é uma hora em que têm — tinham — o costume de se falar.

THOR_SARDENHA: não poderíamos falar daquilo?
TERPSÍCORE89:
THOR_SARDENHA: já te escrevi que sinto muito. várias vezes. que mais tenho que fazer? eu não estava bem, é normal dizer coisas erradas quando a gente não está bem, acontece com todo mundo
TERPSÍCORE89:
THOR_SARDENHA: tenho medo do que pode acontecer amanhã. quero falar com você
TERPSÍCORE89:
THOR_SARDENHA: você é uma egoísta!

O monólogo ocupa dois rolamentos de tela, numa sucessão de desculpas, súplicas e invectivas furiosas. Quase terminou a fantasia e faz uns dez minutos que não acrescenta nada, apoia o queixo nos punhos e dá um tapa raivoso no teclado cada vez que a tela escurece. A febre noturna costumeira lhe faz arder a testa e lhe confunde as ideias — agora não dá mais bola para ela.

Um soldado aparece de repente na escuridão, assustando-o. "Quem é?"

"Ietri."

"Por que você sai por aí no escuro, cretino?"

Ietri está com frio, esfrega os braços nus com as mãos. "Estava dando uma voltinha."

"Sem lanterna? Está doido."

O colega dá de ombros. "Vou dormir", diz, "a festa estava um nojo."

"Não pode entrar na barraca."

"Por quê?"

"O Cederna me disse pra não deixar ninguém passar", diz Torsu. "Está lá dentro com a Zampa."

"Com a Zampa? Fazendo o quê?"

Torsu ergue os olhos da tela e fita a silhueta escura do companheiro. "O que você acha?"

Ietri fica petrificado.

"O que foi?", pergunta Torsu.

"Nada."

Por fim, desaparece de novo na noite. Que panaca. Torsu torna a fixar os olhos no monitor vazio.

THOR_SARDENHA: vou esperar a noite inteira se preciso
TERPSÍCORE89:
THOR_SARDENHA: não me mexo enquanto você não responder
TERPSÍCORE89:

A barra azul de carregamento corre até o fim e deixa tudo miseravelmente como estava.

"Não", murmura o soldado. Ninguém pode ouvi-lo, mas ele repete: "Não não não não... não. Por favor, eu te suplico, não."

O cabo Angelo Torsu não resistirá acordado a noite toda como prometeu, mas uma meia hora mais sim, o tempo necessário para que Cederna e Zampieri terminem o que fazem na barraca e mais ou menos o tempo que Ietri leva para se perder na FOB, correndo o risco de tropeçar várias vezes e quebrar o pescoço. Ele tentou chorar um pouco, mas não conseguiu nem isso. Não é capaz nem mesmo de se desesperar como devia. E agora perdeu o senso de orientação e teme não encontrar o caminho para o local da Charlie, parece ter chegado a um lugar onde nunca estivera antes. Deixa-se guiar pela luz que filtra de uma barraca. Aproxima-se. Afasta a lona e enfia a cabeça.

"Ietri, meu irmão. Entre. Venha."

Di Salvo está deitado num monte de almofadas coloridas, sem camiseta nem botas. As grades incandescentes do aquecedor elétrico sopram o ar quente direto no seu rosto, está vermelho principalmente de um lado. A barraca está saturada de uma fumaça densa, estagnada em camadas suspensas no ar.

"Abib, *this is Roberto. My friend. My dear friend.*"

Fala como se estivesse drogado. Abib cumprimenta Ietri com um gesto, depois torna a fechar os olhos. Os outros dois intérpretes nem se mexem.

Ietri avança timidamente. Evita os objetos esparramados no chão, senta ao lado de Di Salvo. Aceita mecanicamente o baseado que ele lhe oferece, leva-o aos lábios.

"Uma boa tragada. Isso. Segure enquanto pode. Vai ver como te relaxa. Já está sentindo? Essa é especial."

O cabo aspira mais uma vez, depois mais uma. No começo não acontece nada, a não ser um acesso de tosse. Nem mesmo a droga sabe o que fazer com um cara como ele, um *garotinho*. Depois, uma forte sonolência desaba sobre ele. Ietri resiste a ela. Quer encher os pulmões de fumaça até não haver mais espaço. Dá uma tragada demoradíssima, chega a queimar.

"*Yesss*", sibila Di Salvo bem junto do seu ouvido.

A estatueta de que ele falava está posta numa mesinha de três pernas, junto dos cigarros abertos, dos resíduos de tabaco e de uma vareta de incenso acesa que não faz nada para melhorar o cheiro. Ietri olha para a estátua. É apenas um pedaço de pau pessimamente entalhado à faca, os cabelos são feitos de palha seca. Aspira novamente e mantém a fumaça nos pulmões o máximo possível. No colégio, competiam para ver quem aguentava mais, chamavam isso de o giro da morte. Ninguém podia expirar antes que o baseado voltasse à sua mão. Às vezes eram em dez ou doze, uns demoravam mais de propósito, e as caras ficavam vermelhas, roxas, azuis. Ietri cospe ar, tosse. Num lampejo vê Cederna enfiando o focinho entre as pernas da Zampieri, ela lhe abre espaço, geme de prazer. Aspira de novo, segura a respiração. Ela chega. A maconha sempre seca sua garganta, era assim no colégio também, tem um gosto horroroso. Bebia litros de chá frio para tirá-lo da boca. A estatueta de Abib o fita com os olhos amarelos, é só um pedaço de pau podre, no mercado de Torremaggiore os marroquinos vendem um monte de porcarias como aquela. Sua mãe, quando o levava ao mercado, deixava-o comprar tudo o que queria, tudo, em troca dos seus sorrisos. Ele percebera isso e tirava proveito. Que maravilha ele era, aos oito anos. Que maravilha!, diz Cederna, e agora quer o resto, todo o resto. Traidores filhos da puta. Ietri mostra a língua para a estátua de Abib, a língua para a morte. Ela pode vir pegá-lo, não está nem aí. Di Salvo cai numa gargalhada arquejante, também bota a língua para fora.

"Blllllllll... Uuuuuuuuh! Blllllllll..."

São dois animais e fazem vozes de animais. Gozam a morte, se contorcem de rir.

"Brrrrrrrrr... Uh-uh uh-uh uh-uh... Uaaaaaahhh..."

Di Salvo lhe disse que fumando aquele treco a gente sente as coisas, todas as coisas. Besteira. Ietri sente apenas a angústia, cada vez mais, cada vez mais tenebrosa. A barraca se fecha totalmente sobre ele, a montanha lá fora se dobra sobre ele, e assim a noite, tudo junto — quer esmagá-lo como uma lagartixa. As pupilas rolam para trás e a cabeça afunda na camada acolhedora das almofadas.

"Muito bem, rapaz, muito bem. Viu? É especial."

PARTE 2

O vale das rosas

Ao raiar do dia, o comboio serpeia lentamente, sua vanguarda dois quilômetros distante da retaguarda. As manobras de carregamento no pátio foram rápidas, apesar de alguns percalços de último minuto e da pouca disciplina dos caminhoneiros afegãos: de repente, estavam reticentes em desmontar a subespécie de acampamento em que haviam passado os últimos meses; quase parecia que, depois de toda a confusão armada, não tinham muita vontade de abandonar aquele amontoado de tendas e de imundície. O coronel Ballesio pronunciou um discurso desalinhavado e cheio de hesitações, que arrematou na exortação aos soldados para que trouxessem íntegros de volta seus rabos peludos. Os homens ainda estavam com sono, mas se mostravam confiantes. Ouviram as disposições de último minuto em rigoroso silêncio, depois saíram de forma e se dispersaram. Uns cinquenta veículos ao todo, entre transportes militares e caminhões civis. Irene Sammartino os observa se afastarem da FOB.

 A ambulância blindada a bordo da qual vai Alessandro é reconhecível pela cruz pintada de vermelho na porta. Irene fixa o olhar nela enquanto pode, enquanto avança em direção ao ar trêmulo do horizonte. Sente saudade e um estranho desconcerto ao pensar que pode não voltar mais a ver o tenente. Daqui a uns dois dias ela também partirá do posto avançado e não há razão para que se encontrem de novo, as circunstâncias já foram até generosas demais com eles.

Ontem à noite deslizou para fora do saco de dormir e foi até o catre de Alessandro, mas antes que pudesse tocá-lo, ele a esfriou: "Foi você, não foi?".

Ela ficou imobilizada no meio da barraca, na terra de ninguém entre os dois catres. "Não sei do que está falando."

"Está mandando alguém morrer, Irene. Quero que fique sabendo disso antes que aconteça, para que depois não tenha nenhum álibi."

Na forma da voz de Alessandro as recriminações eram um pouco mais dolorosas que o suportável. Irene se esforçou para não deixar isso transparecer. "Faço meu trabalho. Sou uma funcionária, como todos. Já te expliquei."

"Agora vai me dizer que a decisão não depende de você. Que você apenas cumpre ordens. Mas eu te conheço muito bem, Irene. Você é uma manipuladora nata."

"Nunca manipulei ninguém."

"Ah, não? É mesmo? Estranho, porque tenho uma lembrança diferente."

"Qual lembrança?"

"Qual lembrança? *Qual*, Irene?"

"Fiz isso com você? É o que está querendo dizer?"

"Quando você vinha com aquele jeitinho, meses depois de termos rompido, *meses*, não se lembra? Girava em torno de mim como uma mosca. Era obsessiva. Aparecia em toda parte. Pra não falar de quando você... deixa pra lá. Mas desta vez é muito pior. Você se superou."

Os pés de Irene em contato com o pavimento esfriaram, depois foi a vez dos tornozelos, dos joelhos, e subiu pelo resto do corpo. Sussurrou: "Pena que você veja as coisas assim". Ousou estender a mão em direção à cabeça de Alessandro, ao ponto em que imaginava estivesse sua cabeça, mas a reação dele foi tão violenta que Irene logo a retirou. Voltou para o saco de dormir e ficou um bom tempo acordada.

Irene Sammartino se arrepende. Deveria tê-lo beijado aquela manhã, agarrado seu queixo com a mão e pressionado sua boca contra a dele. Tem certeza de que ele acabaria acompanhando-a e depois lhe seria grato.

Os soldados de sentinela agitam os braços para saudar, mas os homens do comboio não olham para trás; a partir desse instante só têm em mente a estrada.

"Acha que correrão perigo?", Irene pergunta ao comandante.

Ele passa a língua nas bochechas, por dentro. Irene vê aquele verme subterrâneo se mexer no rosto dele. Com a mão direita Ballesio agarra a genitália e a sacode. "Desculpe o gesto supersticioso", diz ele, "mas que Deus os ajude."

É quase dia e o tenente Egitto espera a temperatura subir para tirar uma camada de roupas. Atribuíram-no como motorista o cabo Salvatore Camporesi e até agora os dois não trocaram muitas palavras. Do seu assento de passageiro, Egitto se limitou a escrutar o soldado, procurando adivinhar os traços mais importantes do seu caráter a partir do aspecto físico: a entrada profunda dos cabelos nas têmporas, a barba bem cuidada, os cílios compridos, femininos, e os bíceps inchados como se tivesse duas batatas enfiadas debaixo da pele. Um rapaz correto, parecendo fisicamente mais jovem do que é, um fuzileiro como tantos outros. Egitto sabe que Camporesi estaria melhor com seus companheiros, a bordo de um dos Lince que os seguem e precedem, mas não pode fazer nada: ordens são ordens, disposições são disposições, patentes são patentes.

Na parte de trás, onde transportam as macas, os equipamentos de primeiros socorros e algumas bolsas de sangue dos diversos grupos, que espera não precisar usar, vai Abib, o intérprete. Egitto também não tem muita vontade de conversar com ele, por isso o silêncio no habitáculo só é rompido pelo ruído grave do motor e dos pneus com pregos mastigando as pedras.

Avançam a passo de homem, literalmente, porque a ACRT à frente do comboio caminha sondando o terreno palmo a palmo. No instante em que a ambulância ultrapassou o limite invisível da bolha de segurança, Egitto percebeu uma mudança física, como que o despertar de uma miríade de terminações nervosas que ele dava por mortas fazia tempo. "Aqui começa a zona vermelha", disse consigo.

Camporesi estalou os lábios. "Vai ver que eles já estão sabendo, doc."

O mapa está apoiado no painel, impresso em papel brilhante, o tenente o mantém assim mais para cortar o reflexo do sol nos olhos do que para outra coisa. Contempla as curvas de nível intricadíssimas e percorre com o olhar a estrada em escala 1:50 000. Vão atravessar um longo trecho desabitado, onde aparecem grupos de construções indicados genericamente como *ruínas*. Depois, quando o vale se torna mais tortuoso, como o enroscado do intestino, se sucedem outras aldeias, a pouca distância uma da outra. De Boghal a Ghoziney é todo um amontoado de pequenas manchas escuras. Se quiserem nos foder, vai ser bem aqui, Ballesio tinha dito ontem à noite, durante a última conversa, enquanto ingurgitava sem parar uns cajus comprados no bazar e cuspia no seu punho os pedaços amarronzados da casca. Havia posto um dedo no ponto correspondente a Ghalarway.

Conforme o ângulo da luz, Egitto ainda consegue distinguir o sinal gorduroso da ponta do dedo.

Mas se enganava. A coluna ultrapassa a última casa de Ghoziney sem encontrar vivalma. Uma nova extensão, ampla, se escancara à frente deles. Egitto não reconhece nenhum daqueles lugares. Quando percorreu o vale no sentido inverso devia estar muito distraído, ou então muito agitado.

Ao meio-dia o comboio descreve uma curva em ângulo reto, possibilitando ao tenente observar todo o seu comprimento. A nuvem de poeira amarela que o envolve confere a ele um aspecto fantasmagórico. Uma migração de bisontes, pensa Egitto, uma migração ordenada. O fedor de óleo diesel é de vomitar, ainda o sente, mas sabe que em pouco tempo seus receptores decidirão eliminar a percepção daquele cheiro. O que não quer dizer que o cheiro acabou.

Avançam pelo leito seco do rio, o rio que em milênios escavou o vale e depois desapareceu no seu seio. A estrada prossegue em leve descida rumo ao centro de duas escarpas que se fazem mais altas e íngremes. Ganham velocidade porque a área parece segura. Camporesi faz o que pode, mas cada vez que toca no freio a ambulância dá um tranco. É um veículo que a carapaça antiminas torna mais pesado e que não tem bons amortecedores. Esse movimento, que balança e sacoleja, o fato de ter acordado de madrugada e a baixa repentina da tensão fazem a cabeça de Egitto cair para a frente. Adormece de boca aberta.

Quando acorda, estão parados. Alguns soldados se movimentam a pé em volta dos veículos, num raio bem reduzido. Dos lados, na frente e pelo espelho retrovisor, Egitto não vê nada além das montanhas amenas e avermelhadas. O mapa escorregou das suas pernas e foi parar debaixo do assento; para pegá-lo tem de soltar o cinto e enfiar as mãos embaixo do banco, por ora decide deixá-lo lá mesmo.

Não precisa perguntar a Camporesi qual o motivo da parada. Intui por si só, e de qualquer modo as frases truncadas transmitidas pelo rádio esclarecem rapidamente o quadro. Os sapadores encontraram um IED e estão dando duro para removê-lo. Em si, a notícia não é perturbadora — o Afeganistão está minado como uma plantação de abóboras depois da semeadura —, mas há um detalhe que a torna sinistra: parece que a bomba estava visível a olho nu, a terra tinha sido revolvida faz pouco e não a encobria direito. Isso significa muitas coisas, mas dentre as mensagens subliminares que o inimigo queria enviar, saltam três à vista do tenente: 1) sabemos de onde vocês vêm e para onde vão; 2) isto é um aviso, estamos lhes dando a última chance de dar meia-volta e deixar a gente resolver o assunto com os caminhoneiros; 3) daqui para a frente, começa a dança.

Muito tempo depois, pensando no caso, Egitto se convencerá de que o encontro do primeiro IED foi o instante-chave em que os soldados viram se evaporar a ilusão de uma missão sossegada e sem percalços e se deram conta de ter se metido numa grande enrascada. Obviamente, enquanto estão ali, cada um guarda esse pensamento para si. Uma coisa é perder de repente o otimismo, perceber que não tinha o menor sentido desde o início, outra bem diferente é compartilhar esse pressentimento. A desconfiança se propaga como um vírus, nenhum contingente militar pode se permitir dar vazão a ela.

A tensão, desautorizada a se expressar com palavras, encontra outros caminhos para se desafogar. Camporesi tamborila com os dedos no volante de um modo que irrita o tenente. Procura compor ritmos complicados que não é capaz de manter. Ouvi-lo, mesmo que de maneira totalmente involuntária, é frustrante. Egitto, por sua vez, é tomado por um ataque repentino de fome. É estranho, faz meses que perdeu o apetite — a comida nojenta e o excesso de serotonina o fizeram perder quase seis quilos desde o início da missão —, mas agora há uma carga de nitrato enterrada na poeira à espera precisamente deles, à espera precisamente *dele*, e o aparelho digestivo lançou um alarme para o cérebro, como se seu corpo tivesse de se preparar para o que está por vir, armazenar forças para usar em caso de emergência.

Olha à sua volta em busca de provisões e em cima de uma das macas encontra os restos de uma ração K, o lanche de um dos seus companheiros de viagem.

"É seu?", pergunta a Abib. O intérprete lhe faz sinal de se servir.

Egitto tira da ração tudo o que havia sobrado de comível: biscoitos, sardinha em lata, leite condensado. Não se detém nem mesmo diante de um resto de queijo holandês no qual aparecem claramente as marcas dos dentes de Abib. Não satisfeito, abre uma lata de raviólis de carne que devia ser esquentada. Come-os tal como estão, frios e insípidos. Enquanto se empanturra, absorto, assiste a uma discussão, feita de gestos eloquentes, entre dois soldados. O que está em pé no engate do veículo ele conhece, é Angelo Torsu, o rapaz que teve a infecção intestinal aguda (por pouco, faz uns dias, Egitto não o mandou levar a Herat, para ver se não tinha pegado uma brucelose ou algo pior). O outro, agarrado na porta do Lince mais à frente, ele viu várias vezes, mas não se lembra do nome. "Quem é?", pergunta a Camporesi apontando.

"Francesco Cederna. Não lhe dê bola. É um destrambelhado."

Nas poucas ocasiões em que o viu, Egitto fez de Cederna a ideia de um sujeito exagerado e nervoso, um cara que briga nos bares, exatamente como os que sua irmã presume que povoem a Arma inteira. Tem algo de pouco confiável no olhar, o bater dos seus cílios é um pouco mais esporádico que o das pessoas comuns.

Intui que está sacaneando Torsu. A tensão entre os dois aumenta, até um terceiro se interpor para acalmá-los. Há uma troca de posições e pouco depois Torsu desce do Lince. Tira o capacete e o põe no chão. Egitto o vê abrir um saco preto e enfiá-lo dentro do capacete, tirar as calças e se instalar naquela latrina improvisada.

Agora que o vê encolhido em forma de ovo sobre o capacete, o rosto sofrido, lhe assalta a dúvida de ter agido apressadamente ao permitir que viesse. Mas não tem como remediar. Onde estão, não se aceitam passagens de volta. O rapaz vai ter de apertar os dentes até chegarem à base.

Como se sentisse ter sido interpelado, Torsu ergue os olhos para ele. Egitto lhe pergunta com o polegar erguido se estava tudo o.k. e o soldado faz que sim com convicção. Não há muita possibilidade de se esconder, por isso nem tenta. Egitto, por sua vez, não sente a necessidade de desviar o olhar e também não para de mastigar a gororoba da lata, nem quando o soldado se levanta e se limpa como pode, mostrando seus pertences por completo. Em condições normais teria desviado o olhar ou pelo menos afastado a comida da boca. Agora não. Olha e mastiga. Alguma coisa nele mudou de verdade, desde que saíram da bolha de segurança e, mais ainda, desde que a engenharia desenterrou o primeiro artefato: onde se encontra agora, no coração do vale, dentro daquela arena, não há mais vestígios de pudor nem de indignação. Desapareceram muitas das qualidades que distinguem os homens dos outros animais. De agora em diante, reflete, ele mesmo não existe mais como ser humano. Transformou-se numa coisa abstrata, num aglomerado de puro alerta, de pura reação e de paciência. De repente, ele se aproximou extraordinariamente daquela ausência de personalidade que persegue de todas as formas desde o dia da morte do seu pai.

O tenente vê Torsu fazer suas necessidades, o cabo Camporesi o observa, Cederna e os outros rapazes o observam: todos se deleitando com o espetáculo escatológico do colega Torsu, sem sentir nenhuma emoção.

Egitto vira a lata e engole o molho frio, até a última gota, depois a joga fora. Um arroto ácido sobe do seu estômago, ele o contém.

Cederna enfia os dedos na boca, tira um chiclete mastigado e o atira em Torsu. "Você está o tempo todo cagando, seu sardo nojento", grita, "você é uma porra de um tubo digestivo."

As operações de retirada da mina duram mais de duas horas. Quando se põem novamente em movimento, os rapazes estão entediados, zonzos e cozinhados pelo calor selvagem. Os habitáculos se transformaram em gaiolas asfixiantes de calor. Já é de tarde, e do entusiasmo inicial se foi todo e qualquer sinal. A névoa torna a paisagem quase tão turva quanto o humor.

Para Ietri, as coisas vão pior que para os outros, mas agora ele se acostumou a pensar que é sempre assim. É somente o primeiro dia de viagem, e ele não aguenta mais estar sentado, sacrificado no assento de trás ao lado de Di Salvo, em pé na torreta, que lhe dá chutes com a ponta da bota no nervo da coxa cada vez que muda a orientação da metralhadora. Chuta sempre Ietri, nunca Pecone, como se fizesse de propósito, centenas de chutes no mesmo ponto, porque Di Salvo não para de se mexer.

E depois tem uma visão privilegiada de Zampieri e Cederna, que ocupam o assento dianteiro e trocam sorrisos, olhares maliciosos e palavras que, na sua interpretação, se referem todas ao sexo. Como se quisessem escancarar ao mundo inteiro que fizeram o que fizeram, Zampieri exibe no pescoço um hematoma esverdeado, do tamanho de uma moeda. Ietri se torturou aquelas horas todas imaginando Cederna segurando a cabeça dela e chupando sua pele, foi tão longe na sua fantasia que chegou a ver o sangue de Zampieri ser aspirado dos vasos capilares até a superfície, irrigando a mancha. Será que tiveram uma relação completa depois? Com certeza sim, Cederna não é um cara que desista ou deixe as coisas pela metade. Mas não faz muita diferença a essa altura. Ietri resolveu que de agora em diante nenhuma mulher lhe interessa mais e que não tem mais um melhor amigo. É ruim pensar assim, faz que se sinta sozinho, torturado e ofendido.

Di Salvo desfere outro chute no seu nervo. "Ei, preste atenção no que está fazendo, caralho!", explode.

"Está se esquentando com o quê, aí atrás, virgenzinha?", se intromete Cederna.

O que magoa Ietri acima de tudo, embora jamais o admitiria, é que seu amigo nem percebeu o quanto ele está com raiva e que não lhe dirigiu uma só palavra naquela manhã. Agora se apresentam a ele duas possibilidades: responder grosseiramente e assim deixar patente seu ressentimento, ou continuar sem falar com ele, fingir que ele não existe. Mas, no tempo que leva para tomar uma decisão, Cederna já se esqueceu dele.

Pelo rádio, René insiste em que acelerem a marcha. O terceiro pelotão deve recuperar um atraso de algumas centenas de metros, porque na última hora fizeram duas paradas extras por causa dos problemas intestinais de Torsu. Da terceira vez René lhe negou a permissão para descer e agora o soldado é obrigado a fazer as manobras de evacuação na torreta do veículo, de pé, para azar de Mitrano e Simoncelli, que ficam com a cabeça bem na altura da sua bacia. Baixa as calças e a cueca até os joelhos, abre o saco de lixo e se vira como pode.

Coitado, pensa Ietri, que entrevê pelo retrovisor a movimentação no Lince atrás, mas sua compaixão para ali. Nesse momento está por demais apoderado pela comiseração de si mesmo. Deixa aquela sensação que não o larga levá-lo a uma série de fantasias cada vez mais tenebrosas, até beirar pensamentos de morte. Só sabe se acalentar assim, mergulhando fundo na tristeza.

Dirige o olhar para fora da janela, mas não há nada em que pousá-lo, nem uma árvore, uma casa, uma cor diferente da pedra e da areia. Uma saudade da terra onde cresceu o invade. Quando frequentava a escola fundamental e, mais ainda, o ensino médio, odiava Torremaggiore e suas ruas despovoadas. Era o único metaleiro num raio de cento e cinquenta quilômetros e usava camisetas apocalípticas do Slayer como grito de protesto. Agora daria tudo para estar lá. Nem que por pouco tempo. Gostaria de dormir na cama alta com a cabeceira de ferro forjado, no quarto onde de tarde entrava luz em demasia para ele dormir de verdade, gostaria de ouvir o barulho das panelas da mãe na cozinha, o rádio que chiava baixinho para não o perturbar.

Por que sempre tem vontade de tantas coisas e sempre das que não pode ter, das coisas passadas ou, pior ainda, das que nunca acontecerão? Estaria condenado a isso? Aos vinte anos começa a querer que todos esses desejos desapareçam sem deixar vestígio. No entanto, tem de chegar àquele momento em que um homem para de estar dividido em dois, em que um homem se encontra exatamente onde quer estar.

De uma altura vertiginosa no céu, um falcão desce em mergulho; Ietri acompanha seu voo. Pouco antes de tocar no solo, a ave torna a ganhar altitude, entra numa corrente e se deixa sustentar, à meia altura. É uma visão que inspira o cabo. É isso. É assim que devia ser.

A freada repentina do Lince o projeta para a frente. Ietri bate com a cabeça na barra de reforço do assento, depois quica de volta para trás. Uma chicotada no pescoço, a que não dá importância porque antes precisa entender o que aconteceu.

Di Salvo caiu de bunda dentro do habitáculo e soltou um berro, algumas caixas de munição viraram, há cartuchos espalhados por toda parte, inclusive entre suas pernas. Cederna solta um palavrão, depois dá um tapa no painel do veículo. "Tudo bem?", pergunta.
    Ietri responde que sim, automaticamente. Dessa vez também não conseguiu manter o silêncio.

    De início, chamam-no de *fosso*, mas para todos os efeitos é um buraco, tão profundo que, olhando para dentro, se vê a água brilhando. Um poço no meio do deserto, nem dava para acreditar. A roda dianteira direita do Lince caiu em cheio nele, as outras ficaram levantadas. Quando Zampieri tenta acelerar, giram no ar disparando estilhaços de terra em todas as direções. O verdadeiro problema é que o chassi do veículo está encostado numa rocha que aflora à superfície. Rebocá-lo é arriscado porque poderia danificar o tanque de combustível, e não se pode deixá-lo ali porque o regulamento proíbe (só Deus sabe o que o inimigo faria do Lince se se apoderasse dele!). A única alternativa é tentar levantá-lo e puxá-lo para a frente. Mas pesa dez toneladas.
    A vista é bonita, por isso quase todos desceram e, pelo menos nos primeiros instantes, se mostram gratos a quem causou a parada. Aproveitam para se alongar, se inclinam e agarram os tornozelos, torcem o tronco para um lado e para o outro. Tratam de reduzir a carga do veículo: depois dos passageiros, são descarregadas as bagagens e as munições. Cederna e Di Salvo desmontam a Browning da torre, e então não há mais nada para tirar, a não ser os bancos, como alguém se aventurou a propor.
    Não havia jeito. Mesmo tentando levantar o Lince a seis e depois a doze pares de braços vigorosos, ele não se desprende de onde está. René está furioso, e não é o único. O capitão Masiero

gritou seu desprezo pelo rádio e comunicou que não tem a menor intenção de parar só porque a Cachinhos Dourados não sabe dirigir. Determinou que a coluna seja momentaneamente dividida, e o sargento não teve coragem de objetar que era uma iniciativa extremamente arriscada. Sabia que o capitão o teria agredido e continuado a fazer o que bem entendia.

Masiero, junto com a unidade de engenharia e grande parte dos veículos militares, seguiu caminho, para adiantar a limpeza do terreno. Assim que o problema do Lince for resolvido, o resto do comboio poderá alcançá-lo, rodando com maior velocidade. Os rapazes do terceiro pelotão e os caminhoneiros ficaram olhando os veículos que os precediam desaparecer atrás da montanha. Agora são órfãos. A situação deles é tão trágica quanto simples: quanto mais tempo levarem para resolver a encrenca, mais estrada terão de percorrer sem a cobertura da ACRT, inesperadamente na linha de frente, como que descalços e de olhos vendados num terreno repleto de minas. Quanto mais tempo perderem, mais aumentarão as possibilidades de que um incidente bobo se transforme num desastre muito maior.

Por isso põem mãos à obra, cada um como pode. Sofrem distensões musculares dos bíceps e cortes nas mãos, no esforço para levantar o veículo. Contam um… dois… força!, e só quando lhes acaba o fôlego largam o blindado. Até os afegãos intuíram o perigo e, reunidos junto do Lince, prodigalizam conselhos que ninguém entende.

A cabo Zampieri é a única à parte. Depois de quase ter queimado a embreagem para fazer a massa de ferro avançar, se dedica agora a se opor com todas as forças ao choro que lhe aperta a garganta. O que aconteceu com ela? Por que não viu o buraco? Supõe ter estado à beira de cochilar. Fazia mais de uma hora que lutava para manter os olhos abertos, que a oportunidade de uma soneca com a cara colada ao volante a seduzia, e ela, em vez de derramar uma garrafa d'água na cabeça, se deixava tentar.

Que cretina! Gostaria de se dar umas boas bofetadas. Limita-se a agarrar o polegar direito e descascá-lo todo ao redor, pois a unha já estava roída o máximo possível. Devorar as falanges tem um efeito calmante imediato. Nas consultas periódicas, os médicos sempre fazem referências ofensivas a esse vício, mas ela as ignora. Enquanto passa do polegar martirizado ao dedo médio (que não proporciona tanta satisfação, salvo a alegria de arruinar algo intacto), passa mais uma vez pelas fases que conhece bem, de situações análogas em que criou algum problema: vergonha, vontade de sumir, raiva feroz, ânsia de desforra.

Cederna se aproxima. Passa um braço por seu ombro, de um modo mais camarada que afetuoso. Ontem à noite, Zampieri se convenceu de que o agradava de verdade, mas agora sabe que foi só por causa da excitação geral e durou um instante. Quando entraram na barraca já teve a impressão de que Cederna queria passar uns bons momentos com ela na falta de melhores alternativas. Desde sempre, Giulia Zampieri é aquela com quem os homens se distraem. Ninguém a escolhe a sério. Desfrutam seu corpo sem ligar para o resto. Sabe disso e aparentemente não dá bola.

Tratou de aproveitar a diversão e, mais tarde, quando tentava pegar no sono, avaliou o desempenho de Cederna com a frieza com que os homens devem avaliar suas companheiras de cama. Nada de especial, apressado e repetitivo. Procurou calar a insatisfação insistente, que esperava algo mais, algo melhor, e não só do ponto de vista do sexo. Adormeceu com a dúvida de estar apaixonada por ele havia muito tempo, um tempo inaceitável, e com medo de que aquela escapada houvesse furado o recipiente estanque de todo aquele sentimento.

"Podia acontecer com qualquer um", diz Cederna. "Claro, é um puta desastre. Mas podia acontecer com qualquer um. Quer dizer, quase qualquer um. Comigo, por exemplo, não teria acontecido."

Zampieri se cala. Sacode fora o braço dele.

"Quando você não enxerga além de um obstáculo, deve sempre pegá-lo enviesado", continua. "Não dá pra saber o quanto é íngreme, atrás dele."

"Quer me ensinar a guiar, seu bosta?"

"Ei, não fique brava. Só estou te dando um conselho."

"Não preciso dos seus conselhos. Por que não vai embora e me deixa em paz?"

Cederna pisca o olho para ela. É mesmo um folgado. Como é que um cara daqueles pode lhe agradar?

Ele se inclina até o ouvido dela e sussurra: "Vai ver que você só está um pouco cansada. Naquele catre você quase acabou comigo".

Pronto. É isso que Cederna pensa dela. Que é a mulher com que os homens podem se permitir ser descarados, a quem podem dizer frases como *você quase acabou comigo naquele catre* e confessar livremente todas as porcarias que de costume ousam apenas imaginar.

Dá um empurrão nele. "Não estou nem um pouco cansada, viu? Se quiser saber, você não fez o bastante nem mesmo pra *começar* a me cansar", diz bem alto, para que os outros também possam ouvi-la. E de fato eles se voltam, curiosos.

Cederna agarra seu braço. "Ei, que bicho te mordeu?"

"Talvez tenha chegado a hora de contarmos o quanto você vale, Francesco Cederna. Pra que todos saibam."

"Cale a boca!" Cederna arma um bofetão com a direita, e não dá para saber se teria mesmo coragem de bater nela, porque Ietri aparece do nada e se posta entre os dois.

"O que está acontecendo?"

"Cai fora, virgenzinha."

"Eu te perguntei o que está acontecendo."

Cederna ergue o nariz para ele. Ergue, porque Ietri é mais alto que ele uma cabeça inteira. "Cai fora, já disse."

"Não, Cederna. Não vou cair. Caia você", a voz de Ietri quase não está contaminada pela emoção.

Na extremidade direita do campo visual de Zampieri está o Lince atolado, com os rapazes se movimentando em torno dele; no centro, o perfil agressivo de Cederna e totalmente à esquerda, fora de foco, o de Ietri. Zampieri está presente e não está; nesse momento habita um coração vazio e branco. Seus braços tremem, suas bochechas estão em fogo. Os homens sempre sabem como lidar com ela, mas Zampieri aprendeu como lidar com eles.

Vira-se lentamente. Estende a mão para a nuca de Ietri, puxa-o para si. O beijo carnal que lhe imprime na boca não contém nenhuma implicação sentimental, é um gesto límpido de vingança, de autodefesa, para enxotar o animal feroz que a está ameaçando.

Descola os lábios com um estalo e olha de viés para Cederna, pálido. "Devia pedir ao seu amigo pra te ensinar, sabe? De virgenzinha ele não tem nada. Ele, sim, sabe o que fazer."

Passou das cinco e o sol está baixo no horizonte quando René decide partir para o ou tudo, ou nada. "Vamos engatá-lo na ambulância", diz.

"Corremos o risco de quebrar os dois."

"Vamos engatá-lo na ambulância, eu falei."

Usam uma corda dupla de rebocamento, o próprio René senta ao volante. Não quer que a responsabilidade de um erro recaia sobre um dos seus. Gostaria que os rapazes reconhecessem essa generosidade, mas em vez disso olham para ele com ceticismo enquanto se prepara para a manobra, alguns até pensam que ele quer ficar com todo o mérito. René se esforça para não dar bola. Agora sabe: a primeira qualidade requerida a um comandante é saber renunciar a toda forma de gratidão.

Aperta com força o acelerador. Os pneus da ambulância raspam o chão a toda a velocidade, levantando uma poeirada. O conta-giros vai a seis mil, um chiado agudo obriga os soldados a tapar os ouvidos. O Lince se rebola todo e parece ter a intenção de tombar de lado, mas, com um só arranco violento, sai do buraco. O sinal do incidente permanece impresso numa cicatriz prateada na parte debaixo da lataria, na altura da porta.

René restabelece a fila e vão em frente, mas o comboio amputado não percorre muita distância. O sol já se pôs. Além do mais, de binóculo consegue ver um centro habitado. Lartay. Não sabe se aquilo o deixa apreensivo ou não. O capitão Masiero passou ileso por lá com seus homens e agora espera os retardatários numa zona com melhor visibilidade, mais além do grupo de moradias. Não estava previsto que se separassem tanto assim — o capitão, omitindo totalmente seu erro de avaliação e, obviamente, qualquer pedido de desculpas, grunhiu no rádio que até o passo Buji não havia lugar adequado para passar a noite, por isso foi até onde está agora, e ponto final. René sentiu-se tentado a alcançá-lo, mas não pode correr o risco de ficar confinado numa aldeia em plena escuridão.

É a primeira vez que se encontra à frente de uma expedição verdadeira, e arriscada ainda por cima, a primeira vez que tem de fazer uma opção tão delicada. Se lhe houvessem acenado com uma situação como essa hoje de manhã, a excitação o teria inebriado, mas agora não experimenta a sensação de plenitude que esperava. Está decididamente mais angustiado que orgulhoso.

Dá ordem de acampar. Embora seja o tenente Egitto o de maior patente, agora que Masiero os deixou entregues à própria sorte, o sargento é um estrategista mais experiente, e o doc o apoia.

René mantém os veículos dispostos em linha — em caso de emboscada poderiam partir mais velozmente —, depois estabelece os turnos de guarda. Sente-se extenuado. Não tinha se dado conta até o momento em que desligou o motor e o assento sob suas nádegas parou de vibrar. Seu pescoço está num estado lastimável, seus membros, anquilosados, e a coluna, dolorida, especialmente embaixo. Para não falar dos pruridos pelo corpo inteiro. Não é seu costume se queixar, mas dessa vez lhe escapa: "Não aguentava mais".

"Eu que o diga, sargento", Mattioli lhe faz eco.

Mas René não acredita que os outros estejam como ele. Ninguém carregou nos ombros o fardo do comando.

Livra-se do cinto de segurança, que não é um simples cinto de segurança, mas um instrumento diabólico formado por uma argola de metal em que convergem quatro correias bem tensionadas, duas das quais lhe apertaram os testículos o tempo todo. Tira o capacete, os óculos de sol que lhe faziam a noite parecer mais fechada do que era — poderiam ter continuado mais um pouco? Dane-se, é hora de descansar! —, tira também as luvas, depois se inclina sobre o volante para realizar a operação mais complicada: o colete antibalas. Puxa as laterais do velcro, encolhe a cabeça como uma tartaruga e o puxa laboriosamente para cima. Mal o colete se aparta do corpo, sente um ardor intenso no abdome, como se houvesse arrancado junto com ele um pedaço de carne. Cãibras? Não entende direito, é uma superposição generalizada de dores. Joga a proteção para trás do volante, puxa a camiseta de algodão para fora das calças e a enrola barriga acima.

Quando a vê, não deixa escapar nem mesmo um ah. Uma faixa roxa, quase preta, percorre seu ventre de lado a lado, onde o lastro de chumbo se apoiava. É da largura de um polegar e em alguns pontos se notam vivas escoriações e grumos de pus seco. O comentário em voz alta é feito por Mattioli: "Puta que pariu, René".

Os outros se debruçam para olhar, até Torsu dobra o joelho e mete a cabeça no habitáculo, está branco como um cadáver e quase aliviado com que alguém passe tão mal quanto ele. Todos começam a se despir como fúrias para verificar o que têm debaixo dos coletes, e os do lado de fora, vendo-os se contorcer assim, acham até divertido, porque não é fácil tirar o equipamento sentado, espremidos como estão. Têm marcas avermelhadas, mas ninguém está esfolado como René.

"Devia ir ver o doc", disse Mattioli.

"Pra quê?"

"Ele te dá uma pomada."

"É só uma mancha."

"Está sangrando. Aqui. E aqui também."

"Parece que te fizeram uma cesariana", comenta Mitrano.

"Cesariana não é tão comprida assim, babacão!", diz Simoncelli.

"Como é que eu posso saber? Nunca vi!"

René acaba cedendo, e faz uma troca provisória com Camporesi. Até uma operação banal como essa requer certo grau de empenho, não se pode simplesmente sair do veículo e percorrer os quinze metros que os separam, pode ser que haja atiradores postados bem ali, às oito da noite, naquela fenda da rocha. Antes é preciso criar um corredor de segurança com os blindados.

O sargento entra finalmente na ambulância, no lugar do motorista. O doc lhe diz para se deitar numa maca na parte de trás. O medicamento que aplica arde como álcool puro, vai ver que é. René também apresenta tumefações em forma de arco debaixo dos braços e outra grande nas costas. Alguns segundos depois de o doc ter passado um algodão embebido de desinfetante, o ardor desaparece e fica no seu lugar uma sensação de frescor.

"Respire, sargento."

"Ahn?"

"Está contendo a respiração. Pode respirar."
"Ah. O.k."
René fecha os olhos. Descontrair-se. Alongar os músculos das costas. Relaxar os membros provoca uma espécie de orgasmo distribuído por todo o corpo.

O doc se põe a massagear os músculos das suas costas, tem as mãos quentes. Aquele é com certeza o contato mais íntimo que René já teve com um homem; no começo fica embaraçado, mas depois se entrega. Gostaria que não acabasse nunca.

Relampejou na sua mente a oportunidade de passar a noite na ambulância, deitado, em vez de encolhido no assento do motorista, dentro do Lince superpovoado, com o volante a impedi-lo de virar de lado, pouco que fosse. De qualquer modo, a maca que agora ocupa cabe a Camporesi. Ele guiou o veículo o dia inteiro, foi René que o designou para aquele papel: mudá-lo de posto agora seria uma cafajestada. Mas o sargento está tão prostrado. Pela primeira vez na sua carreira, o egoísmo trava uma luta violenta contra a retidão.

É o que faria qualquer um dos meus homens. Nenhum deles se sacrificaria por mim.

Não é bem assim, ele sabe muito bem.

No fundo, são todos uns egoístas. Somos todos uns egoístas. Por que tenho sempre que me comportar como se fosse melhor que eles, por que tenho que ser dessa vez também, se não me dão nada em troca? Me esforcei mais que todos. Amanhã tenho que estar descansado para conduzi-los através do vilarejo.

Não, não, não! Não é justo. Este lugar pertence ao Campo.

René sabe que se ceder à tentação da maca sua autoestima ficará ferida para sempre. Terá se aproveitado da sua patente para ter um pouco mais de comodidade. Não será diferente de muitos superiores que sempre desprezou.

Todos se aproveitam. Somos uns filhos da puta, de um modo ou de outro. E afinal, é só por esta noite.

Começa a sentar. O doc protesta, diz que fique deitado até o analgésico fazer efeito. "Só um instante", diz René.

Inclina-se para o rádio na parte dianteira do veículo e contata o Lince à frente, manda chamar Camporesi.

"Pronto, René", responde o soldado.

"Vamos mudar de posto. Esta noite fico na ambulância."

Do outro lado, um longo silêncio.

René aperta o botão. "Fico na ambulância. Câmbio."

Continua o silêncio.

"Campo, me ouviu?"

"Roger. Câmbio final."

Quando volta para a maca, no entanto, acha que é menos cômoda que antes. Percebe de repente sua rigidez e se dá conta de que deitado de costas os braços caem para os lados, por isso tem de mantê-los unidos na barriga como um morto no caixão. Talvez não valesse a pena sujar a consciência por aquele pouco de espaço a mais, mas o que está feito, feito está. Espanta-se que o remorso não seja tão forte assim.

O tenente Egitto, depois de escovar os dentes a seco com uma escova de plástico, deita-se na maca ao lado. São os dois militares de mais alta graduação daquele resto de comboio e os que passarão melhor a noite. É vergonhoso e injusto, mas o mundo é assim. Talvez esteja na hora de René aprender a encarar a realidade. Inspira o ar viciado.

É a noite do primeiro dia e percorreram quinze quilômetros.

As cabeças de Angelo Torsu e Enrico di Salvo aparecem nas torretas dos Lince, na alvorada rosada e gélida do vale. Os dois metralhadores estão com os olhos remelentos e as pernas em petição de miséria. Das cobertas de lã enroladas no pescoço sobressaem os canos curiosos das Browning.

"Oi", diz Torsu.

"Oi."

Cochicham.

"Preciso descer."

"Não é permitido. Trate de resistir."

"Não, preciso descer *mesmo*."

"Se o René te pega, você está frito."

"Ele está dormindo. Posso ver daqui. Me dê cobertura."

A cabeça de Torsu desaparece por alguns segundos, um pato que mergulha para pescar num lago. Quando emerge de volta, tem um rolo de papel higiênico entre os dentes. Iça-se para fora da torreta. Anda em cima do capô, mantendo-se em equilíbrio com os braços abertos, depois apoia um pé na lateral do veículo e pula no chão.

"Seja rápido!", sussurra Di Salvo.

Torsu já identificou o ponto que lhe convém, uma grande pedra plantada no meio do leito do rio, a qual, na época em que o rio existia, muito provavelmente dividia a correnteza, criando rodamoinhos. A noite inteira olhou com desejo para ela, iluminada pela lua cheia, nas pausas de um torpor que mal se parecia com o sono.

Nem se preocupa com o que podia vir lá do alto, um tiro preciso na nuca, por exemplo. Se o inimigo tivesse querido atingi-lo, já teria feito isso. Tem mais medo do que pode se esconder lá embaixo. Do Lince ao rochedo serão uns quarenta passos. Quarenta ocasiões para pisar em falso e desaparecer da face da Terra. A explosão que você não ouve é aquela que já te matou, dizia Masiero no curso.

Torsu dá passadas mais largas do que pode e se esforça para apoiar o pé com leveza (o que não adianta nada: se houver um detonador e pisar nele, adeus). De início está hesitante e cada dois ou três movimentos se vira para Di Salvo, como se com isso se sentisse mais seguro. O companheiro lhe faz sinal para andar, ir em frente, de um momento para o outro René poderia acordar e a punição também o alcançaria, por não ter dito nada enquanto o sardo cometia uma infração.

Outro passo. Não há nenhuma diferença entre avançar em zigue-zague e andar em linha reta, de modo que mais vale optar pelo percurso mais breve.

Está no meio do caminho. Vai adquirindo confiança, agora avança mais rápido. Seu intestino antegoza a intimidade e se embrulha cada vez mais. Torsu acelera. Os últimos metros ele vence correndo. Antes de contornar a rocha se abaixa, pega uma pedra e a joga à sua frente, a fim de espantar cobras, escorpiões, aranhas venenosas e sabe-se lá o que mais.

Finalmente está só. Baixa as calças. O frio morde agradavelmente suas coxas nuas. Seu pinto encolheu, se enrolou, parece uma avelã. Sacode-o com os dedos, mas ele, recalcitrante, bota para fora um mísero fio escuríssimo de xixi.

Como foi humilhado! Ficou o tempo todo na torreta, sujo e passando mal. Ah, se não tivesse metido na cabeça a ideia de se juntar à expedição. Tinha o direito de ficar na FOB. E por que não ficou? Para demonstrar quanto vale, quão grande é sua lealdade. Sua lealdade *para com quem?*

Agora seu corpo não tem nada para expelir, trata-se muito mais de espasmos em falso, mas é bom estar ali e deixá-lo à vontade. Durante a doença, o cabo adquiriu o vício de falar com seu aparelho digestivo, como se fosse um ser à parte. Repreende-o quando a dor é forte demais e lhe diz parabéns, você está se comportando direitinho, se as coisas vão melhor. Agora procura tranquilizá-lo: "Ainda temos muito caminho pela frente. Se hoje você não ficar sossegado, o Simoncelli atira em mim de verdade".

Enquanto conversa com as tripas, joga gude com as pedrinhas esparramadas no chão e raspa a terra com as unhas. Para resistir agachado sem arrebentar os calcanhares, balança para a frente e para trás como um monge budista. Gostaria de assobiar, mas talvez seja demais.

Levantando a cabeça, consegue captar com o olhar o primeiro raio de luz do dia, que o atinge diretamente no rosto. É claríssimo e tênue, não traz calor. O sol está tão grudado ao outro lado da montanha que até parece que ele o está vendo se mover. A bola de fogo finalmente desponta, gigantesca, como se dentro de um instante fosse se lançar montanha abaixo e incendiar tudo. O céu ao redor tem estrias alaranjadas, amarelas e rosa, que avançam no azul-escuro apagado. Torsu nunca viu uma alvorada tão pura e majestosa, nem na praia de Coaquaddus, quando no verão assistia com os amigos ao sol raiar.

"Caralho, que maravilha!", exclama.

É uma pena que Terpsícore89 não esteja ali. Com certeza saberia encontrar palavras mais adequadas que estas dele: ela é uma poetisa. Mas Terpsícore89 não quer mais saber dele. Está furiosa porque Torsu duvidou dela. Ele se deixa fisgar pelo desconforto.

Quando o interesse pelo sol nascente também se evapora, tenta se lavar com a água do cantil, depois não encontra um modo de enxugar a genitália sem apelar para o cachecol.

Nenhum inimigo nas paragens, ao que parece. Não atiraram nele. Além do IED encontrado ontem — que também podia estar ali bem antes —, tirando esse inconveniente, não há nenhum indício de uma presença hostil. Pela primeira vez Torsu pensa que eles estão criando uma avalanche de problemas inúteis e que provavelmente tudo irá às mil maravilhas até o fim.

"Que bestas", comenta em voz baixa enquanto se dirige saltitante para o Lince, ousado, com passo desenvolto, até de mãos no bolso (mas, de todo modo, tomando o cuidado de fazer o mesmo percurso da ida).

"O que você disse?", sussurra Di Salvo.

Torsu lhe faz sinal de deixar para lá. Está limpo, em forma, sereno. Pronto para partir.

Às seis e meia estão em movimento. Masiero prometeu que não sairá de onde está enquanto eles não o alcançarem. O tenente Egitto dormiu um sono acidentado, principalmente por causa do frio. Durante a noite, a temperatura caiu bruscamente, e no agitado dorme não dorme tremia enrolado no poncho impermeável. A cada quinze minutos o sargento René levantava da maca, ia até o assento do motorista e ligava o motor, para fazer o aquecimento funcionar, depois tinha de desligá-lo para não desperdiçar combustível. Acabou se cansando daquele vaivém e ficou ao volante, acordado, olhos fixos na noite. Egitto admira a extraordinária tenacidade do sargento. Acha-se um pouco ridículo por se sentir mais seguro com a presença daquele homem mais moço. O espaço vago na maca foi logo ocupado por Abib, que ainda ronca e mesmo quando dorme tem uma atitude desavergonhada, as pernas abertas e o braço dobrado atrás da cabeça.

Egitto trata de ativar manualmente os músculos borrachentos do rosto. Tem os sintomas de um resfriado: nariz cheio de catarro, ossos moídos, cabeça pesada como uma bola de chumbo, quem sabe febre também. Na dúvida, mastiga uma pastilha de um grama de paracetamol, depois enxágua a boca. Está consciente dos danos hepáticos causados por uma overdose de paracetamol, mas não é hora de se preocupar com esses detalhes.

René dirige de modo mais suave que Camporesi, sabe como enfrentar os buracos para limitar o desgaste dos amortecedores. Agora que são o terceiro veículo da fileira, há menos poeira diante deles e dá para enxergar tudo. O sargento murmura um bom-dia para ele e fica taciturno, como se respeitando a lentidão do despertar do tenente, enquanto ele mesmo não dá sinais de esgotamento, apesar da noite quase insone e da ferida na barriga.

Em poucos minutos estão fora de Lartay, inteiros.

"Ufa", diz René, expirando forte pela boca.

Egitto lhe oferece uma barra energética, o sargento aceita. Comemoram assim, enquanto Abib esvazia os dutos nasais ruidosamente. O paracetamol está chegando ao pico do efeito e engoliu a miríade de dores nas articulações, além das tonturas do resfriado. A calma aveludada dos fármacos é uma coisa com que o tenente sempre pode contar.

Deixam Pusta para trás, evitam Saydal subindo a encosta da montanha. Não se trata de opções estratégicas do sargento: tudo que podem (e devem) fazer é seguir o rastro dos veículos que os precederam. Onde se veem no terreno os sinais dos pneus de Masiero, eles têm a garantia de não encontrar surpresas.

Às sete e trinta avistam as moradias de Terikhay, que no mapa parecia mais importante do que é, pouco mais que uma pastagem. Sobem mais alto ainda e prosseguem a meia encosta. Depois descem de volta para o leito do rio. Acham-se num ponto em que o vale se estreita subitamente em forma de ampulheta e é ali que assistem ao espetáculo.

Um rebanho sem fim de ovelhas bloqueia a passagem, enquanto outras afluem de ambos os lados. Disparam morro abaixo, derrapando nos cascos: dois rios de animais que convergem bem no trajeto deles, onde formam um vórtice corcunda de pelos. As ovelhas se esfregam, cheiram-se os traseiros, de vez em quando uma ergue a cabeça e lança um balido áspero para o céu.

Egitto se surpreende com aquela irrupção de vitalidade. "Quantas serão?", pergunta.

René não responde, René entendeu uma coisa que escapou ao tenente, distraído pelos animais ou pelos fluxos descontrolados de serotonina no hipocampo. O sargento se debruça sobre o volante, morde seu lábio superior. "Não há pastor", diz, depois pega o binóculo pendurado no assento. Explora a zona.

É verdade, não há pastor, não há ninguém, à parte as ovelhas, às centenas, parecem vomitadas diretamente pela montanha e correm aterrorizadas de algo que os soldados não podem ver.

"Temos que cair fora daqui", diz René.

Egitto registra a mudança de cor do seu rosto. "Mas como?", indaga. "Estamos imobilizados."

"Vamos atirar."

"Atirar nas ovelhas?"

Torsu, de pé na torreta da Browning, a alguns metros deles, parece se divertir, sem parar de dar aos companheiros dentro do Lince notícias da inundação ovina lá fora.

René pega o transceptor e pede para Cederna, que está à frente da coluna, ficar atento, mas a resposta irônica do colega — um balido — é coberta pelo disparo de um RPG, o lança-granada-foguete, que soa atrás deles. O tenente vê com o rabo do olho o lampejo do tiro no retrovisor. Depois, somente a fumaça negra que se levanta de um dos veículos. Egitto prende a respiração enquanto tenta entender qual veículo é. Fica aliviado ao perceber que é um dos caminhões civis. Só muito tempo depois poderá refletir sobre aquela sua falta de humanidade.

O que aconteceu em seguida, até o momento em que o Lince guiado por Salvatore Camporesi saltou pelos ares sobre vinte quilos de explosivo dilacerando os passageiros a bordo, todos menos um, que teve a sorte de ser arrojado a muitos metros de distância no meio das ovelhas, durou três, no máximo quatro minutos.

Torsu, Di Salvo, Rovere e os outros metralhadores que o seguem abrem fogo com as Browning. Metralham alguém que não veem, um pouco a esmo e principalmente no alto da montanha.

Mattioli dispara.

Mitrano dispara.

Ninguém teve tempo para entender de que direção veio o foguete do RPG, por isso miram nas ovelhas que correm encosta abaixo, como se fossem elas a ameaça. Não demora muito, em todo caso, para as coisas ficarem claras, porque o inimigo começa a alvejá-los com tudo o que tem à disposição e *de todas as partes*. Os tiros de morteiro jorram dos vilarejos de Terikhay e de Khanjak, e se vê que os artilheiros tiveram tempo de se organizar, porque acertam a poucas dezenas de metros. Disparos de armamento leve convergem para a coluna da frente, de ambos os lados, e há também outros foguetes, e *shrapnels* que se fragmentam no céu e chovem nas cabeças. O inferno, o inferno na Terra.

Pecone, Passalacqua e Simoncelli disparam.

Cederna distingue duas sombras armadas, no alto, à esquerda, e não para enquanto não neutraliza ambas. A satisfação que sente quando a primeira salta para trás não é como a que imaginara, ocorre depressa demais e longe demais, é quase tão gratificante quanto acertar na mosca no polígono de tiro.

Ruffinati dispara.

Ietri executa com zelo o que lhe compete, que não é muito: passa a Di Salvo as cintas de munição e nas pausas entre uma cinta e outra tenta avistar o inimigo com o binóculo, para passar a posição a Cederna. Como está calmo! Quase não se dá conta do que está acontecendo. Uma ovelha roça no metal quente da porta, depois crava seus olhos nos dele, que fica olhando para ela aparvalhado, até Di Salvo gritar: "Munição, seu babaca!".

Allais, Candela, Vercellin e Anfossi disparam.

René grita no rádio: "Em frente, em frente, em frente!".

Zampieri é que deveria ir em frente, porque é a primeira da fila, mas está petrificada. Não pensa em nada, só enxerga aquelas ovelhas todas e se pergunta o que estão fazendo ali, embora a pergunta mais pertinente seria o que *ela* está fazendo ali.

Camporesi buzina para sacudir Zampieri. Ninguém ouve, o barulho é forte demais.

Um RPG faz saltar pelos ares outro caminhão.

Por alguns segundos Egitto fica ofuscado com o brilho de uma bomba de morteiro que mata uma dezena de ovelhas de uma só vez. A ambulância treme.

"Em frente, em frente, em frente!"

As ovelhas estão enlouquecidas, invertem a rota para subir novamente as montanhas, se chocam com as que descem e escorregam juntas alguns metros, mas não caem nunca.

"Em frente, caralho, em frente!"

Camporesi aperta o acelerador, gira todo o volante para a direita a fim de evitar o veículo de Zampieri, ultrapassa-o cantando pneus, algumas ovelhas se afastam para deixá-lo passar, as outras ele atropela sem dó nem piedade, passa à frente, fende a massa berrante, esmaga com a roda esquerda da frente uma placa de pressão construída com duas lâminas de grafite tiradas de pilhas alcalinas de 1,5 volt, ativa a carga explosiva sob a placa e vai pelos ares.

Os pedaços carbonizados do Lince estão espalhados pelo mato seco. Ietri olha para eles da janela salpicada de lama. Poderia esfregar o vidro com o braço para enxergar melhor, mas uma parte dele sabe que a sujeira está sobretudo do lado de fora, por isso não adiantaria nada. Prestando mais atenção, percebe que alguns dos restos enegrecidos no chão, os menores, não são mecânicos, mas anatômicos. Por exemplo, há uma bota bem apoiada na sola, de pé, com uma coisa grudada em cima. Sobre a natureza de outros fica indeciso. Quer dizer que é assim que se despedaça um corpo humano, pensa.

O fogo passa do veículo ao mato e se propaga em círculo por alguns metros.

Quantas ovelhas terão morrido na explosão? Umas cinquenta, talvez, pode ser que mais, um tapete sanguinolento de pelos acima do qual se espalha a fumaça que sobe maciçamente do chassi em chamas. A palavra *hecatombe* assoma à mente de Enrico di Salvo. Se alguém lhe houvesse perguntado o significado dela ontem, ou mesmo alguns minutos antes, não teria sabido o que responder. Hecatombe? Eca *o quê?* Mas ali está ela, essa palavra difícil, de manual escolar, desencavada pela memória, precisa e inadequada como uma flecha cravada no fundo de um poço: *hecatombe.*

Salvatore Camporesi, Cesare Mattioli, Arturo Simoncelli e Vincenzo Mitrano não existem mais. Desmaterializaram-se.

Angelo Torsu, depois de um número pirotécnico, jaz de costas a trinta passos do veículo destruído. Perdeu a consciência, mas recuperou-a logo. Não sente nenhum dos membros, está cego e respira com dificuldade. Antes de muitos pensamentos mais importantes, se preocupa com que uma ovelha possa vir lambê-lo, teria horror de sentir uma língua áspera no escuro. Sangra pelo corpo quase todo e sabe disso.

O sargento René terminou a chamada mental. Foi mais lenta que de costume, mas o resultado que obteve corresponde à verdade. Dos seus, faltam Camporesi, Mitrano e Simoncelli. Torsu está lá, imóvel, provavelmente a ser contado entre os ausentes. Seus olhos — uma verdadeira novidade — se enchem de lágrimas.

Não basta ser heroicos para ser heróis.

O inimigo parou de atirar, mas recomeça quase imediatamente, cheio de confiança. Cederna é o único que tem o reflexo de responder. Atira recarrega atira recarrega atira recarrega, sem parar para respirar.

Entre os últimos episódios que Roberto Ietri recorda do seu pai, está a noite em que ele o acordou para levá-lo a ver a palha do trigo queimar. O campo estava todo em chamas, a Daunia inteira ardia, as colinas vermelhas contra o negro.

Zampieri reconhece formas bizarras nas volutas de fumaça: uma árvore, uma mão, um dragão gigantesco. *Tudo isso não pode ser verdade.*

Com um estalido, o diafragma de Torsu volta a funcionar. A vista também volta a se acender (não totalmente, o olho esquerdo está tumefato e a pálpebra só abre pela metade). O que Torsu vê é uma porção de céu. Onde quer que se encontre, deve fazer que os outros saibam que está vivo. Se é que ainda existem outros. Junta as energias que ainda tem no corpo, dirige-as para o braço direito e com um esforço imenso o levanta.

"Está vivo! Torsu está vivo!"

René também viu seu braço levantado. De todos os veículos lhe chega, via rádio, a mesma comunicação, seguida do pedido de agir para pôr o colega a salvo. Mas quem sair a descoberto corre o risco de não voltar. Mais uma vez, tem de tomar uma decisão incômoda por culpa de Torsu. Maldito sardo! O sargento René, homem íntegro, suboficial que queria ser capitão, soldado intrépido, não sabe o que fazer.

"Charlie três um a Med. Charlie três um a Med. Peço licença para buscar o ferido, câmbio."

René se vira para o tenente Egitto. Afinal de contas, é ele o comandante. "O que fazemos, doc?"

Di Salvo tem de dar trégua à Browning, se não quiser derreter seu cano. Pega o fuzil e continua a disparar.

O fru-fru das hélices de um helicóptero que se aproxima. Não, são dois. Dois helicópteros! Chegam! Estamos salvos!

Egitto responde a René: "Vamos esperar".

O braço de Torsu cai no chão. Ele se põe a chorar.

A impulsividade é o milagre dos jovens, e Ietri é o mais jovem de todos. Tem apenas vinte anos. Viu o braço de Torsu se erguer e depois cair. Sou um soldado, diz. Sou um homem. O beijo de Zampieri ainda lhe arde nos lábios e lhe dá coragem. Sou um soldado, caralho! Sou um homem! "Vou buscá-lo", diz. "Não se mexa daí", rebate Cederna, que é o de mais alta patente. Mas como se permite lhe dar ordens? Depois do que fez. Ietri abre a porta e pula fora do veículo. Corre esquivando os cadáveres das ovelhas e os pedaços dos seus companheiros e num instante está junto do amigo. "Agora vou te levar", promete. Mas não sabe como fazê-lo, se o arrasta pelas mãos ou pelos pés, ou o levanta do chão e o carrega nas costas. E se ele estivesse com a coluna quebrada? Chegou até ali e agora está incerto. "Resista", diz, mas isso é mais que tudo um modo de dizer a si mesmo: mexa-se!

O inimigo ajusta a mira com a maior comodidade. Atingem-no de várias direções ao mesmo tempo, mais ou menos o mesmo número de balas na frente e nas costas. Por isso, sem nem sequer se sacudir, o corpo de Roberto Ietri fica de pé por um tempo incrível. A bala letal, revelará a autópsia, é a que da escápula faz uma estranha curva e se crava no coração, dentro do ventrículo direito. Por fim Ietri sucumbe e desaba em cima de Torsu.

Na noite dos campos em chamas tinha adormecido nos braços do pai, ao voltar para o carro. Muito raramente havia ficado acordado até tão tarde, mas de manhã pulara da cama para ir contar tudo à mãe. Ela o escutara com paciência, três, quatro vezes até. Talvez não fosse esse o último pensamento que o cabo tinha programado para antes de morrer, aquele que tinha preparado, mas tudo bem mesmo assim. Não era tão ruim, afinal. A vida não fora tão ruim.

Torsu volta a respirar com dificuldade, o esterno esmagado pelo companheiro. Agora é estremecido por arrepios e tem medo de morrer. Tem uma sensação estranha no rosto, como se houvessem aplicado gelo. Choraminga. Não pensava que iria ser assim, que morreria deixando tudo em suspenso. Sente-se um idiota pelo que fez, por como se comportou, de maneira genérica e mais em particular por como tratou Terpsícore89. A quem serviria toda aquela verdade? Que diferença fazia? Ela gostava dele, o entendia. Deveria ter se contentado com isso. E agora olhe onde está: esmagado sob o cadáver de um companheiro e sem ninguém a lamentar, sem um nome a chamar. Para se sentir menos só, o cabo Angelo Torsu abraça o corpo inanimado de Roberto Ietri. Aperta-o com força. Ele retém ainda um pouco do seu calor humano.

O coronel Ballesio dispensou todos, menos ela. Quando os subordinados saíram, empurrou a cadeira para trás com a bacia e apoiou a testa nos braços cruzados. Não se mexeu mais. Estará dormindo? Ela deveria fazer alguma coisa? Poderia se aproximar e pousar a mão no seu ombro, por exemplo. É impensável. A intimidade entre eles não está nem de longe madura para isso.

E você, Irene, como se sente? Aliviada, apesar de tudo, porque entre os mortos não aparece o nome de Alessandro. E atordoada, claro, mas é como se a verdadeira consternação estivesse vindo devagarinho. *Está mandando alguém morrer. Quero que fique sabendo disso antes que aconteça, para que depois não tenha nenhum álibi.*

Ballesio apresentou um breve resumo da batalha e leu a lista dos soldados tombados com pausas artificiais: "Cabo Simoncelli. Cabo Camporesi. Cabo Mattioli. Cabo Mitrano. Estavam no Lince. O cabo Ietri foi atingido por tiros de arma ligeira. O ferido é o cabo Torsu. Os sobreviventes ainda estão sob fogo inimigo. E agora caiam fora".

A cada nome alguém deixava escapar um suspiro, um ai, uma imprecação: uma maneira eficaz para medir o índice de popularidade das vítimas.

Irene se levanta, enche um copo no bebedouro e bebe aos golinhos. Depois enche um para o comandante. Deposita-o em cima da mesa perto da cabeça dele. Ballesio se ergue. Tem uma linha vermelha na testa devida à pressão das mãos. Esvazia o copo de um só gole, depois se levanta para contemplar a semitransparência do plástico trabalhado.

"Sabe, doutora? Gostaria de ter algo de pessoal a dizer sobre esses rapazes. Os homens esperam que esta noite eu fale dos seus companheiros, que faça uma cerimônia, como uma espécie de pai", diz *pai* com desprezo. "Todo bom comandante é capaz de fazê-la. Como era honesto, como era corajoso, como sabia lidar com os motores. Uma anedota de merda pra cada um. E têm razão. Mas sabe qual é a verdade? Que não me vem nada à cabeça. Não sou o pai deles. Se tivesse filhos como meus soldados passaria o tempo lhes dando uns pontapés na bunda." Amarrota na mão o papel em que havia anotado o nome dos tombados. Depois, arrependido, o alisa com a palma. "Não me lembro da cara de nenhum deles. Arturo Simoncelli. Quem diabo era? Vincenzo Mitrano. Este sim. Vagamente. Acho que visualizo este também: Salvatore Camporesi. Era um cara alto. Acha que é uma coisa que poderia dizer a eles? *Choramos nosso amigo Salvatore, era um rapaz bem alto.* E estes dois? Ietri e Mattioli. Deles não tenho a mais pálida ideia. Pode ser que nunca nem mesmo tenha olhado para a cara deles. Aqui na FOB há cento e noventa soldados, doutora. Cento e noventa cristãos que dependem de mim e do humor com que levanto de manhã, e eu não tive a preocupação de distingui-los uns dos outros. O que diz disso? Interessante, não acha? Para mim parece muito interessante. Quer comunicar essa informação aos seus chefes? Pode comunicar, estou cagando e andando."

"Comandante, por favor."

"São todos iguais. Diga a eles isso também. O coronel Giacomo Ballesio fala dos seus homens, dois pontos, abre aspas, *pra mim são todos iguais*. Morreu este em vez daquele, e daí? Não faz a menor diferença. Eram apenas rapazolas que não sabiam o que estavam fazendo."

Está escarlate. Irene está disposta a aceitar o desabafo até certo nível, até o ponto em que não vier direto contra ela. Irene se pergunta o que aconteceria se decidisse de fato relatar as afirmações do comandante. O que ele está fazendo é uma declaração, ditada pelo desconcerto, mas, mesmo assim, uma declaração, e portanto legítima. Teria coragem de usá-la? Quando lhe pedirem notícias detalhadas sobre a FOB — e vão pedir, depois do que aconteceu vão querer ser informados de tudo —, dirá isso também? Quem se beneficiaria com isso, além da sua integridade profissional? Prefere não ter de se confrontar assim diretamente com seu rigor numa questão desse gênero. É melhor que o comandante não vá mais longe. Tenta interrompê-lo, mas não tem jeito.

"Se morreram é porque cometeram um erro. Eles cometeram um erro. Eu cometi um erro despachando-os para lá. E você ia cometer outro, escrevendo no seu relatório uma versão que não será nem de longe próxima da verdade, da complexidade da verdade. Porque você, doutora, falemos com franqueza, não entende nada de guerra."

Lá vêm chegando as acusações. *Quero que você não tenha nenhum álibi.* Vai deixar passar mais essa, depois lhe dará as costas e irá embora.

"E, depois, há uma cadeia infinita de erros que nos precede, você e eu, mas que não nos justifica", Ballesio está com a testa suada, mas mantém as mãos estranhamente imóveis, as palmas grudadas na mesa, como uma esfinge. "Todos nós somos culpados, doutora. Todos. Mas alguns de nós... bom, alguns de nós muito mais."

Visto de cima, da perspectiva de um helicóptero, o círculo dos blindados no fundo do vale parece um símbolo mágico, um círculo para manter ao longe os espíritos malignos. Valeria a pena fotografá-lo, mas ninguém faz isso.

Para os soldados encerrados nos Lince, a olhada é menos sugestiva: a carcaça do veículo que ainda tem algumas partes pegando fogo, as ovelhas amputadas, decapitadas, esfaceladas e o cabo Torsu com o cadáver do outro em cima.

Dispuseram-se em circunferência, com a frente para fora, a fim de assegurar proteção ao ferido. Uma manobra desagradável — muitos precisaram esmagar com as rodas as ovelhas mortas — e arriscada — todos, ou quase todos, saíram da trilha, se arriscando a outros IED.

Com o passar dos minutos, desde que cessaram os disparos, os olhos do tenente Egitto captam novos detalhes, menos evidentes. Sua janela está respingada de sangue. Alguns dos animais que ainda andam, desorientados, têm uma corda no pescoço. E as armas dos mortos estão milagrosamente intactas.

Gritou para Torsu fazer um sinal com o braço a cada minuto, a fim de atestar que está vivo e consciente. Se pulasse um sinal, o tenente teria de inventar alguma coisa, um socorro rápido. Alguém teria de arriscar a pele com ele. Mas Torsu levanta a mão direita e a deixa cair no chão, diligentemente. Faz isso sete vezes ao todo.

Ainda estou vivo.
Ainda estou vivo.
Ainda estou vivo.
Ainda estou vivo.

Ainda estou vivo.
Ainda estou vivo.
Ainda estou vivo.

É o tempo suficiente para os helicópteros dispersarem os últimos inimigos, efetuarem um par de voltas de segurança e tentar aterrissar uma, duas, três vezes, sem êxito. Na quarta, um Black Hawk consegue pousar, então os outros ganham altitude e continuam a patrulhar de cima, em amplas espirais.

Egitto é contatado via rádio de sabe-se lá onde, de algum posto a centenas de quilômetros de distância, no meio de outro deserto infame, onde no entanto os rádio-operadores têm copos de café fumegantes ao lado do teclado do computador. A voz lhe dá instruções com o tom carinhoso que se usaria com uma criança perdida na periferia da cidade, uma criança que não reconhece mais o que há em volta: ele é o médico, certo? O.k., é um prazer falar com ele, tudo correrá bem, vão tirá-los dali, é só seguir as instruções. Fiquem parados por ora, esperem chegar o sinal de caminho livre, quando a zona estará limpa, você, tenente... é tenente, não é? E como se chama, tenente? Bem, tenente Egitto, escolha alguns dos seus homens, ponha todos em alerta e quando lhe dermos sinal desçam juntos para ajudar os dois feridos. Vão ver que...

"Um dos dois não está ferido", interrompe Egitto, "creio que está...", mas não consegue acabar. Ainda podia estar vivo depois dos numerosos tiros que levou, depois do modo como se dobrou sobre si mesmo? Não, não podia.

A voz do rádio retoma, fleumática: "O ferido e o tombado, então. Quando tiver feito o necessário para estabilizar o ferido, carreguem-no para o helicóptero".

Egitto sente uma mão agarrar seu braço, se vira dando com René. "O cadáver fica com a gente", diz o sargento.

"Mas..."

"Os rapazes não me perdoariam."

Egitto compreende e não compreende a exigência de René. Espírito de grupo é uma coisa que ele sempre observou de fora. De qualquer modo, cabe a ele a decisão, ele é que está no comando. Não conhece direito o protocolo numa situação do gênero, mas tem a impressão de que o pedido do sargento viola uma série de normas. Foda-se.

"O cadáver fica com a gente."

"Não é possível, tenente", rebate a voz no rádio, um pouco alterada.

"Disse que fica com a gente. Ou quer vir buscá-lo pessoalmente?"

Por alguns segundos, o transmissor chia fora do ar, depois a voz diz: "Entendido, tenente Egitto. Espere o sinal".

A julgar pelo seu aspecto, as condições emocionais de René não são das melhores. Seus lábios estão exangues, a tez palidíssima, a cabeça balança para a frente e para trás, como se tivesse um inesperado princípio de mal de Parkinson. Egitto lhe estende uma garrafinha d'água e o manda beber, depois ele também bebe — é preciso se manter hidratado, não parar de fazer o que é necessário.

Cabe a ele planejar a ação. Explica ao sargento: "Desceremos você e eu, com um dos seus homens, só um. Quanto menos formos lá, melhor para todos. Cuidamos dos corpos inteiros. Primeiro movemos o cadáver daquele rapaz. Como se chama mesmo?".

"Ietri. Roberto Ietri."

"Bom. Depois cuidaremos de estabilizar o ferido e pô-lo na maca do helicóptero. Você aguenta ver sangue, sargento, ferimentos, ossos expostos?"

"Claro."

"Não há nada de mal em não aguentar, muita gente se impressiona, e se fosse o caso teria de chamar outro. Você vem comigo consciente disso?"

"Aguentarei."

"Seu homem deve recolher os outros pedaços", faz uma pausa, está de novo com a garganta seca. Junta um pouco de saliva na boca, engole. Como encontrar o tom adequado para dizer uma frase como a que tem de pronunciar? "Diga a ele pra levar quatro sacos de plástico."

Chega então o momento que o tenente Egitto se lembrará mais que de qualquer outro, a imagem que virá em primeiro lugar à sua mente quando pensar nos acontecimentos do vale, ou quando não pensar mas for pego de surpresa por uma visão fulminante: o Black Hawk saindo do chão, agitando um turbilhão de poeira que envolve os soldados.

Torsu já está a salvo dentro do helicóptero, a cabeça imobilizada no colar cervical de polietileno, o corpo comprimido pelas faixas elásticas e a bolsa de soro fisiológico que pinga gotas no antebraço — o catéter que o próprio Egitto inseriu. Limpou o ferimento e tampou-o com uma gaze, se certificou de que a coluna vertebral não havia sofrido lesões. Torsu rangia os dentes, gemia, está doendo, doc, está doendo, por favor, não estou vendo mais nada, doc, e ele o tranquilizava, vai dar tudo certo, vamos te levar pra fora daqui, você está pronto pra partir. Estranho, as mesmas frases que a voz do rádio dizia a ele poucos minutos antes, em que ele não acreditava nem um pouco. Por que Torsu deveria confiar mais nelas? Conseguiu tirar o colete antibalas dele, explorou seu corpo em busca de outras hemorragias, só havia arranhões. Mas não sabia o que fazer com as queimaduras no rosto, nem com a bochecha esfolada e os olhos. É um ortopedista. Sabe engessar. As centenas de aulas na universidade, os treinamentos, os livros, os cursos de atualização, nada o ajudou, nem mesmo a concentração, somente suas mãos que se lembravam do que era para fazer e da ordem em que fazer. Deveria dar uma injeção de morfina no soldado, mas na hora lhe pareceu que ele podia suportar a dor. Vai ver que estava apenas em estado de choque. Como se mede o sofrimento de outro ser humano? Devia lhe dar morfina, estava queimado, caramba!, mas agora é tarde demais. Antes de desaparecer da vista, Torsu mexe pela última vez a mão, como saudando seus companheiros ou como última mensagem para ele: ainda estou vivo, doc.

Torsu ascende ao céu, René lhe dá as costas e olha para o topo das montanhas. Cederna se movimenta em torno do Lince queimado com um saco de lixo nas mãos, como um catador de cogumelos. Pouco antes, afastou raivosamente René e Egitto e pretendeu transportar sozinho o cadáver de Ietri. Carregou-o nos braços como uma criança (uma precisão escabrosa que Egitto não gostaria de evocar: Ietri era comprido demais para o caixão, tiveram de dobrar os joelhos; quando chegar o momento de tirá-lo, muitas horas depois, estará enrijecido naquela posição e, para estendê-lo, serão obrigados a quebrar-lhe as juntas, o barulho da cartilagem fria que se quebra será parte integrante da memória). Uma vez na ambulância, Cederna limpou o rosto de Ietri com água do cantil e lhe falava em voz baixa no ouvido. Uma perda de tempo a que o tenente não teve coragem de se opor.

O vale está em silêncio, os motores estão desligados. Muitos minutos passam assim. De quando em quando Cederna se abaixa, recolhe alguma coisa e põe no saco preto, ou a descarta.

Depois há o sargento René que, sem se virar e de supetão, diz: "Resolvi, tenente. Vou ter a criança. Nem tenho certeza de que o filho é meu, mas vou ter. O que tiver que ser, será. Em todo caso, vai ser uma bela criança".

Depois há Cederna diante de uma porção de restos e de pedaços de roupa. Cobre o rosto com as mãos e começa a soluçar. "Como fazer para reconhecê-los, hein? Estão todos queimados, não estão vendo? Estão todos queimados, caralho!"

Depois é estabelecido um critério razoável e escandaloso, Egitto é que propõe: "Vamos fazer que haja pelo menos um pedaço inteiro em cada monte. Não importa de quem são. Basta que os montes se pareçam com os rapazes. Para os maiores, vamos criar montes maiores".

Depois todos os soldados descem dos veículos sem pedir licença e se põem a ajudar, enquanto as ovelhas desaparecem no nada, as vivas e as mortas, desaparecem como alucinações coletivas.

Depois há Egitto, que observa os soldados estabelecerem os quatro montes. Cederna mantém os sacos abertos enquanto os outros os enchem. São fechados com um nó, e ele escreve as iniciais com uma caneta hidrográfica. O saco de Camporesi é mais pesado que os outros. Poderia ter conversado um pouco com ele, ontem. Talvez houvesse mudado alguma coisa, ou pelo menos agora não se sentiria um bosta assim.

Depois percorrem outra estrada, outro deserto, como sonâmbulos, e René soluça desesperado sem perder o controle do volante, o tenente não sabe o que lhe dizer, por isso permanece calado.

Depois é noite e faz frio e há um milhão de estrelas brancas e altivas competindo para ver qual a mais brilhante. Fechados nos veículos militares, os rapazes as observam com os olhos arregalados.

Foram e vieram a tarde inteira. Souberam a notícia pelo rádio ou pela televisão e desde então não pararam de se apresentar à porta. A dois, a quatro, em famílias inteiras. Até a sra. Ietri descer ao porão, virar no chão a caixa de ferramentas, pegar a chave philips, desmontar a tampa do interfone e cortar os fios da corrente com a tesoura. Uma mulher como ela, que vive sem marido há treze anos, sabe como fazer certas coisas, sabe trocar lâmpadas queimadas, inclusive as que estão em posição difícil, sabe juntar fios elétricos e também cortá-los. Baixou as persianas de toda a casa, mas os chatos não a largavam: correram para o telefone. Não se davam por vencidos enquanto ela não atendia. Um assédio. O último foi o coronel Ballesio, que viu seu filho vivo dois dias antes. Estava magro? Não, não muito. Estava feliz? Parecia feliz, sim. Falou com ele? Eu... quer dizer, não exatamente, mas o vi. A sra. Ietri fez todas as perguntas que lhe vinham à cabeça. Ainda estava insatisfeita quando as esgotou. Mas está orgulhosa por não ter derramado uma só lágrima. Quer conservar o pranto para quando estiver apresentável. Ainda está toda desarrumada, nem sequer se penteou. Os oficiais chegaram com o chapéu alpino na mão quando ainda não estava pronta para sair. Olhe que furo horrível na meia-calça! Devem tê-lo notado. Acha que não terá mais energia para se aprontar. Vai ter de ficar assim para sempre, com o dedão de fora na meia de náilon e penhoar. Meu Deus! O que fizeram com ele? Agora é viúva duas vezes. Mas a velha dor não se esconde detrás daquela nova. Aquela nova trepa nos ombros da velha e dali olha mais longe. Meu pobre menino. Tinha só vinte anos. O esmalte na ponta do dedão está descascado. Que papelão ela fez! Que vergonha para a mãe de um soldado. A sra. Ietri irrompe num choro compulsivo.

Os homens de René estão exaustos e sofreram perdas humanas, mas é preciso partir novamente. É o terceiro dia e acumularam tanto atraso no cronograma da marcha que a reserva de água corre o risco de acabar antes de chegarem. Teriam então outro problema sério.

Cada um junta energias que nem sabia ter. Dessa vez os helicópteros os acompanham do alto, como anjos da guarda, e não encontram nada enterrado.

Alcançam o resto do comboio. Passam por Buji, em Gund são de novo alvejados com tiros de morteiro, mas o inimigo os esperava na vertente oposta, e a ofensiva resulta ineficaz. A unidade de Masiero responde ao fogo com uma violência desproporcional, já os rapazes do terceiro pelotão estão prostrados demais até mesmo para carregar os fuzis. Assistem ao choque com apatia, como se não lhes dissesse respeito. Os insurretos são logo dispersados, a coluna sai do vale e se encontra novamente na planície infinita.

Dentro da ambulância o cadáver de Ietri está coberto por um pano que deixa seus tornozelos de fora. Abib não fica nem um pouco impressionado com isso, tanto que pousou uns objetos em cima deles enquanto arrumava seu saco de bugigangas. O tenente Egitto sente um cheiro adocicado se espalhar cada vez mais forte no habitáculo. É possível que o corpo já tenha começado a se decompor? A rigor, a decomposição se inicia no instante em que se morre, mas o fedor não, deveria vir mais tarde. Provavelmente é vítima de uma macabra impressão.

"Doc?", diz René.

"Sim?"

"Acha que vão nos dar uma medalha por bravura? Pelo que fizemos."

"Não sei. Pode ser. Se você acha importante, posso sugerir que o condecorem. Vi como se comportou no meio daquilo."

René havia recusado os tranquilizantes que Egitto lhe oferecera. Este, menos corajoso, tomou uma dose dupla das suas cápsulas com a garrafinha de grapa da ração K. A realidade lacerada tornou a ganhar suas cores tênues e esfumadas.

"Se alguém me espetar um alfinete no peito, uso pra furar os dois olhos desse alguém, doc."

"Então é melhor eu não sugerir."

"Também acho. É melhor não."

Avançam depressa agora. A nuvem de poeira que envolve a coluna é de novo densa e, com o que dá para Egitto enxergar, poderiam muito bem ser os únicos a seguir caminho. Um tenente dopado, um sargento em frangalhos, um afegão safado e um morto, no meio de um nevoeiro amarelado. "Falava sério sobre a criança?", pergunta.

René tira um cigarro do maço aberto em cima do painel. Acende-o entre os dedos imundos. "Quero ensiná-lo a andar de moto. Quem sabe quando este horror tiver acabado venho aqui com ele, fazer motocross. Já pensou? Quero fazer uma coisa justa, doc", a comoção se apossa de novo de René, Egitto assiste à sua luta para dominá-la. "Mataram cinco dos meus. Cinco de vinte e sete. Sabe o que é isso?" A cinza cai no espaço entre os dois assentos. O interior da ambulância virou um chiqueiro. "Mas pode ser menina. Gostaria tanto que fosse menina."

Às três da tarde chegam à Ring Road e se separam dos caminhões dos afegãos. Estes agradecem com uma buzinada, e é todo o reconhecimento que levarão para casa. Vão para o inferno.

O comboio militar prossegue no asfalto até a base de Delaram. O coronel Ballesio providenciou que os rapazes sejam hospedados pelos marines por alguns dias, o tempo de se recuperarem.

Num hangar enorme, um hispano-americano de cara bexiguenta passa instruções na língua dele. Depois distribui uns formulários a preencher e outros papéis mimeografados com o regulamento interno da base. É proibido beber álcool. É proibido gritar. É proibido atirar. É proibido tirar fotos. Os rapazes dobram as folhas e as enfiam no bolso.

Apesar de o refeitório ficar aberto uma hora além do normal especialmente para eles e oferecer delícias a que não estão mais acostumados, tipo bebidas açucaradas em profusão e tortas de um palmo de altura decoradas com glacês multicores, poucos tiram proveito. A maioria dos rapazes se refugia debaixo dos chuveiros quentes, solitariamente. O tenente Egitto também. Ele deixa que o jato d'água avermelhe seu rosto, depois se esfrega fortemente com as unhas, pelo corpo inteiro. A pele seca, somada à sujeira, escorre pelas pernas, rodopia algumas vezes e por fim desaparece no ralo.

Um helicóptero leva embora o cadáver de Ietri e deixa em troca um psicólogo militar, que na pista de aterrissagem aperta a mão de todos e sorri como se houvesse chegado tarde numa festa. Chama-se Finizio, é capitão de corveta da Marinha e à primeira vista parece jovem demais para entrar na mente de quem quer que seja, inclusive na dele. Tem um olho ligeiramente vesgo que lhe dá um ar alheado e parece mole ao tato. Apesar de o recém-chegado ser mais graduado, o capitão Masiero dá um jeito para que o comentário lhe chegue em alto e bom som aos ouvidos: "E desse cara, que caralho vamos fazer?".

Os escritórios dos marines estão todos ocupados, por isso o consultório do psicólogo é improvisado num canto do refeitório, perto dos distribuidores de bebidas quentes e de um gerador de corrente que funciona intermitentemente, e quando funciona obriga as pessoas a falar alto. O psicólogo pode receber os rapazes entre uma hora depois e uma hora antes das refeições. Barraca por barraca, distribui uma folha escrita à mão com a ordem que estabeleceu. Aos soldados que imediatamente a rasgam diante dos seus olhos esclarece sem possibilidade de mal-entendido que a consulta psicológica não é uma oportunidade, mas uma ordem superior.

O sargento René se oferece como o primeiro. Quer dar o exemplo, mas não se trata apenas disso. Precisa desabafar, sente-se invadido por um gás venenoso — ele enche sua cabeça, o estômago, está aninhado até debaixo das unhas. Gás nervoso. Os pensamentos que o atormentam são três ou quatro, de natureza diferente. Queria se confessar a um reverendo americano, seguiu-o por toda a base até a entrada da capela, mas o obstáculo da língua e uma renitência de caráter técnico — não será um pecado a mais me confessar com um padre protestante? — o retiveram. Um psicólogo não o lavará da culpa, isso é certo, mas pelo menos lhe dará a possibilidade de se aliviar um pouco. "Devo avisar que não acredito nessas técnicas, senhor", foi dizendo depois de apertar a mãozinha do capitão de corveta Finizio pela segunda vez.

"Não se preocupe, sargento. Sente-se. Fique à vontade."

René se instala no meio exato do banco, a coluna reta e a cabeça altivamente rígida.

"Fique *mais* à vontade, sargento. Como se estivesse sozinho. Se sentir necessidade, pode se deitar. Pode fechar os olhos, pôr os pés em cima da mesa, o que achar melhor. Acomode-se como lhe for mais natural."

René não tem nenhuma intenção de se deitar nem de fechar os olhos. Empurra o traseiro para trás, só para demonstrar sua disposição, mas logo volta à posição anterior. Pôr os pés em cima da mesa diante de um superior, imagine!

"Estou bem assim."

Finizio, que ao contrário dele tem uma cadeira, relaxa o corpo contra o encosto. "Quero que saiba que aqui é um lugar de liberdade, sargento. Estamos a sós, você e eu, aqui. Mais ninguém. Nenhuma câmera, nenhum microfone. Não tomarei notas, nem agora nem mais para a frente. Tudo o que dissermos permanecerá confinado neste espaço. Por isso gostaria que falasse livremente, sem omissões nem censuras", junta as mãos miúdas, inclina a cabeça e o fita com insistência, mais precisamente, René se encontra no meio das trajetórias divergentes dos dois olhares do doutor. O psicólogo se cala por muitos segundos.

"É pra eu começar?", se aventura enfim o sargento.

"Só se sentir necessidade."

"Em que sentido?"

"No sentido de que, se tem vontade de dizer alguma coisa, pode dizer. Mas não é obrigado a falar."

Cacete, o que isso significa? Que eu devia ficar ali olhando pra cara dele? "O senhor não poderia me fazer perguntas?", diz René.

"Prefiro acompanhar seu fluxo sem influenciá-lo."

"E se eu não conseguir?"

"Podemos esperar."

"Em silêncio?"

"Em silêncio também. Por que não? Não tem nada de errado no silêncio."

Permanecem assim mais um minuto. A angústia aflora no peito do sargento. Ele a confunde com o incômodo de ficar mudo diante de um homem que não conhece, com a sensação de ter sido pego em flagrante no meio de algum malfeito. Seu cérebro passa confusamente em revista os assuntos com que poderia começar. Havia uma coisa que queria dizer, uma coisa que era mais importante que todas as outras: como roubou o lugar de Camporesi na ambulância e como poucas horas depois Camporesi foi pelos ares junto com os outros rapazes. Não consegue arrancar esse cruel encadeamento de fatos da cabeça, mas agora que deveria verbalizá-lo não imagina uma forma de começar que não o deixe malvisto ao seu superior. Gostaria antes de mais nada de fazer que ele compreendesse que sua intenção era boa, que existia um plano *estratégico* por trás da sua opção e que não se tratou de puro egoísmo — quer dizer, talvez egoísmo tenha havido, só um pouco, o mesmo que todos teriam tido, puxa vida! E depois fazia dois dias que não dormia, o senhor sabe o que é ficar sem dormir dois dias e guiar sem parar numa estrada cheia de pedras e de bombas com a vida de todos aqueles homens nas costas? Não, nunca ficou, aposto, ninguém nunca ficou, e tinha aquele ferimento na barriga, ardia como se o diabo em pessoa o estivesse soprando, ardia como uma compressa de ácido muriático, não foi egoísmo, acredite, de jeito nenhum, era por algumas horas, e se soubesse, se tivesse podido prever o que iria acontecer, teria voltado para o Lince, pode estar certo, teria se sacrificado por Camporesi e agora não estaria ali tagarelando na frente dele, seria agora um monte de cinzas e restos, ou teria evitado que aquele desastre acontecesse, claro que teria evitado, porque ele é um bom chefe, um cara que sabe o que faz e que gosta dos seus rapazes e que se sacrificaria por eles, posso jurar que sim, sempre estive pronto pra me sacrificar pelo próximo, é a única coisa que sei com certeza de mim, mas então por que estou aqui agora, por que ainda estou vivo, eu, logo eu?

"Viu? Percebeu?", perguntou Finizio.

"O quê?"

"Mudou seu modo de respirar. Está usando o diafragma, vai bem melhor."

René não percebe nenhuma diferença na sua respiração. Tem ao contrário a sensação de que seu pescoço está encurtando, sua cabeça afundando lentamente dentro da caixa torácica, como a de uma tartaruga. Uma mão invisível está comprimindo seu crânio.

"Sargento, está se sentindo bem? Está um pouco pálido. Quer água?"

"Não. Não, obrigado. Não quero água."

Quanto mais demora para falar, mais os pensamentos se enrolam. Agora parece que a mão que o esmaga tem a ver com Finizio, que ele é quem a comanda, como uma sua extensão transparente. Está roubando seu oxigênio, aspirando-o todo para si. E não para de olhar, vai ver que está tentando hipnotizá-lo. René baixa a cabeça para escapar do olhar. "Capitão, e se o senhor me fizesse perguntas? Me ajudaria."

O psicólogo sorri de novo, com aquela condescendência forçada, irritante. "Estamos indo muito bem", diz.

"Muito bem? Mas nem começamos!"

Finizio abre ligeiramente os braços. Em certos movimentos lembra mesmo um padre. Uma vez alguém disse a René *você devia falar com o capelão*. Parece ter acontecido muito tempo atrás.

"Estou esperando um filho." É claro que foi sua barriga, sem que ele lhe sugerisse nada, que soltou o ar na forma de palavras, foi seu diafragma.

O psicólogo faz um sinal com a cabeça, sem alterar nem um pouco o sorriso. É outra impressão de René ou ele já sabia mesmo o que o sargento ia lhe dizer?

"Boa notícia. Para quando está previsto o nascimento?"

Nascimento? Não sabe. Ainda não fez as contas. "Para daqui a seis meses", chuta. "Mais ou menos."

"Ótimo. Vai voltar a tempo, então."

"É."

Calam-se novamente.

"Espero que seja uma menina", acrescenta René.

"Por quê?"

"Porque as meninas... bom, elas não se metem em certos rolos."

"Alude ao incidente desta manhã?"

René cerra os punhos. "Não. Quer dizer, talvez."

Não tira nenhum proveito da conversa, só uma nova frustração. O psicólogo se dirige a ele num tom excessivamente pacato. Parece querer acusá-lo de alguma coisa. E quando fica em silêncio, como agora, é pior ainda. Aquela história de apoio moral é uma armadilha, provavelmente. Mas de que é suspeito? Traição? Abuso de poder? Homicídio? Não cairá nessa.

"Sargento, conhece a expressão síndrome de estresse pós-traumático?"

"Sim, falaram disso no curso de preparação."

"E acha que o estresse pós-traumático pode ter alguma coisa a ver com você neste momento?"

"Não."

"Tem certeza?"

"Tenho, já lhe disse. Não tenho tremores nem alucinações. A noite passada dormi bem e não tive pesadelos."

"Por isso não está passando por uma fase de estresse pós-traumático."

"Tremores, alucinações, pesadelos. São esses os sintomas, eu me lembro."

"São todos os sintomas?"

"São. Foi o que ensinaram no curso. E eu não tenho nenhum."

"E com que sonhou, sargento?"

"Nunca sonho, senhor."

"Nunca?"

"Nunca."

Cederna, ao chegar sua vez, é ainda menos colaborativo. A cara de enterro dos seus companheiros o deixara de mau humor, acha ridículo que façam um concurso de quem se mostra mais sentido com o que aconteceu. Deviam ter pensado no assunto antes. É triste, claro, tremendamente triste, e ele também está mal, mas não tem a intenção de demonstrá-lo. E depois estão em guerra, o que pensavam, que não morre gente na guerra? Ele é realista e às vezes é duro encarar a realidade, porque a existência é crua e te atazana, mas se você quiser ser uma pessoa sensata tem que estar de olhos bem abertos, sempre. Em vez disso, te obrigam a ver um psicólogo. Um marinheiro, ainda por cima. Entre as muitas besteiras que a Arma impôs, essa é sem dúvida nenhuma a pior.

"... por isso gostaria que você falasse livremente, sem omissões nem censuras." Finizio termina sua introdução e fica à espera, mas Cederna está pronto para contra-atacar. "Com todo o respeito, capitão", diz, "não há nada de que eu deseje falar."

"Vamos deixar de lado as formalidades, Cederna. Em vez disso, vamos fazer o seguinte. A partir deste instante não sou mais capitão. Olhe, até arranco os galões. Agora sou somente Andrea. E você? Posso chamá-lo de Francesco?"

"Prefiro Cederna, capitão. Cabo Cederna, mais ainda. Ou soldado, se achar melhor. Francesco é só para os amigos."

"Acha que não sou seu amigo?"

"Acho que dificilmente teria um amigo como o senhor, capitão."

O psicólogo acusa o golpe. Cederna tem de se conter para não rir de satisfação. Está com ele nas mãos.

"E por quê?"

Ele dá de ombros. "Meus amigos eu escolho com o instinto. Eu os farejo. Sou um lobo, não lhe disseram?"

"Não, não me disseram. E o que farejou em mim?"

"Sem censura?"

"Como eu disse."

"Fede a compromisso. E a mijo."

"Mijo? Verdade?"

"O senhor está se mijando todo por estar aqui, capitão. Gostaria de estar no bem-bom, atrás de uma mesa, longe dos lugares horrorosos. Em vez disso, olhe só pra onde o mandaram."

Finizio faz que sim. Cederna se deleita com o espetáculo do desconcerto do outro.

"Interessante. Vou pensar nisso. Gostaria de me falar de algum lugar horroroso que eu ainda não vi, então? Quem sabe do vale que vocês atravessaram."

"E por que falaria?"

"Porque não estive lá."

"Busque no Google. Basta escrever o nome. Tente inferno do caralho. Assim pode desfrutá-lo detrás da sua escrivaninha."

"Prefiro que você me fale."

"Não tenho a menor vontade."

"O.k., Cederna. Compreendo como é difícil se comunicar neste momento. Externar emoções que não sejam a raiva. Tudo ainda está muito fresco e a dor emudece a gente. Você teme que, abrindo a tampa, saia fora uma quantidade de sofrimento que não conseguirá suportar, mas estou aqui para ajudá-lo."

"A dor não me emudece nem um pouco. Posso falar quanto quiser. Blá-blá-blá. Viu? E mais, blá-blá-blá. Não tenho nada a dizer *ao senhor*, senhor capitão de corveta." Agora o psicólogo o dispensará e mais essa besteira acabará. E que ele depois escreva seu relatório venenoso. Cederna tem um currículo de deixar boquiaberta qualquer comissão. Para ingressar nos corpos especiais com certeza não vão dar bola para esses papos furados psicológicos.

Finizio ergue a cabeça, está com uma expressão menos conciliadora. "Pelo que sei, foi você que recolheu seus amigos", diz à queima-roupa. "Deve ter sido uma tarefa muito penosa."

"Quem lhe disse que eram meus amigos?"

"Nem eles você deixava o chamarem de Francesco?"

"Não é da sua conta como me chamavam."

"Eles também recendiam a xixi?"

"Cale a boca!"

Finizio consulta um cartão. "Achei que eram seus amigos. Principalmente um. Devo ter o nome dele anotado em algum lugar... Está aqui. Cabo Roberto Ietri. Vocês eram..."

"Deixe-o em paz."

"Aqui está dito que vocês..."

"EU TE DISSE PRA CALAR A BOCA, SEU BABACA!"

O psicólogo permanece impassível. "Quer falar disso? Do cabo Ietri?"

O sangue pulsa dentro das suas orelhas. É a primeira vez que Cederna pensa distintamente em Ietri, desde que sussurrou ao seu cadáver. A testa já estava fria quando a tocara, o desenho das costeletas ainda era visível, mas com algumas imperfeições, Ietri não era experiente o bastante para mantê-lo impecável. Não teve tempo de aprender.

Sem se dar conta, põe-se de pé. Agora domina o oficial do alto de toda a sua estatura. "Posso mesmo lhe dizer o que me passa pela cabeça, capitão?"

"Pode e deve, por favor."

"Me passa pela cabeça que o senhor é um pedaço nojento de merda. Vem aqui me dizer que a dor emudece a gente. A *gente* quem? O senhor não estava lá. Estava em outro lugar. Num daqueles navios lendo seus porras de manuais de psicologia. Conheço os que são como o senhor, sabe, *capitão de corveta*? Os que estudaram na universidade. Vocês acham que sabem tudo. Mas não sabem nada. NADA! O senhor gosta de entrar na cabeça dos outros, não é? Remexer na merda. O senhor gostaria que eu lhe contasse meus assuntos privados. Gostaria sim. Ficaria todo excitado debaixo da mesa. Seu vesgo pervertido do caralho.

Nunca mais ouse pronunciar o nome do cabo Ietri na minha frente, entendeu? Ele era um homem de verdade. Bateu na porta errada, *psicólogo*. Tem muito veado aqui, vá procurá-los lá fora. Pro seu azar, não sou um deles. Não falo das minhas coisas com o primeiro que aparece. Fim da sessão."

Quando sai do refeitório, batendo a porta, tem vontade de socar, dar cabeçadas, bater, atirar, matar. Em vez disso corre para a taverna, onde pede a bebida mais próxima de uma bebida alcoólica: uma lata de Red Bull. Não basta para lhe lavar a mente. Ietri se insinua de novo entre seus pensamentos, quando morto e depois quando vivo. Era mesmo um amigo? Com toda certeza era a pessoa mais parecida a um amigo que havia encontrado desde há muito tempo. Quando você é adulto não tem mais verdadeiros amigos, esta é a verdade nojenta. Os anos mais bonitos você deixou para trás e se contenta com os extras. Ietri foi mais que um extra, porém. Mas o que está acontecendo com ele? Está se tornando um chorão. A virgenzinha se foi, chega, acabou, é hora de encarar a realidade, sem contemplação.

Enquanto tenta inutilmente se acalmar, presta atenção na conversa entre dois marines. Não entende direito as palavras, mas ouve-os mencionar uma massagista que trabalha na base. Uma massagista num acampamento militar, para Cederna, significa somente uma coisa, e de fato os marines falam animados dela, fazem gestos inequívocos com as mãos. É disto que precisa para descarregar toda a raiva que tem no corpo: sexo. Então, sim, conseguiria tirar da cabeça as ovelhas ensanguentadas, os cabelos sujos de areia de Ietri, a emboscada, Agnese que o trata como um perdedor e a cara de saco de pancada do psicólogo. Refrescaria a cuca.

Intromete-se na conversa dos soldados e pergunta a eles como encontrar aquela mulher.

Vai procurá-la depois do jantar. As indicações o levam a um barracão de chapa metálica junto da prisão, numa parte escondida. Na porta, uma folha presa com fita adesiva traz escrito *Wellness Center*. Não menciona horários.

Cederna bate, mas ninguém responde. Empurra a porta. Uma mulher escarrapachada numa cadeira de plástico fuma um cigarro. O avental branco que veste por cima do abrigo faz que pareça uma cozinheira. Os traços do seu rosto não são nem ocidentais nem asiáticos. Debaixo da malha, seus braços devem ser carnudos e flácidos.

"Massagem?", pergunta Cederna.

A mulher faz que sim detrás do véu de fumaça. Faz com a mão sinal para esperar. Depois se levanta, apaga o cigarro num cinzeiro já cheio e afasta uma cortina que divide o cômodo em duas partes. Do outro lado há uma mesa de massagem com toalhas de mão dobradas em cima e, no chão, uma tigela em cuja superfície boiam quatro pétalas.

"Ten dollars for thirty minutes."

"Ahn?"

"Ten dollars. Thirty minutes", soletra a mulher.

Cederna não sabe qual a tarifa horária das massagistas, e da cobrada pelas prostitutas só tem uma vaga ideia, mas lhe parece um roubo. Dez dólares! Nada numa base militar custa tão caro assim. Mas tem uma vontade desesperada de sentir aquelas mãos no seu corpo. "O.k.", diz, e ruma para a mesa. A mulher o freia. *"First, you pay."*

Que filha da puta esganada! Cederna busca na carteira. Mostra à mulher uma nota de cinco. *"Five euros. Like ten dollars."*

Ela sacode a cabeça, severa. *"Ten dollars, ten euros."*

"Está bem, está bem. Vá tomar no cu", bota na mão dela uma nota de dez euros toda amarrotada, como se ela o estivesse extorquindo. A mulher não se altera. Convida-o a se despir. *"Undress"*, manda.

"What?"

"*Undress yourself. You naked*", se explica com gestos, depois puxa a cortina e o deixa sozinho.

É bem o tipo de lugar onde acontece o que tem de acontecer. Examina contra a luz uma toalha, apresenta partes muito lisas, diáfanas, aproxima a toalha do rosto para cheirá-la. Experimenta uma vaga sensação de mal-estar. Se Ietri ainda estivesse vivo, teriam vindo juntos. Para o cabo seria finalmente a primeira vez, teria se livrado do apelido de virgenzinha. Ou não, Cederna teria continuado a chamá-lo assim, mesmo depois. Teriam bebido juntos e ele o teria feito contar tudinho em detalhe. Sente uma tontura, tem de se apoiar na mesa de massagem para não cair. Por que aquilo sempre lhe volta à mente? Não tem a menor intenção de se amarrar a um fantasma. Tem de afugentá-lo já.

Desafivela o cinto. Despe-se depressa, sem renunciar a dobrar as roupas. Precisa se concentrar em si mesmo, não há outro modo de ir em frente na vida. Gastou dez euros e é melhor que os desfrute a fundo. Tira a cueca também. Fica de pé, nu, sem saber o que fazer. Talvez não devesse tirar toda a roupa, a massagista não foi clara quanto à de baixo. De repente, é tomado pelo embaraço. Põe novamente a cueca e se estende na mesa assim, mas imediatamente reconsidera. Pula da mesa, tira a cueca de novo e volta a se deitar de barriga para baixo, com a toalha em cima da bunda.

"*Ready?*", pergunta a voz do outro lado.

A massagem começa pelas extremidades. Cederna se espanta com a força da mulher. Enfia os dedos um a um nas fissuras estreitas dos pés, depois puxa como se quisesse arrancar as falanges. Aperta com o polegar um ponto no meio da planta do pé, do qual se irradia um arrepio velocíssimo que percorre o soldado até a cabeça. Depois passa às panturrilhas. As palmas untadas com óleo perfumado correm pelos músculos de Cederna.

Ele observa as pétalas de rosa boiando imóveis na tigela.

Das coxas ela se aventura sob a toalha gasta e acaricia suas nádegas. Na descida, as pontas dos dedos afloram as virilhas, depois voltam para trás, deixando-o insatisfeito. Seu corpo está cheio de tensão que ele tem dificuldade de vencer.

Não pense, não pense. Pare. Não pense.

O tratamento da coluna dói, mas ele cerra os dentes. A mulher insiste ao longo dos nervos encavalados, tortura-o com os polegares. Quando finca um cotovelo entre as escápulas, Cederna deixa escapar um gemido e a repele.

"*Massage too strong?*", pergunta ela, nada espantada.

O orgulho o impede de dizer a verdade. "*No, not too strong. Continue.*"

Em todo caso, ela alivia a pressão. Cederna gosta de quando chega à nuca e ao couro cabeludo. Luta para não dormir, até que a mulher, com uma ordem brusca, o faz virar de barriga para cima e começa tudo de novo. Dorso do pé. Tornozelos. Quadríceps. Agora é mais ligeira. Terminadas as pernas, puxa a toalha com um gesto rápido. A ereção poderosa de Cederna está bem à vista, no nariz dela.

Pronto. Chegamos lá.

Abre os olhos um instante, dá uma rápida espiada na cara da mulher. Não parece desconcertada, e isso o ofende um pouco. Ela massageia seu abdome, distraída.

Cederna nunca fez amor com uma estrangeira. De uma assim poderia pegar facilmente uma doença, aids, gonorreia ou uma coisa desconhecida e horrível, uma dessas infecções que desfiguram a genitália. Não tem importância, depois dará um jeito. Irá se lavar bem. Agora só quer se livrar da cara lívida de Ietri que apareceu subitamente diante dele.

A mulher apagou o neon do teto e acendeu, no seu lugar, uma lâmpada com o bulbo pintado de vermelho. Isso atenua a indigência do quartinho, mas não totalmente. Enquanto insiste

em torno das suas virilhas, provocando-o, uma tristeza enorme, profunda, cai sobre o cabo Cederna. De supetão, sente saudade de Agnese, de Ietri e de uma coisa indistinta, somente sua, como um segredo que conhecia muito tempo atrás e de que se esqueceu.
"*Baby massage?*"
"Hein?"
"*Do you want a massage for your baby?*"
Cederna se debate na tristeza. A massagista se explica com o mesmo gesto usado pelos marines. Vista de baixo, na luz vermelha, é pouco atraente. Não tem importância. Cederna tenta puxá-la para si pelo braço. Ela tenta se soltar, dá novamente mostra da sua força. "*No! No sex!*", estrila. "*Only massage.*"
Ele, perplexo, a solta. "*No sex?* Mas se te dei dez euros!"
"*No sex*", insiste a mulher e recua um passo, cruzando os braços.
Cederna dá um soco na lateral da mesa de massagem.
"*Baby massage? Yes or no?*"
Ele se rende. Tudo bem, *baby massage*, qualquer coisa. Desde que o leve embora de onde está. Deixa os braços caírem dos lados.
"*Do you want music?*", pergunta a mulher.
"*No. Please. No music.*"

Dos lados das trincheiras de comunicação da base de Delaram, nas valas de escoamento da chuva se juntam imundícies de todo tipo. Uma população de gatos errantes se movimenta circunspecta entre os detritos, de vez em quando param, percebem alguma coisa, depois pulam para a frente. René não consegue enxergar nenhum rato, mas é claro que há ratos ali, e em abundância.
Entra no local dos telefones, que comparado com as instalações precárias da FOB parece o centro de controle de uma agência espacial. Procura no caderno de endereços o número de

Rosanna, digita-o sem dar tempo para qualquer hesitação, já hesitou demais. O telefone toca quatro vezes, por fim ela atende.

"Sou eu. René."

"Oh, meu Deus."

O atraso do sinal dá tempo para uma última e frágil incerteza. É mesmo o que quer? Está a ponto de se ligar a uma mulher que mal conhece, mais velha que ele, com quem fez amor um punhado de vezes e com quem viu filmes antigos. Vai ao encontro de sérias implicações, de arapucas que nem pode imaginar, talvez da infelicidade. A guerra dos prós e dos contras volta a se apresentar à sua mente, mas dessa vez René a rechaça. Sabe qual a coisa justa a fazer. Enxerga com clareza a si mesmo com a criança, deitados num prado verdejante, e afinal de contas aquela é a melhor fantasia que já o embalou desde há muito tempo.

"Como você está? Foi ferido?"

"Não, não. Estou bem."

"Vi tudo no telejornal. Disseram seu nome. Que atrocidade, René. Que atrocidade horrorosa. Pobres rapazes."

"Rosanna, escute. Tive muitas dúvidas, pensei e repensei. Achava que não ia dar, que você... quer dizer, a gente mal se conhece, não é? E há muitas diferenças entre nós. Mas a vida abriu meus olhos. Deus decidiu que eu não devia morrer. Decidiu que devo cuidar do nosso filho, para que ele possa crescer com um pai. Eu achava que ainda tinha muito a fazer por mim mesmo, mas não, não tenho mais nada a fazer por mim, nem me interessa. Quero o filho. Estou pronto. Estou mesmo, acredite."

"René, escute..."

"Já pensei em tudo. Esta noite estava no catre segurando a lanterna com a boca e tomei umas notas, fiz uma lista. Há muita coisa pra acertar, mas conseguiremos. Você pode vir morar comigo, a casa não é enorme mas é bem grande. Preciso liberar meu escritório, mas dentro dele só tem merda. Nem é um escritório de verdade, eu é que chamo assim. Posso jogar tudo fora e fazer espaço. Serei um bom pai, Rosanna. Juro. Fui um péssimo chefe, deixei cinco dos meus rapazes morrerem, mas vou me reabilitar, serei um pai perfeito. Vou estar sempre com ele. Eu o ensinarei a andar de bicicleta, jogar bola e... tudo. Mesmo se for menina. Queria tanto que fosse uma menina. Já disseram? É menino ou menina, Rosanna? Diga por favor, quero saber."

Ouve-a respirar do outro lado da linha. Está chorando. Gostaria que ela estivesse ali, para abraçá-la e enxugar seu rosto. É tão justo que ela chore, porque esse é o momento trágico e alegre deles, é o início da história dos dois e daqui a muitos anos ainda se lembrarão dele.

"Você é um idiota, René."

"Não, Rosanna. Farei tudo direitinho, juro. Nós dois... nós daremos um jeito."

"Cale a boca! Será que você não entende?"

"O quê?"

"Agora é tarde."

René sente a boca seca. Falou muito e depressa. Os americanos têm um tom de voz alto, berram ao telefone, uivam, são pouco respeitosos. A barulheira faz sua cabeça girar. "O que você fez?", pergunta René.

"É tarde demais."

"Rosanna, que caralho você fez?"

As ovelhas descem correndo a escarpa, bambeiam nas patas despeladas, focinhos contraídos pelo terror. Alguma coisa não está certa, não há pastor. Querem nos foder. Disparem, disparem, disparem com todas as armas à disposição. O caminhão explode com um barulho que deixa um assobio nos ouvidos. Temos de estar prontos, temos de vigiar. O filho ainda não é um filho, é um mosquito. Aspiram-no com uma cânula, e em cinco minutos tudo acabou.

"Adeus, René", diz Rosanna. "Se cuide."

* * *

    A massagista se chama Oxana, tem trinta e oito anos, mas parece mais velha. Vem do Turquemenistão, que no imaginário de Cederna é apenas outro posto infame num ponto qualquer ao norte, outro posto que não vale a pena conhecer. Ela não lhe deixa saber muito mais: quando o soldado arrisca uma conversa, a mulher logo corta apontando para a mesa de massagem ou, se terminaram, para a porta. Responde às perguntas com monossílabos e nunca indaga sobre ele. Cederna, para se vingar, obriga-a a reduzir a duração da massagem. Agarra de repente a mão dela e a põe onde lhe interessa. Ela não gosta, as preliminares lhe consentem experimentar menos nojo por si mesma, Cederna não é tão insensível a ponto de não se dar conta disso. Assim, tudo se resolve em poucos minutos. Depois o soldado se vê novamente do lado de fora, desorientado na base americana, às voltas com uma agitação que, em vez de diminuir, aumenta e aumenta e aumenta. É chegar à barraca onde seus companheiros se obstinam a ficar mudos e contritos, e sente novamente vontade. Vontade de Oxana. Não consegue pensar em outra coisa. Suas gônadas produzem sêmen sem parar, em excesso.
    Num só dia, aparece cinco vezes no local da massagista. Virar-se com a mão é aviltante, não o satisfaz plenamente, mas o que pode fazer? Ela o repele se tenta conseguir algo mais. Quando lhe ocorre encontrar a porta trancada, põe-se a chutá-la e a socá-la. "Venha aqui fora!", grita. Dá uma volta pela base e regressa menos de meia hora depois. Ela está ali. Agride-a com perguntas, será possível que está com ciúme de uma prostituta? Ela havia simplesmente saído para ir ao banheiro. Ele demora para se acalmar.
    Antes da terceira noite em Delaram seu dinheiro acabou. Tenta persuadir Oxana a lhe conceder uma sessão grátis. Ela não

o deixa nem sequer se aproximar da mesa de massagem. Cederna a ataca com uma saraivada de xingamentos. Não obtém nada. Volta ao acampamento ainda mais agitado. Pede a Di Salvo dinheiro emprestado. É o melhor amigo que lhe restou.

"Não te empresto nem dez centavos, seu babaca."

"Por favor."

"Caia fora, Cederna. Vá pedir esmola a outro."

Ele recorre a Pecone, Rovere, Passalacqua, até a Abib. Todos respondem que não têm ou simplesmente que não, com uma falta de cortesia que não pensa merecer. Enfim tenta Zampieri.

"Pra quê?"

"Não posso dizer."

Zampieri exibe olheiras profundas. "De qualquer maneira não vou te dar", diz. Está apática, suas íris lhe fazem pensar nas da sua avó quando ainda viva, veladas pela catarata.

"É uma emergência."

"Não. Não é. A emergência já foi. Agora não há mais nenhuma emergência."

"Puxa, Zampa, me ajude."

"Sabe quantas horas estou sem dormir? Oitenta e quatro. Contei. Oitenta e quatro. Acho que nunca mais vou conseguir dormir."

Cederna se afasta, perturbado. Não arrebanhou um só euro. Não sabe como vai fazer se não arranjar dinheiro.

Antes do jantar está de novo em frente ao local de Oxana. Vai lhe dar alguma coisa em troca. Tem uma faca bonita, vale muito mais que dez euros. Uma faca com o punho emborrachado e tinta antirreflexo na lâmina. Dói se desfazer dela, mas comprará outra igual na Itália.

Irrompe na saleta e dessa vez ela está do outro lado da barraca, com alguém. Xinga-o aos berros na sua língua. Senta-se do lado de fora, no chão. Fica escuro, enquanto imagina o que a mulher está fazendo com outro soldado. Com certeza deixa-o ir mais longe, claro, porque é americano. Quando o homem sai, ilumina-o fugazmente com a lanterna. Um negro. Oxana acaba de estar com um negro! Entra como uma fúria, bate a porta atrás de si. Quer pegá-la em flagrante, ainda seminua. Mas Oxana veste seu avental de sempre e está arrumando as toalhas limpas na mesa de massagem.

"Você ficou com aquele cara?"

Ela lhe dirige um olhar superior. Dá de ombros. Não entende.

"O quê? As outras coisas você faz até com negros?"

"*Do you have the money?*", pergunta para ele, sem se virar.

"Não", responde Cederna.

"*No money, no massage.*"

Está prestes a mandá-lo de novo embora. Precisa se acalmar. Cederna tira a faca do cinturão. "*I have this*", fala.

Oxana dá um pulo para trás. Comprime-se contra a parede. "*Put it away!*", grita. Tenta esticar a mão até a gaveta de um móvel de rodinhas.

Ela entendeu errado. Cederna não pretendia lhe fazer mal. Cai na gargalhada. "Viu como você muda de tom agora?"

"*Put it away!*", repete a mulher.

Por quem o tomou? Por um bandido? "Está bem", diz Cederna, "se é o que você pensa, vamos nos divertir um pouco."

Aproxima-se, afasta o móvel com o pé. Ela não desgruda os olhos da lâmina negra.

Cederna gira a faca no ar (sabe fazê-la rodar trezentos e sessenta graus entre os dedos, um dos truques que muitos colegas invejam). "Uh uh uh", faz, "*no money, no massage?* E o cara de antes tinha o *money?*"

Oxana cai de joelhos no chão. "*Please*", implora.

É então que Cederna compreende plenamente a possibilidade que os cento e sessenta e cinco milímetros da lâmina de aço enegrecido lhe oferecem. O dinheiro acabou. Oxana está só. A quem irá se queixar? Oficialmente, ela não existe, não existe prostituta dentro de uma base militar. E dentro de algumas horas entrará num helicóptero e voltará para a FOB. Mesmo que ela tivesse uma proteção interna, como é provável, seus amigos não teriam tempo de se organizar e vir pegá-lo.

Entre a análise e a ação passam apenas alguns segundos. Na Arma, foi treinado para reagir rápido.

Ajuda-a a se levantar, com gentileza. Empurra-a para a mesa de massagem, a faz virar de costas. Oxana obedece à ponta da faca como a uma vareta mágica. É forte, mas não o bastante para lhe impedir que prenda suas mãos com a esquerda. Cederna usa a direita para despi-la e se despir, o mínimo indispensável, depois empunha novamente a faca que havia por um instante segurado com os dentes e a põe debaixo do queixo. Afunda-a só um pouquinho na carne do pescoço, sem cortar. Não quer feri-la.

Você é mesmo um primitivo, Francesco Cederna.
Sou um lobo, não lhe disseram?

Oxana não grita mais, emite gemidos que até poderiam ser de incentivo. Fica dura quando Cederna lhe mordisca o ombro, e ele se sente estimulado a mordê-la outra vez. Quer reduzi-la a pedacinhos, mastigá-la. Baba no seu pescoço e nos cabelos. Os pensamentos vão embora, finalmente. Os fantasmas se evaporam. Aquilo já lhe bastava, não era muito afinal. É um soldado: o que não lhe é concedido, sabe muito bem como obter.

Depois não se lembrará de grande coisa. Só a última olhada que dá na massagista antes de fugir do local, a malha enrolada até a metade das costas, o avental no chão, calça e calcinha em desordem em torno dos tornozelos e duas pernas torneadas, pálidas na luz vermelha. Uma das duas é sacudida por um tremor ligeiro. Cederna, saciado, esbelto, incrédulo, mergulha na noite.

Giulia Zampieri vagou demoradamente pela base americana, na escuridão que não é absoluta como a da FOB, por ser interrompida pelas luzes de neon acima da entrada das barracas. Sua cabeça está vazia, como se alguém a houvesse varrido a jatos de mangueira de incêndio. Vira atrás de uma barraca e encontra um balanço. Foi feito artesanalmente com um pneu de caminhão pendurado em duas correntes num tripé de metal. O que os marines farão com um balanço? Parece piada: *o que faz um soldado americano num balanço?* A única coisa que pode fazer, pensa Zampieri: se balançar.

Senta no círculo de borracha e se afunda no buraco. Dá um empurrão com as pernas. A corrente range, ela toca novamente o chão com a ponta dos pés, depois começa aquele movimento que lhe ensinaram um século atrás, numa vida anterior: dobrar e esticar, dobrar e esticar... flexiona o busto para aumentar a oscilação. O balanço a embala, para a frente e para trás no ar estagnado, quente e negro.

Quando os soldados voltam à FOB Ice o tempo mudou. Chove sem parar três dias seguidos, uma chuva miúda e irritante. Num brevíssimo intervalo a região empata com a média anual de precipitações, então a dobra, a triplica. A poeira da terra se torna um mingau lamacento, depois se liquefaz inteiramente. Onde quer que haja um declive, mínimo que seja, escorre a lama. Os caudais confluem numa torrente que percorre a base de norte a sul e deságua fora da entrada principal. Um a um se revelam os limites de impermeabilidade das barracas e as infinitas imprecisões com que foram montadas. É necessário cavar valas em torno de cada perímetro, remendar buracos, estender encerados. Para os rapazes se trata de um treinamento cruel e cínico para o prosseguimento da vida terrena: alguém é morto, mas quem permanece tem de arregaçar as mangas para conseguir ficar no seco.

O tenente Egitto se limitou a pôr um balde debaixo de um rasgão na costura do teto. As gotas caem em intervalos regulares, como o tique-taque de um relógio de parede. Também espalhou alguns trapos no chão, na entrada, para que os soldados possam limpar as solas ao entrar. De todo modo, poucos se apresentam. Depois da operação, se difundiu na base um pudor todo novo: quem teria a cara de pau de tratar de uma conjuntivite, de uma gripe ou de uma inócua pubalgia, quando cinco companheiros morreram sob o fogo inimigo e outro está praticamente imprestável? O próprio Egitto participa dessa versão inédita de descuido pessoal. Não fez mais a barba, mal come e faz sua higiene com parcimônia, inclusive dentária.

Irene se foi. Egitto encontrou um bilhete dela enrolado dentro de um frasco de antidepressivos, que ela substituiu por um punhado de jujubas de fruta. Um gesto afetuoso, mas também de censura. O bilhete traz suas iniciais e o número de telefone, sem cumprimentos nem comentários. Por que resolveu deixá-lo ali? E o que ele devia fazer com aquilo? Guardou-o entre seus objetos pessoais, certo de que não o utilizará.

Não se condói, nem com a partida dela nem — fato bem mais grave — com a morte dos rapazes. Talvez as pílulas é que o segurem, ou ele que não é mais capaz de se condoer. Se a segunda hipótese o desconcerta, a primeira não é de grande consolo. Está experimentando uma coisa que já conhecia: que todo o pesar, o sofrimento, a compaixão para com outros seres humanos se reduzem a pura bioquímica — hormônios e neurotransmissores inibidos ou relaxados. Quando se dá conta disso, é indignação o que ele inesperadamente se pega sentindo.

Decide que, como não está em condições de perceber nada melhor, se forçará a sentir dor, será sua forma pessoal de expiação pelas barbaridades a que assistiu e de que participou. De repente, uma sexta-feira à noite não toma o remédio. Abre a cápsula e deixa cair o pó na cesta de lixo. Em seu lugar mastiga uma jujuba de framboesa. Interrompe brutalmente o tratamento depois de oito meses, contrariando com uma alegria sub-reptícia as recomendações do laboratório.

Ele esperava sabe-se lá que consequências da suspensão do fármaco, mas por vários dias não acontece nada, além da insônia e de alguns breves episódios alucinatórios. Seu espírito está sereno. O sofrimento permanece congelado em outro lugar. O tenente começa a duvidar da existência deste. Não se comove durante o ofício fúnebre celebrado no refeitório por um capelão de visita. Não se comove falando — balbuciando — no telefone com o cabo Torsu, na Itália, onde o soldado vai passar pela terceira cirurgia de reconstrução maxilofacial. Não se comove ao som frágil e ausente da voz de Nini, nem quando o primeiro sol depois de vários dias rasga a cortina de nuvens e devolve à montanha seu esplendor dourado.

Terminado o almoço, vai ter com Ballesio. De início o coronel parece indeciso sobre a atitude a tomar quanto ao luto geral. Depois, evidentemente, estabelece que é melhor seguir o instinto, vale dizer, continuar como se nada houvesse acontecido. Ele tem um modo bem pessoal de tentar levantar o moral, que não se revela muito eficiente. Cada vez mais permanecem em silêncio, Ballesio concentrado no cachimbo que exibe recentemente, Egitto observando os anéis de fumaça que emanam dos lábios do coronel e se dissolvem ao subir no ar.

É seu corpo que reage primeiro. A febre vem alta, de noite bate nos quarenta graus. Sua temperatura interna não subia tanto desde que era menino e Ernesto o auscultava, a boca e o nariz bem protegidos pela máscara. Enrolado no saco de dormir, Egitto sua copiosamente, é sacudido por arrepios. Fica de cama dois dias consecutivos, mas não pede ajuda. Manda lhe trazerem uma bacia d'água que lhe basta para não sair da barraca. Ballesio vem vê-lo uma vez, mas Egitto está doente demais para depois se lembrar do que ele disse e o que lhe respondeu. Lembra-se apenas de que, enquanto pairava acima de si com a carantonha iluminada pela lua cheia, não parava de falar, agitando as mãos.

Depois, repentinamente como veio, a febre desaparece, deixando-o sonhador e estranhamente enérgico, resoluto em face de uma ação que ainda não empreendeu e nem mesmo sabe qual é. Egitto tem vontade de caminhar, de se movimentar, percorre a base de cabo a rabo várias vezes por dia. Se pudesse, sairia dali e correria quilômetros sem se cansar.

Mas o único meio disponível para se afastar é o telefone. Depois de dez dias adiando, se decide a compor o número de Marianna.

"Te escrevi oito e-mails, *oito*. Telefonei pra todas as repartições do ministério pra falar com você e você não se *dignou* a me ligar de volta. Tem ideia de como fiquei *mal*? Foi *atroz*. Você não pensou em toda preocupação que eu podia ter?"

"Sinto muito", diz Egitto, mas eram desculpas automáticas.

"Agora espero que te mandem pra casa. Já."

"A missão dura mais quatro meses."

"Sim, mas você sofreu um *trauma*."

"Como tantos outros aqui."

Marianna bufa alto. "Não *quero* mais enfrentar essa discussão. Estou... cansada. Pelo menos ligou pra Nini?"

É a primeira vez em muitos anos que Marianna expressa interesse pela mãe, pelo fato de que Nini também pudesse estar preocupada com ele. Egitto fica estarrecido.

Claro que se engana. A ilusão dura apenas um punhado de segundos.

"Falou com ela do apartamento?", prossegue a irmã.

"Não."

"Alessandro, eu te pedi pra falar com ela. Este é o momento de fazer as compras e vendas, melhor dizendo, *já* estamos atrasados. Com a crise imobiliária que há, aquele apartamento se desvaloriza dia após dia."

Só agora ele entende: não tem nada a ver com compaixão nem com dó, não tem nada a ver com sofrimento. A tampa que isola as emoções da irmã e agora é expelida pela pressão é uma tampa de pura raiva. Ela se abre na altura do estômago, inunda sua medula espinhal e através dos seus nervos se espalha até as terminações periféricas.

"Você podia falar", diz Egitto.
"Está louco, Alessandro? Eu *não falo* com ela."
"A venda do apartamento interessa a você. Você podia falar."
"Escute, o que você passou não deve ter sido agradável. Eu me dou conta. Mas isso não te dá o direito de descontar *em mim*."
"Eu amo aquele lugar."
"Você *não ama* aquele lugar. *Nós* não amamos aquele apartamento, lembra? Lembra como o chamávamos?"
Palácio de Ceausescu, era assim que chamávamos. "Isso foi há muito tempo."
"Isso não significa *nada*, Alessandro. Nada. Eles nem vieram ao meu casamento, lembra? Se lixaram."
"Você nunca me perguntou como é este posto."
"Do que você está falando?"
"Você nunca me perguntou como é. Aqui."
"Acho que posso muito bem imaginar como é o Afeganistão."
"Não, não pode. Há uma montanha enorme, sem uma só árvore ou tufo de mato. Agora o topo está coberto de neve, e o limite entre a neve e a pedra é nítido, como ninguém ousaria pensar. E há outras montanhas, muito mais longe. Ao pôr do sol, cada uma delas tem uma nuance diferente, parecem cortinas de teatro."
"Alessandro, você não está bem."
"É um lugar magnífico", as manchas pulsam em uníssono, estão a ponto de rebentar. Talvez exista uma pele nova embaixo, uma epiderme intacta. Ou só há carne viva, embebida de sangue. "E tenho que te dizer mais uma coisa, Marianna. No dia do

seu casamento, enquanto caminhávamos pro altar, não éramos invencíveis. Só nos dizíamos isso. Nós nos dizíamos que estava bom, que era até melhor daquele jeito, que todos teriam nos visto... livres e independentes. Mas não era verdade. Só dois malucos acreditavam nisso. Os outros tinham pena de nós."

Marianna agora se cala, enquanto o tenente saboreia o gosto putrefato de ter ido longe demais, para lá de uma linha que antes não ousava nem sequer enxergar.

"A gente se fala, Marianna", diz.

Dá tempo de distinguir o último protesto, a meia voz, da irmã — "Você se aliou a ela?" —, apunhala seu coração. Não pode fazer nada. Desliga.

Não, não se aliou a Nini. Não é mais aliado de ninguém.

PARTE 3

Homens

A vida sem culpa dos ratões-do-banhado

Nos últimos tempos Ernesto saía de casa no fim da tarde para repetir o mesmo passeio à beira do rio. Agasalhava-se mais que o necessário, superpondo malhas e suéteres, como para dar espessura a um corpo que a estava perdendo. Caminhava olhando para o alto, com um ar cético, e chegava ao ponto em que o rio se alarga num remanso de águas paradas. Sentava num banquinho de metal pintado perto da margem. Ali, recuperava o fôlego, medindo a frequência cardíaca da jugular no relógio de pulso. Quando os parâmetros voltavam ao normal, tirava do bolso um saco de papel com pão dormido e o esmigalhava entre os dedos lentamente, pigarreando. Às vezes, no lugar de pão, trazia pedaços de maçã.

Os ratões-do-banhado a que dava de comer eram animais imundos, uma espécie de ratazanas de focinho remelento, compridos bigodes claros e o pelo cintilante de umidade. Viviam entre as águas paradas e a margem lodacenta, apertados uns contra os outros. "Viu?", me disse um dia. "São como crianças. Todos prestes a passar por cima do outro pra ganhar um pouco de comida. São tão inocentes. E necessitados. Uns oportunistas nojentos."

Enquanto os roedores se amontoavam em torno do banquete, Ernesto falava de Marianna, de quando era pequena. Repetia as mesmas brincadeiras linguísticas que eu tinha ouvido dezenas de vezes, agora consumadas até quando contava. Não conseguia conciliá-las com a vingança que a filha lhe havia infligido, talvez não fosse nem mesmo capaz de reconhecê-la como tal. Vingança de quê?, teria respondido. Nunca fora muito propenso a discussões. Preferia se contentar com um aglomerado de fantasias. Quanto à filha que ainda existia em algum lugar, não a mencionava. Em linha reta, não devia estar muito distante do remanso dos ratões, mas com certeza estava a anos-luz do seu coração. Pensando bem, foi exatamente essa a novidade extraordinária dos últimos dias que passei com meu pai: sempre havia pensado que ele não tinha coração. Só agora conseguia ver que o dele estava irremediavelmente dilacerado.

Quando suas condições pioraram de uma hora para a outra, tirei três semanas de licença e fui para o apartamento deles. Era hóspede de Nini e Ernesto, hóspede no quarto em que eu tinha crescido. Deitado na cama, via a porta do quarto de Marianna, a mesma que eu havia fixado infinitas vezes procurando adivinhar o que acontecia atrás dela, cheio de apreensão quando nas tardes sem nossos pais ela se trancava à chave com os rapazes.

Eu tinha um jogo de toalhas e uma escova de dentes na nécessaire. Cada vez, depois de usá-las, tornava a guardá-las. Não gostava de deixar no banheiro ou em outro lugar qualquer coisa que me pertencia. Cada superfície de cada móvel era tão impregnada de passado que certamente a teria tragado no mesmo instante, para transportá-la a outra dimensão temporal, inacessível. De noite, quando examinava meu rosto no espelho, o olhar pousava nos adesivos da girafa e do elefante. *Toda criança previdente escova os dentes assiduamente. Para limpar entre um dente e outro, usa fio dental com frequência.* Eu recitava em silêncio as ladainhas deles, não sentia nem rancor nem saudade.

A ordem discreta e inflexível de Nini ainda governava o apartamento. Dali a poucas semanas, no dia mesmo da morte do meu pai, ela sairia com uma bagagem leve e se mudaria para a casa da irmã, viúva antes dela, e não voltaria mais. Só então eu compreenderia quão mísero era seu apego pela casa onde havíamos vivido juntos. Se um dia a houvesse amado de fato, a certa altura parara de amá-la e nenhum de nós tinha se dado conta. Eu poderia ter captado sinais, ter notado, por exemplo, que as tarefas domésticas a cansavam cada vez mais (tinha se conformado a contratar uma senhora estrangeira que a ajudava em dias alternados, infringindo de um só golpe três ou quatro artigos da sua Carta Fundamental da Sobriedade), mas havia muito tempo que eu não prestava atenção no declínio de Nini.

Depois do amotinamento de Marianna, decaíra dia após dia, de corpo e mente. Sua vida prosseguia sobre uma película finíssima, que a recobria externamente. Ainda reagia às solicitações como se esperaria que fizesse ou, mais precisamente, como se esperaria que fizesse um robô com o aspecto de uma sessentona miúda. Quando sorria, raramente, seu sorriso era vazio e me lembrava que eu, em todo caso, nunca seria uma motivação suficiente para reativar nela a alegria. Ernesto também não o era, Nini assistia à rápida evolução da doença dele como se fosse a manifestação de um castigo divino que dizia respeito aos dois. Algum tempo atrás teria dado voz àquele sentimento mudo com uma frase assim: "Fizemos *mesmo* por merecer isso!".

As manhãs eram ocupadas pelas visitas hospitalares de Ernesto e pela enorme e desalentadora burocracia conexa. Ele havia trabalhado trinta e um anos nesse mesmo hospital, numa ala a apenas uns quarenta metros de distância e dois lances de escada do setor de urologia, onde agora era tratado, estivera a um passo de ser nomeado chefe de serviço, mas gozava de poucos privilégios. Esperava sua vez como um paciente qualquer, na fila de cadeiras de plástico azul da enfermaria, irrequieto, sem parar de falar. Naquele período estava obcecado pelos solventes químicos misturados nas tintas com que haviam sido pintadas as paredes daquele corredor, pela poluição eletromagnética e pelas montanhas de ftalatos que havia nas embalagens plásticas das comidas hospitalares — que causavam, justamente, câncer da próstata. Calculava ter ingerido três mil e setecentos quilos de comida contaminada. Como se saber disso agora fizesse alguma diferença.

De vez em quando, um colega mais moço o reconhecia e parava para bater um papo. Ernesto aproveitava para chamá-lo a um canto e criticar a terapia a que estava sendo submetido. Expunha estratégias alternativas elaboradas durante a noite, citando fontes exóticas e meio duvidosas da recente literatura oncológica. Nunca confiaria tanto num especialista quanto em si mesmo e nas suas intuições, nem mesmo num âmbito que não era da sua competência. Nessas aulas improvisadas de medicina, que com frequência ultrapassavam os limites da didática geral, ainda era tão persuasivo que muitas vezes me levava a concordar com ele. Mas claro que então só mantinha essa ascendência sobre mim. O homem de jaleco branco concordava impaciente, só aparentemente interessado. E se naquele dia passava por lá de novo, não tornava a parar.

"A vida não dá muito de volta", eu lhe disse certa manhã, porque tinha certeza de que era um pensamento assim que o atormentava. Ernesto deu de ombros. Não tinha vontade de responder. A idade havia lesado várias facetas da sua pessoa, mas não o respeito pelo raciocínio, que devia sempre ser lógico, dedutivo. Não tolerava as divagações sobre o que a realidade era ou não era, a não ser que não houvesse respostas objetivas. E depois pareceu me responder com seu silêncio, *é evidente* que a vida não restitui a parte que lhe cabe.

Uma noite de fevereiro teve uma crise respiratória. A ambulância veio buscá-lo e o transportou para o hospital. Foi levado para a reanimação, entubado e medicado por perfusão endovenosa. Tiveram o bom senso de interná-lo num quarto particular, com uma janela da qual se tinha uma vista das montanhas cobertas de neve, que ao raiar do dia se tingiram de rosa. Quando ficou claro que ele não duraria muito, Nini, mantendo-se tão imperturbável quanto possível, me disse: "Telefone pra ela. Por favor".

Saí do prédio. Tinha me esquecido de vestir o blusão e fui surpreendido pelo frio. Andei até uma bétula que não tinha uma só folha e apoiei a mão no tronco, dentro dele a linfa corria lenta e obstinadamente. Pensei na luta silenciosa das plantas e de repente fui tomado pela raiva. Então era assim que ia ser? Duas pessoas se declaram guerra pelo resto da vida, queimando tudo em torno delas e no fim a morte as reúne num quarto de hospital, como se nada houvesse acontecido. O que restava das ameaças, das caras amarradas, da intransigência, de tudo o que *eu* havia sofrido?

Marianna atende sonolenta: "São seis e quinze, Alessandro. O que você quer?".

"O papai foi internado."

"Está falando do Ernesto?"

"Do papai, sim."

Ouvi minha irmã tranquilizando o marido — "Durma, não é nada" —, depois um frufru de lençóis, alguns passos. Tornou a falar em voz mais alta: "E o que seria pra eu fazer?".

"Está morrendo. Pode não durar muito. Tem uma hemorragia no…"

"Não me interessa *o que ele tem*. Não me diga. Foi ele que pediu pra me telefonar?"

"Está sedado. Não fala."

"Falou bastante quando estava acordado."

"Marianna, não é o momento de..."
"De quê? Tenha dó, Alessandro. Daqui a uma hora o despertador toca e não quero chegar ao trabalho destruída."
"Você está falando sério?"
"Acha que estou com vontade de brincar? Você sabe muito bem a dificuldade que tenho pra pegar de novo no sono, então imagino que a essas horas vou ficar deitada de olhos *arregalados* até as sete."
Dei um chute no tronco. Um pedaço da casca branca se soltou e caiu no chão. O floema debaixo era liso e limpo. Inclinei-me para passar a mão nele. A raiva desapareceu como havia chegado. Cedeu lugar a uma grande angústia, algo como uma derradeira esperança de salvação de que você tivesse se esquecido até um segundo antes e que de supetão para na sua frente. Marianna tinha de vir logo, era essencial. Se não pulasse o mais depressa possível no primeiro táxi, se não entrasse no quarto de Ernesto a tempo de vê-lo ainda respirar, se as lágrimas não jorrassem dos seus olhos, depois não abraçasse fortemente Nini, se tudo isso não acontecesse, não haveria redenção para nós. Havíamos sobrevivido a uma overdose de sofrimento e ainda podíamos aguentar, mas não escaparíamos da descoberta de que não havia o menor sentido naquele enorme padecimento.
"Venha", implorei, "nosso pai está morrendo."
Marianna ficou em silêncio um instante. Apurei o ouvido para captar o sinal de choro que nos teria finalmente salvado, a todos.
"Pra mim ele não existe."

Oito anos antes houve outro telefonema, tão grave quanto aquele, mas de tom mais remissivo, assinalando o auge do período do negro da minha irmã e sancionando seu distanciamento definitivo do universo asfixiante de Nini e Ernesto. Pensando nele agora, me parece que os intervalos decisivos na nossa vida familiar, a dos Egitto, se encerraram todos do mesmo modo: pelo telefone. Somente quilômetros e quilômetros de cabos protegidos, enterrados em grande profundidade, tornavam plausível o confronto sobre temas que, estando nós face a face, eram demasiado intensos até mesmo para ser mencionados.

Depois de ter colecionado uma série impressionante de noves e dez nos boletins escolares, que Nini mantinha a salvo num fichário dentro da gaveta de cima do aparador, em seguida as menções honrosas reunidas em toda parte, a carreira educacional de Marianna havia sofrido uma brusca parada. Não que houvessem faltado sinais disso. No colégio, Marianna havia passado por meses de indolência mole e doentia, durante os quais sua média estagnava, mas sempre tinha superado esses períodos de desnorteamento com enorme esforço, recuperando seu primado. A piora era quase imperceptível. No entanto, se Ernesto houvesse imposto ao seu rendimento o mesmo critério quantitativo com que avaliava o resto do mundo, se houvesse construído um gráfico dos seus elogios de fim de quadrimestre, do primeiro ano do ensino fundamental à véspera da formatura, teria logo percebido que desenhavam uma curva descendente.

Da minha parte, percebia aquela mutação leve e contínua pela nitidez com que as pintas de Marianna apareciam à chegada da primavera. Desde sempre, eu considerava as manchinhas pigmentadas na sua face responsáveis pela força milagrosa da minha irmã: não eram acaso elas que a diferenciava de nós, seres medíocres? Mas a cada primavera reapareciam mais claras. Desde que ela havia adquirido o vício de prevenir o bronzeado estival com os protetores solares, mal se distinguiam. Chegando ao quarto ano da universidade, quase doutora em história da arte — matéria que não lhe interessava nem mais nem menos que qualquer outra, mas que era favorecida por uma inclinação para a criatividade que todos nós da família gostávamos de lhe atribuir —, as pintas haviam desaparecido totalmente, como as estrelas acima de uma cidade poluída. E ela, simplesmente, parou.

O exame nem era dos mais puxados, uma monografia sobre William Blake. Na primeira tentativa, tirou vinte e um, nota que não aceitou. Fez uma breve tragédia, mas seu desespero e sua violenta grita contra o assistente que a tinha interrogado sem condescendência para com sua obscura interpretação de *O grande dragão vermelho e a mulher vestida de sol* mais parecia uma pose destinada a mascarar um desinteresse de fundo mais grave. Quando tentou novo exame, um mês depois, foi recusada pela docente em pessoa. Enquanto, à mesa, Marianna a pintava para nós, atônitos, como uma incompetente, uma burra, uma frígida feiosa que precisava ela-sabia-do-quê, Nini apertava os talheres aflita, sem ousar se opor àqueles juízos.

Eu torcia por Marianna, como sempre. Quando estávamos a sós, deixava que seu talento explodisse ao compor a imagem carrancuda da docente, ela sim, digna de uma pintura pavorosa de William Blake. Nos breves espaços que deixava às minhas intervenções, eu procurava incentivá-la.

Não adiantou muito. Vieram um terceiro e um quarto insucesso, em circunstâncias que nunca foram bem esclarecidas. Da quinta vez, Marianna se apresentou ao exame sem seu boletim, sentou na frente da professora e do seu assistente e ficou encarando muda os dois, até que eles, irritados, a dispensassem.

Depois do exame me procurou, queria a qualquer preço que naquela noite eu voltasse para casa — sim, era *indispensável*. No ano anterior eu havia deixado passar o prazo final para pedir o adiamento da incorporação, desafiando a discordância geral da família e inaugurando a primeira das minhas fugas táticas (pode ser que eu houvesse pressentido o cataclismo iminente e procurado um refúgio). Eu agora já residia no quartel, mas, em troca de uma cortesia a um superior, consegui satisfazer minha irmã.

No jantar, entre os soluços de um pranto histérico, Marianna anunciou que ia abandonar os estudos. Ninguém se aproximou dela, ninguém acariciou seu rosto banhado e transtornado. Víamos Marianna se agitar como um animal preso numa armadilha. Sua dor ecoava em mim com igual intensidade, mas eu não sabia o que fazer para aplacá-la. Nini esperava que eu dissesse alguma coisa. Ernesto continuava comendo a pequenos bocados. Enfim, terminado o que ele devia considerar uma manifestação pueril típica da filha, disse: "Amanhã de manhã você vai vir ao hospital. Comigo".

Não entendi na hora, e no entanto era bastante simples. Para um profissional como Ernesto Egitto, um médico respeitado que desde sempre negava a existência de algo no ser humano que fosse alheio à mecânica do corpo e à vontade cerebral com que você o utilizava, o diagnóstico só podia ser um: havia visto Marianna sentada à escrivaninha tardes inteiras; logo, se a falha não estava na sua determinação, devia necessariamente se encontrar em alguma parte do organismo. Sua filha não tinha sido sempre a melhor da turma? A mais obstinada, a única infalível? *Oh, mas eu tenho que ir à escola!*, respondia ao Trombudo. Alguma coisa no seu funcionamento devia estar enguiçada e ele ia descobrir o que era.

Do que aconteceu nos diversos serviços do hospital nos meses seguintes, só tenho à disposição informações indiretas, os relatos que Ernesto me fazia nas ocasiões esporádicas em que eu passava minha licença em casa. Enumerava os testes a que havia submetido Marianna, parafraseava o prontuário dela, cada vez mais volumoso, como se estivesse acumulando dados experimentais para uma publicação científica ou quisesse me dar exemplos *in vivo* do que, entrementes, eu estudava nos textos universitários. Ela não participava, não comentava, era como que transparente. Raras vezes anuía ou esticava os lábios em sorrisos brevíssimos e sem calor.

Em primeiro lugar, Ernesto mandou fazer uma radiografia da cabeça. Por alguns dias o ouvimos comentar as qualidades e os limites da estrutura craniana da minha irmã. A amplitude reduzida da parte frontal era uma característica hereditária imputável sem dúvida à ascendência de Nini, indicativo talvez de uma escassa predisposição à lógica abstrata. Embora discordasse dessa interpretação lombrosiana e tão desastradamente contrastante com o rigor costumeiro do meu pai, não me sentia em condições de contradizê-lo.

O eletrocardiograma evidenciou uma leve extrassístole, e Ernesto queria que ela fizesse então um eletro de esforço. Descartadas as anomalias esqueléticas e vasculares, levantou a hipótese de uma disfunção do sistema linfático, e esse caminho também foi seguido até as mais remotas consequências, revelando-se vão. A análise do sangue e da urina excluiu uma série de problemas comuns, ainda que a bilirrubina alta o levasse a considerar alguma patologia grave ligada ao fígado. Acusou Marianna de beber álcool demais, no entanto era uma suposição tão ridícula — ela era quase abstêmia — que nem Nini, sempre muito atenta à evolução dos exames, lhe deu crédito. Contentou-se então com pespegar na minha irmã a síndrome de Gilbert, outra possível causa do seu recente fracasso (agora dizia assim: *seu fracasso*).

Outros decilitros de sangue foram tirados das veias opacas de Marianna, para encontrar indícios de doenças raras ou autoimunes. Era preciso ampliar o campo e considerar também o lúpus, a diabete melito, a doença celíaca, a doença de Cushing e a de Crohn... No segundo mês seguindo Ernesto de um ambulatório a outro, ela parecia mais anêmica que outra coisa, embora a contagem dos seus glóbulos vermelhos afirmasse o contrário.

Fizeram duas tomografias computadorizadas e uma ressonância magnética, outras radiografias do crânio e do tórax, que dessa vez foram comentadas pela equipe completa dos colegas de Ernesto, bem como por um luminar suíço contatado especialmente: todos também contagiados pela impetuosa oratória de Ernesto e pela sua compreensível apreensão de pai. A causa de Marianna passou a ser de domínio público e já estavam quase esquecendo que sintoma havia desencadeado aquela caça: um exame universitário em que ela se saíra mal. Agora a consideravam doente, em perigo. Ela estava simplesmente fraca e cansada demais para se opor. Ou, como reconstruí posteriormente e como deveria ter intuído logo por certos olhares matreiros que ela me lançava de vez em quando, o que ela queria era ver até que ponto Ernesto iria chegar, demonstrar ao mundo inteiro quão grave era a loucura dele, mesmo que pagasse por isso com seu corpo. Aceitou que fosse removido um inócuo cisto sebáceo atrás da orelha esquerda e que lhe enfiassem uma sonda pela goela, descessem com ela esôfago abaixo e lhe sondassem as paredes do estômago.

Foi depois do laudo negativo da endoscopia que, inesperadamente, Nini disse que já chegava, não podiam torturá-la mais. Ela sabia desde muito antes que não havia nada que não estivesse bem na constituição da filha, mas era esforço em demasia, para ela, se opor às intenções do marido. Agora, porém, tinha de parar. Brigaram. Era um costume de Ernesto, nas raras vezes em que Nini se opunha a ele, se encerrar num mutismo implacável. Passava então horas a fio no escuro, e às vezes eu o encontrava estirado no tapete do banheiro, de costas, braços cruzados em cima do peito como um faraó morto. Uma noite não voltou para casa. Foi então que Nini mandou Marianna fazer o que, mais tarde, teria pedido a mim. "Telefone pra ele. Peça desculpas. Diga a ele que volte pra casa."

"Eu, pedir desculpas a ele?"

"É, você."
"Por quê?"
"Ele é assim."
Nini não acrescentou mais nada. Em casa, eu precisava compreender a situação sem que ninguém a explicasse. E Marianna não se fez de rogada. Como se pela primeira vez estudasse a evolução bizarra e previsível do que ela própria havia desencadeado, mas atrás de um vidro à prova de balas, foi decidida até o telefone, discou o número de Ernesto e com voz monocórdica lhe disse: "Desculpe. Volte pra casa".

A universidade, entrementes, era um problema superado, que ninguém nunca ousou trazer de volta à baila, como tampouco o parêntese insensato do checkup: tragados para sempre pelo silêncio. Marianna se fechou no seu quarto o resto do ano acadêmico. Foi uma espécie de quarentena. Quando eu a via, me parecia mais feliz e despreocupada do que havia sido por um bom tempo.

No verão fomos viajar, ela e eu, com alguns amigos. A destinação final era a triste costa do mar Báltico, mas, atravessada a fronteira entre a Áustria e a República Tcheca, Marianna disse que queria voltar e pediu que alguém a levasse à estação mais próxima, onde pegaria o primeiro trem. "Não estou me sentindo *à vontade*, sabem? Esses lugares não me agradam, me dão *ansiedade*."

Obrigou o grupo a uma parada de um dia num vilarejo anônimo para os lados de Brno, depois os outros prosseguiram, chateados com o atraso e porque teriam de se apertar mais sem nosso carro. "Não consigo entender por que você não foi *com eles*", protestou Marianna, mas estava claro que me era grata e, em certo sentido, achava justo que eu houvesse agido assim. Convenci-a a não estragar totalmente as férias: tínhamos chegado até ali, podíamos pelo menos visitar Viena. "Viena não vai te deixar ansiosa", prometi. Desses últimos dias juntos conservo uma lembrança confusa e lacerada, a lembrança que se pode guardar de um furacão que te pega dormindo. Marianna estava intratável, parecia o tempo todo a ponto de desatar em pranto. Comia pouco, quase nada. No restaurante ou nos pequenos quiosques em que parávamos para almoçar, olhava para a comida como se a interrogasse, até que, chateada, a punha de lado.

Passados uns dias, também renunciei a comer. A sensação da fome é o único elemento que unifica os episódios daqueles dias, fora isso totalmente desconexos. Eu estava com fome, enquanto Marianna olhava com expressão feroz os corpos femininos atormentados nas aquarelas de Egon Schiele e depois me intimava, vamos sair daqui, vamos embora já, *odeio* este museu. Eu estava com fome, enquanto estávamos deitados acordados na cama de casal que dividíamos com embaraço, passando em revista uma série de histórias antigas, que nos faziam sorrir um pouco ou quase nada. Eu estava desmaiando de fome, e enjoado, durante nosso giro silencioso pela rota panorâmica, quando Marianna se virou para mim e com os olhos desprovidos de qualquer coisa que eu conhecesse, falou: "Nunca mais quero saber deles, nunca". E eu sentia fome durante a interminável viagem de volta, debaixo de uma chuva que não nos poupou do começo ao fim. Sem nos darmos conta, tínhamos recorrido à forma mais integral de higiene que Ernesto nos ensinara: manter o estômago vazio o maior número de horas consecutivas que fôssemos capazes de suportar.

Depois da nossa volta Marianna se tornou impenetrável a todos. Pôs em prática a estratégia que havia em mente com a escrupulosidade que eu sempre admirara nela. Voltou a procurar o rapaz que ela havia namorado sem entusiasmo até poucos meses antes, um tipo insignificante e gamado que Nini desaprovava com toda a força silenciosa da sua compostura, mudou para a casa dele e um ano depois fez dele seu esposo. Repeliu toda tentativa de aproximação dos nossos pais e toda mediação da minha parte. Teve êxito no projeto virtuosístico de não dirigir nunca mais a palavra a Nini e a Ernesto, nem mesmo por engano, nem mesmo para dizer me deixem em paz. Executou de uma vez por todas sua escala descendente numa velocidade perigosa e sem uma nota errada, até as mais baixas do teclado.

Eis como ela voltava a viver o passado, onde haviam ido parar todas as invectivas de Ernesto, os ritos celebrativos, o amor dado e revogado, as recomendações de Nini, as precauções, todo o estudo incansável e selvagem, as olimpíadas de matemática em que se classificou em segundo lugar, os diminutivos carinhosos, o solfejo, os acordes percutidos que percorriam os cinco andares do edifício, alcançavam a garagem e dali penetravam debaixo da terra, as redações escolares sintaticamente perfeitas e glaciais: cada elemento havia contribuído para carregar Marianna como um mecanismo de mola. Um milhão de cordas dadas nas costas do soldadinho de chumbo que ela era. A chave tinha se posto a girar e ela havia começado a andar rápido na direção de um objetivo. Pouco importava se aquele objetivo coincidia com o fim da mesa: com o abismo, todos os lá de casa tínhamos certa familiaridade.

Depois do casamento não falamos mais dos nossos pais, nem dos amigos, de nada em comum entre nós que tivesse relevância. Quando marcávamos encontro, Marianna estava sempre acompanhada do marido. Eu não compreendia como uma vingança pudesse ser levada a cabo tão friamente assim e mantida com tal constância. Ela havia decidido tudo muito antes, previsto os movimentos. Uma pequena manobra deflagrara um processo desastroso. Não houve nem mesmo um verdadeiro confronto, cada um havia permanecido imóvel dentro da sua toca, espiando. Aliás, com o estudo dos ossos aprendi pelo menos uma lição: as piores fraturas são as que sofremos quando, estando parados, o corpo decide se partir em pedaços, e assim faz: numa fração de segundos se quebra em tantas lascas que depois é impensável recompô-lo.

No funeral de Ernesto não foram muitos os que me perguntaram de Marianna. Alguns evitaram por uma predisposição natural à cautela, mas a maioria formou, com o correr dos anos, uma ideia tão confusa e aterrorizante do contexto que os fazia ficar de boca fechada. As indiscrições, pelo que parece, vazavam inclusive de uma casa tão bem vedada quanto a dos Egitto.

Alguns dias depois do enterro fui ver um colega psiquiatra do hospital militar. Pedi a ele uma receita sem antes passar por uma consulta nem esclarecer os motivos que me haviam levado a vê-lo. Disse apenas que em toda a minha vida nunca tinha me sentido tão cansado, que a esse cansaço se misturava uma agitação igualmente grande e que as duas coisas juntas não me deixavam dormir. Que ele decidisse, qualquer substância capaz de me sossegar um pouco estava ótimo, tudo o que eu queria era descansar, evaporar. "Se você não me der, vou pedir a outro. Ou eu mesmo assino", ameacei.

O colega rabiscou a receita, relutante, me exortando a vir vê-lo dali a um mês. Não voltei. Achei mais cômodo pedir o remédio por conta da Arma, um número de caixas suficiente para durar um bom tempo. Um comprimido por dia, cada um para anular uma pergunta a que o passar do tempo não me dera resposta: o que é uma família? Por que estoura uma guerra? Como alguém se torna um soldado?

A grama não para nunca de crescer

A coincidência entre a volta do Afeganistão e o início da primavera foi um azar para os alpinos. A estação é demasiado atroz, um verdadeiro choque, os dias não acabam mais e transmitem um sentido de frenesi inesgotável, o ar carregado de odores traz à superfície apenas lembranças equivocadas, e a fraqueza é uma tentação contínua. O primeiro-sargento René a enfrenta com todas as suas forças. Sabe que com um pouco de disciplina a gente pode sobreviver a qualquer nível de dor, basta se organizar, basta se manter ocupado. Renunciou às férias e na semana seguinte à volta estava no seu posto, no quartel. Os pais em Senigallia ficaram ofendidos, mas enfrentar a cara comiseradora deles estava no topo da lista das coisas a evitar. Acorda às seis e trinta com a roupa de corrida já pronta na cadeira do quarto, enche os dias trabalhando, mesmo que execute duas vezes as mesmas tarefas, e ao fim do seu horário fica na academia até não aguentar mais; segunda-feira à noite joga squash com Pecone, na quinta tem aula de aikido, na sexta arranja alguém para sair ou sai sozinho mesmo. Nos fins de semana, que são o momento mais duro, planeja extenuantes passeios de motocicleta, ou limpa a garagem, ou qualquer outra tarefa supérflua que lhe venha à mente. Graças aos videogames tapou até as fissuras mais ínfimas e insidiosas do tempo. Segue o programa com disciplina e sem variações significativas, dia após dia, semana após semana. Um homem como ele poderia ir levando assim para sempre.

Uma atividade muito pouco agradável em que se empenhou, entre outras, consiste na ronda de visitas aos pais dos tombados, a que se dedicou sistematicamente e que acaba, hoje, no encontro com a mulher de Salvatore Camporesi. O fato de tê-la deixado para o fim, de ter adiado aquela visita tanto tempo é sem dúvida significativo, mereceria uma reflexão, mas o sargento não tem a intenção de esmiuçar o assunto.

Estão sentados juntos à sombra da varanda, na parte da frente da casa dos Camporesi, há quase duas horas, enquanto o filho Gabriele brinca tranquilamente, acocorado nos degraus. Flavia se decidira desde o início a não fazer nada para que a conversa ficasse menos difícil do que é. O suco de fruta que lhe ofereceu estava quente, e pôs diante dele um pacote de biscoitos de uma marca desconhecida e suspeita, em que ele não ousou tocar. É claro que, nesse momento, ela não está disposta a dar muito peso às formalidades.

Mais que conversar, fumaram, ininterruptamente. Depois de pedir licença para pegar os primeiros cigarros, Flavia continuou a se servir do maço sem cerimônia. Sobram apenas três, e quando houverem acabado, imagina o sargento, será hora de encerrar o encontro. Apesar das dificuldades, não tem muita pressa para que isso aconteça: Flavia Camporesi é a viúva mais jovem e, sem dúvida, mais bonita com que já topou. A própria palavra — viúva — destoa, associada à pessoa dela.

"Viu que desastre?", ela diz de supetão, apontando para o jardim, como para desviar de si o olhar insistente dele.

René se faz de espantado, muito embora, ao percorrer os poucos metros entre a cancela do jardim e a casa, tenha notado o estado de abandono da entrada. O mato chega à metade da panturrilha, em meio a ele cresceram espigas verdes e algumas papoulas bravias com cara de venenosas, a sebe que corre ao longo da cerca da rua está cheia de irregularidades e de tufos fora de controle.

"Eu tinha dito a ele que não devíamos morar numa casa como esta. Mas para ele era uma espécie de fixação. Seus pais moravam numa casa parecida. Salvo sempre quis reproduzir sua vida de antes, me deixava louca com isso. No verão, vai virar uma selva, aqui."

"Ninguém te ajuda?"

Apesar de terem marcado o encontro, Flavia não se maquiara, e os cabelos presos com um elástico mereciam ser lavados. Mas nem tudo isso basta para deturpar seu rosto.

"Por uns tempos, o pai dele aparecia. Cuidava de tudo. Mas depois do incidente sempre queria falar do Salvo. Me segurava horas na cozinha, era irritante. Disse a ele pra esquecer", faz uma pausa. "Tenho certeza de que ele queria mesmo é me controlar. Não tem nenhum direito."

"Eu poderia te ajudar. A dar um trato no gramado, quero dizer." Fala aquilo por um impulso e logo é tomado pelo medo de ter dado um passo em falso, como que em direção a uma areia movediça.

Flavia olha-o nos olhos por uma fração de segundo, com um misto de ternura e de piedade. O cigarro arde entre seus dedos. "Esqueça, René. Agradeço ainda assim."

"Faria isso com prazer."

"Faria por compaixão."

"Não é verdade. E mesmo que fosse, não haveria mal nenhum na compaixão."

"Se você cortar a grama desta vez, daqui a um mês o jardim vai estar nas mesmas condições e eu, de novo com o problema no colo. Então não saberei quem chamar e telefonarei pra você, que não ousará dizer não a uma viúva desesperada, mas já não terá tanta vontade. E assim a cada mês, até você se cansar e inventar uma desculpa pra não vir. Você se sentirá culpado e eu, desamparada. Tratemos de evitar essa enrascada, René. Infelizmente, a grama não para nunca de crescer. Não podemos fazer nada." Interrompe-se por um instante, depois acrescenta: "E não é culpa sua se Salvo está morto".

O sargento sente uma pontada no peito. Se ela soubesse! Se soubesse quanto se engana e quantos quilômetros de grama ele teria de aparar para ressarci-la do que tomou dela. Precisaria derrubar uma floresta com um canivete. "E se eu não quisesse evitá-la?", insiste.

Flavia sacode da malha um cisco de cinza. "Você sabe usar o cortador de grama?"

"Me diga onde está. Te mostro já."

Ela sopra a fumaça para o alto. "Não, agora não. Hoje não é o dia do gramado."

"E quando seria?"

"Sábado de manhã", esmaga no cinzeiro o cigarro pela metade e se levanta, como se de repente fosse tarde e quisesses encerrar a visita. "Vai ter tempo pra mudar de ideia, em todo caso. Não precisa me avisar. Peço que não o faça."

Mas René não é do tipo que tira o corpo fora. Leva a sério a promessa — aliás, nos dias que antecedem não pensa em outra coisa. Sábado aparece cedinho na casa dos Camporesi. Flavia ainda está de penhoar. Tinha esquecido do compromisso, ele registra o esquecimento com um desapontamento inesperado.

Havia mentido para ela: nunca tinha se dedicado à jardinagem antes, sempre morou em apartamento. De qualquer modo, não lhe parece uma tarefa difícil. Confiando em certos filmes que estudou na internet, põe mãos à obra.

Percorre o gramado com o cortador, numa direção e na direção oposta. Imaginava que apareceriam faixas de diversas tonalidades, como nos campos de futebol, mas alguma coisa não dá certo. Deve haver uma técnica especial que ele ignora. Percebe que Flavia o observa da varanda, o olhar sonhador, como se estivesse vendo os movimentos de outra pessoa. Agora veste uma malha decotada, sem sutiã. Está de pé bem no ponto em que a luz do sol incide diretamente no seu rosto. "Nunca fez isso, não é?", diz.

René avalia a porção de jardim por onde já passou. Agora que ela disse aquilo, tem de admitir que o resultado é um bocado decepcionante. "Dá pra ver?"

Flavia sorri. "Em todo caso está melhor que antes."

Vai acabar acontecendo que fica para o almoço e durante uma boa parte da tarde. Depois, como da primeira vez, Flavia tem uma mudança repentina de humor e o dispensa apressadamente, sem aviso prévio. Promete que o chamará se precisar de novo de ajuda, mas, pelo modo como diz, não parece que tenha a menor intenção de fazê-lo.

Guiando de volta para casa, René sente-se desnorteado. O dia tomou um rumo imprevisto. Resta-lhe um pedaço de tarde para ocupar — em casa o espera o nível oito do Halo —, mas acredita que não vai poder se concentrar no jogo. Tem o pressentimento de que tudo o que conseguirá fazer é se refestelar na nostalgia vergonhosa e perigosíssima que se propagou dentro de si desde que fechou a cancela do jardim, a saudade do jardim de um dos seus soldados caídos e da mulher intratável, de pé na varanda.

Movido pela mesma nostalgia, dois dias depois falta ao encontro esportivo com Pecone para se emboscar no carro, espreitando a casa de Flavia Camporesi. Fica ali até o dia clarear, vendo as luzes que se acendem e se apagam e se perguntando se, afinal de contas, os meses no vale não o endoidaram.

Volta na noite seguinte e na outra. Logo os plantões noturnos perto da casa de Flavia se tornam a continuação normal dos dias de caserna, tanto que, a partir de certo ponto, até leva o jantar. Estaciona perto o bastante para ver tudo e suficientemente longe para não ser notado. Não sabe o que procura. Basta avistar Flavia atrás de uma cortina, ou seu filho, roubar um instante da convulsionada intimidade familiar deles, para se sentir melhor e ao mesmo tempo renovar a apreensão que o mantém preso ali. Como se precisasse se certificar continuamente de que nada de mal havia acontecido com aquelas duas criaturas indefesas. Quanto ao arrebatamento físico que sente pela viúva Camporesi, não tem nada a ver com a paixão por certas moças que às vezes experimentou muito tempo atrás, quando adolescente. É um sentimento mais complicado, que não consegue, nem quer, decifrar.

Enquanto está sentado no carro, com o rádio desligado, seus pensamentos não se concentram em nada, mas são quase sempre os mesmos: o telefonema atrasado a Rosanna Vitale, os sacos de lixo contendo os rapazes, o pequeno Gabriele que acaba se decidindo a imitá-lo — se inclina como ele, de joelhos, e cata as folhas mortas debaixo da sebe, uma de cada vez, porque suas mãozinhas não podem pegar mais.

A rotina contumaz do sargento vai por água abaixo, e ele está pouco se lixando. Quer montar guarda, mais nada. Leva em conta que, mais cedo ou mais tarde, um carro da polícia pode aparecer e lhe pedir explicações para aquelas demoradíssimas paradas, mas não há a menor possibilidade de que renuncie a se encontrar nas proximidades da casa de reboco roxo que Salvatore havia comprado para prolongar sua vida de menino. Ainda falta muito, demais, para o dia em que terá de se ocupar do gramado e nesse meio-tempo não pode se comportar de outro modo para manter a inquietude sob controle. A grama não para nunca de crescer, mas não muito depressa.

Recebe o telefonema de uma velha conhecida, Valeria S., uma cliente dos tempos em que arredondava o soldo. Nenhuma o procurou antes dela. Durante os meses de ausência elas devem ter arranjado um substituto, ou souberam do incidente e decidiram se manter ao largo. Aceita o compromisso, por sua costumeira e imbatível cortesia, e também porque tem vontade de fazer sexo (a última vez foi com uma mulher grávida dele, numa encarnação anterior).

Chegando à porta desconfia que se perfumou demais, um sinal de insegurança, indício evidente de que está destreinado. Não tem importância, com as roupas desaparecerá boa parte do cheiro. Valeria S. vai logo ao que interessa. Agarram-se quando ainda estão na sala. Algo de famélico e desesperado os aproxima. A mulher tem um belo corpo sinuoso e, depois de se desfazer da camiseta, se curva para trás apoiando-se no braço dele e oferecendo seus seios duros à boca de René. Nenhum movimento errado, nenhum olhar a mais interrompe a migração apressada para o quarto. Eles se arrastam e se beijam e se erguem e se acariciam sem se soltarem um só instante. Nem mesmo o incômodo de pôr um preservativo compromete a harmonia, René dá conta disso com uma só mão, enquanto a distrai.

Até aí, tudo bem. Está representando, mas é uma atuação tão batida que não lhe dá trabalho. Imobiliza Valeria debaixo de si. Ela mantém os olhos fechados e no rosto uma expressão ambígua. Pede um pouco de dor e ele a concede. Comprime o bico de um seio entre os incisivos até ela soltar um grito. Arrisca até um tapa na cara dela.

Mas quando a transa alcança o ritmo repetitivo da penetração, ele intui que tem alguma coisa errada. Parece ver Valeria diminuir, deslizar para longe dele. Mas podia ser o contrário também, ele é que podia estar se afastando. A mulher, a um palmo dos seus olhos, se torna um objeto opaco, os ruídos do quarto se abafam.

Um grumo negro se adensa no peito do sargento e sobe ao seu pescoço. Nunca lhe aconteceu nada parecido antes de hoje, e no entanto seu corpo parece conservar uma experiência antiga do que está acontecendo. De repente tem certeza de que não chegará ao orgasmo, que em poucos segundos será inclusive insuportável continuar. E, no instante exato em que pensa isso, a premonição se manifesta na altura das suas virilhas.

Mais tarde, Valeria insiste em que aceite o dinheiro mesmo assim. O raciocínio que ela avança não tem falhas: "Se você não gozou, mas eu sim, o serviço valeu do mesmo modo".

René está hesitante, arrasado, mais que pela vergonha, pelo resíduo de angústia que se apossou dele pouco antes, no quarto de dormir. Acertam pela metade do valor: meio pagamento por meio coito parece honesto. Antes de se despedir dele, a moça lhe sapeca um derradeiro consolo: "É natural, René. Depois do que você passou. Você vai voltar a ser o homem de antes, vai ver".

Mas o problema era justamente esse, pensa René se precipitando escada abaixo para se poupar pelo menos do embaraço de esperar estático o elevador: será que quer mesmo voltar a ser o homem de antes? E quem, caramba, era o homem de antes?

Para de correr de manhã, de levantar peso na academia, para de dar voltas de motocicleta. Agora não faz nada além de espiar Flavia Camporesi e seu filho. Dá-se conta de como é arriscado, mas não consegue resistir à necessidade tormentosa, dramática, de ter diante dos seus olhos aquela família amputada. As persianas de enrolar levantadas de manhã e baixadas de noite, a infalibilidade com que Flavia pega Gabriele pela mão mal ultrapassam a cancela do jardim, seu modo excessivamente cauteloso de sair com o carro da garagem e a olhada que logo depois lança no retrovisor para verificar como está seu rosto, tudo isso é o calmante e ao mesmo tempo o combustível do seu mal-estar.

De vez em quando, com uma frequência cada vez maior, René ousa sair à rua e tocar a campainha. Flavia o recebe, mas às vezes volta a sentar no sofá e se esquece dele. Ainda está imersa no descaso viscoso do primeiro dia. Desde que o calor úmido se abateu sobre Belluno, ela não veste mais que uma camisola de algodão, sempre a mesma, bem curta nas coxas e com alças que escorregam o tempo todo até o cotovelo, deixando parte do seio descoberta. Na maioria das vezes nem percebe. René sente-se atraído pela nudez de Flavia com uma força que não consegue conter. Se a observa demoradamente, é obrigado a se levantar, arranjar o que fazer com as mãos ou enxaguar o rosto com água fria.

O que lhe passa pela cabeça? Como foi parar dentro daquela casa? Aquela é a mulher de um dos seus homens, é material proibido, zona vermelha. Estava acostumado a governar os instintos eróticos, a dirigi-los como faz com seus braços, com as armas de fogo, com o volante de couro do seu carro alemão, mas agora eles se misturam a um sentimento de culpa e de vergonha que os amplifica e confunde. Sente-se fora de controle. E o fracasso com Valeria S. pôs em questão os próprios fundamentos da sua virilidade. Teme que a travessia do vale o tenha transformado num desses indivíduos equívocos que espiam a carnalidade de longe, sem coragem de participar — um voyeur, um impotente. E no entanto já passaram três meses de quando falava com Flavia na varanda e desde então não houve nenhuma evolução.

Inexplicavelmente, e a despeito de todas as cautelas, algo transpira sobre suas visitas. Um dia, no refeitório, Zampieri senta à sua frente. "Escute aqui, sargento. Dizem que você está tendo um caso com a mulher do Campo, é verdade?"

"Não."

"Mas dizem que é."

"Dou uma mãozinha a ela com o jardim. Ficou sozinha."

Zampieri tamborila no lábio inferior com o garfo. "E você acha sinceramente que isso é uma coisa decente de se fazer?"

"Você está por fora, Zampa."

"Vi uma vez um filme em que acontecia uma coisa parecida. Acabava muito mal."

Não tem certeza, mas lhe parece que depois daquele dia os rapazes tendem a evitá-lo. Faz força para não pensar no assunto. Não fez nada de errado, só ofereceu ajuda a uma mãe em dificuldade. Quanto às motivações que o levam a tanta solicitude, ninguém é capaz de adivinhá-las, muito menos de compreendê-las, só dizem respeito a ele.

Pode ser também que os rapazes estejam abalados por outros motivos. Chegaram os substitutos vindos de outras companhias e até agora o empenho de René não bastou para criar um clima de colaboração. Ele mesmo, de início, se mostrou reticente em relação a eles, teve dificuldade de memorizar seus nomes, pedia o tempo todo para repetirem, e isso não deve tê-los feito se sentir bem-aceitos. Os veteranos comem num canto, os novatos noutro. Os veteranos treinam num canto, os novatos noutro. Os veteranos consideram que os novatos não são capazes de entender picas daquilo por que passaram — e provavelmente têm razão —, os novatos não consideram isso um bom motivo para ser maltratados e encontram modos originais para manifestar que o mal-estar é recíproco. O panorama geral é frustrante. O sargento tinha grandes projetos para seu pelotão, estava convencido de que cresceria em destreza e brilho, e em vez disso ele se encontra em pleno colapso.

Talvez a própria intromissão de Zampieri é que tenha lhe dado o impulso que faltava, que o tenha tornado um pouco mais atrevido também. Uma tarde propõe a Flavia o que está matutando há semanas, mas como se tivesse acabado de ter a ideia: "Topa ir comer fora, só nós dois, uma noite dessas?".

Ela emerge de um dos seus estados de ausência. Olha para René como se fosse um desconhecido que houvesse entrado de supetão, um quê de repúdio franze sua boca, depois sai da sala sem dizer nada. Na hora da despedida, ordena glacialmente que não volte nunca mais.

Todo ano em fins de julho o quartel de Belluno organiza torneios esportivos. Os seiscentos soldados que participam não o fazem por imposição, mas tampouco para se divertir; o fato é que as atividades extracurriculares contam ponto para progredirem na carreira. As competições atraem jornalistas da imprensa local e vários patrocinadores, dispostos a oferecer prêmios apetitosos em troca de terem sua marca estampada em letras garrafais nos coletes. Em torno do evento, também se desenrola um animado movimento de apostas; Ballesio está a par e não faz nada para impedir a atividade clandestina, porque considera o jogo de azar, tal como os outros vícios masculinos, parte do pedigree de todo bom militar.

Este ano se espalhou o boato de que o coronel apostou vinte euros em Masiero no biatlo de verão. Os agenciadores de apostas, entre os quais Enrico di Salvo, oferecem três para um no capitão, o favorito absoluto, enquanto René, que sempre fora um digno rival, está cotado com apenas nove. A cotação do sargento é sintomática da sua condição psicofísica: engordou visivelmente, está fora de forma, nervoso. Nenhum dos seus rapazes apostou um centavo que fosse na sua vitória, e ele sabe disso.

Portanto, sua recuperação na segunda metade da competição o deixa atônito. Sem maior esforço, René se vê superando

Masiero por algumas dezenas de metros e totaliza uma pontuação superior à dele no tiro ao alvo, acertando quatro silhuetas bem no coração. É a primeira vez que vence aquela prova idiota e a primeira em que não dá a menor importância a isso.

Mas no pódio saboreia a satisfação de estar acima da careca do capitão. Os soldados aplaudem na arquibancada e o grupo dos seus rapazes é bem reconhecível, porque parecem enlouquecidos. Mesmo à distância, o sargento tem a impressão de que aquilo era o primeiro motivo de orgulho compartilhado pelo seu novo e desunido pelotão.

"Parabéns, sargento", rosna Masiero.

René percebe que está com a mão suada. "Parabéns ao senhor também, capitão."

Ballesio premia o terceiro colocado com um rádio despertador que projeta a hora na parede. A Masiero, além da medalha, cabe um relógio Suunto de pulso, à prova d'água, de aço, com o quadrante largo e um sem-fim de funções. Deve custar no mínimo trezentos euros. Seu prêmio, considera René, deve ser ainda mais valoroso.

Abaixa a cabeça e deixa o comandante circundar seu pescoço com a medalha folheada a ouro. Depois abre o pacote. Sente o olhar frio de Masiero cravado nele e do alto sente dó do capitão, porque ainda sofre com aquele inútil resultado.

A ele também, primeiro colocado, cabe um relógio: um mísero Swatch de plástico, com a pulseira decorada com um desenho verde e preto. Incrédulo, René interroga com os olhos Ballesio, que finge não entender. Depois se volta para Masiero, o capitão sorri para ele: sempre há algo de novo a se aprender sobre o comando.

No entanto, seu prêmio de consolação não se faz por esperar. É uma noite asfixiante e já passa da uma, René se encontra postado na rua, porque a luz do quarto de Flavia continua acesa.

Está quase fechando os olhos — não seria a primeira vez que adormece no carro, para acordar ao raiar do dia, todo dolorido —, quando o interior do automóvel se ilumina com uma luz de um azul elétrico. Um instante depois seu celular se mexe no assento vazio do passageiro, junto dos restos da quentinha do jantar. Na tela aparece o nome *Flavia*.

O sargento apura os ouvidos para captar a sirene da polícia se aproximando, mas não ouve nada. "Alô?"

"Ainda está aí fora?"

René, o estrategista, René, o homem cheio de manhas, que há menos de um ano partia para uma missão destinada a se transformar num banho de sangue, teria respondido que não; depois, com prudência, do lugar incriminado teria se dirigido para um esconderijo seguro. Mas essa sua nova versão desnorteada não consegue deixar de dizer a verdade: "Estou, mas se você quiser vou embora".

"Não. Fique mais um pouco."

"Não consegue dormir?"

"Quase nunca. No outono passado eu vivia como se também estivesse no Afeganistão, agora acho que estou um pouco destrambelhada. Sabe qual é o fuso horário dos mortos?"

"Não."

"Desculpe. Foi uma pergunta infeliz."

"Não tem por que se desculpar."

"Você foi ótimo na competição de domingo."

"Quem te disse?"

"Eu estava lá. O Gabriele apontava pra você quando foi premiado. Acho que reconheceu o homem do cortador de grama."

"Já está na hora de passá-lo outra vez."

Flavia ignora o comentário. "Alguém se queixou do monte de guimbas que encontra todas as manhãs na calçada. Você devia usar o cinzeiro."

"Está bem. Vou me lembrar disso."

"O Salvo contava que havia dias em que sua roupa fedia tanto, tanto a cigarro, que era impossível ficar perto de você."

"Acho que ele tinha razão."

"Você ainda sai com aquelas solteironas?"

A pergunta chega à queima-roupa. René faz um esforço para conter o desconcerto. "Não sei de que está falando."

"Olhe, o Salvo me contou do seu segundo trabalho. E então, ainda sai?"

"Não. E em todo caso não eram solteironas. Eram só amigas."

"Quanto você cobra?"

"Não estou a fim de falar nisso."

"Ande, sou curiosa, me diga quanto você cobra."

"Depende."

"De quê?"

"Se são mais ou menos abonadas."

Flavia dá uma gargalhada. René afasta o celular alguns centímetros do ouvido.

"Que altruísmo! E se eu te contratasse?"

"Não brinque."

"Mãe jovem com pensão do marido morto. Você tem que ser generoso."

"Pare com isso."

"Cinquenta? Cem? Até cem eu posso pagar."

"Não irei pra cama com você."

"E por que não?", ela muda de tom bruscamente. "Quer dizer que é verdade que sou um lixo."

"Não é isso."

"Ah, não?"

"Você é…", mas não sabe como concluir.

"A mulher do Salvo? Uma viúva? É uma deontologia bizarra. Como não dito, em todo caso", de repente é agressiva. Faz uma pausa, como para se controlar. "Vou dormir."

Será que suas intenções são sérias? Que ela quer mesmo convidá-lo a entrar em casa? Não faz muito o enxotou por ter ousado falar de um jantar e agora cogita fazer sexo com ele. Talvez esteja apenas de gozação, mas René não consegue se impedir de explorar aquela eventualidade: "Mas se você...", arrisca.

"Cem euros é muito pra mim, neste momento", Flavia replica apressadamente.

"Não temos que discutir dinheiro."

"Temos sim."

Sua cabeça gira. Está acertando um serviço com a mulher do homem que ele deixou morrer. "Trinta está bom", diz sem pensar.

"Não estou te pedindo caridade."

"Cinquenta então."

É assim que se encontra, ainda incrédulo, a usurpar a cama de um soldado seu. Estão no escuro completo, dentro de um quarto tórrido que René nunca vira à luz do dia. Flavia está deitada de barriga para baixo, nua e de pernas fechadas, como se aguardasse um castigo. Nunca havia acontecido de René tremer antes de se aproximar de uma mulher. Será que teme falhar de novo? Ou é a circunstância tão insólita que o aterroriza? Fantasiou tanto sobre esse momento que a excitação, pega desprevenida, pena para se manifestar.

Tergiversa. Flavia não se mexe, não o incentiva. Do jeito que está imóvel, podia até estar adormecida, se sua presença desperta não fosse evidente. Quando René beija seu pescoço, sacode com violência a cabeça, se rebelando. Então ele toca suas costas ao longo da coluna, para ganhar tempo, mas Flavia repele todo tipo de preliminares suas. Agarra a mão dele, puxa-o para si. Quer ser apenas um corpo, não uma pessoa, quer ser a enésima cliente anônima da sua dupla profissão. René é invadido pela tristeza. Em frente, sargento, isso é tudo o que esperam de você.

Mas não, é ela mesma, Flavia Camporesi, a mulher na qual agora está deslizando. E na transa deles não há nada que se pareça com as trepadas, todas iguais, calculadas, que deu com Valeria S., Rosanna Vitale, Cristina M., Dora, Beatrice T. e dezenas de outras mais, cujos nomes esqueceu. Pela primeira vez na vida, René está fazendo amor com todos os músculos ao mesmo tempo, não só com a bacia, e sua cabeça não é capaz de formular pensamentos coerentes.

Fecha os olhos, para retomar o controle, mas é acometido por uma rajada de relâmpagos vermelhos, ofuscantes, há tiros e explosões por toda parte. Então volta ao quarto, sem reduzir um só segundo seus movimentos. Não é assim que se faz, não é o que as clientes querem, não é para isso que pagam, seu orgasmo já está bem próximo, não tem como detê-lo. Flavia está com o rosto comprimido contra o colchão, está arquejando, ou chorando, René não sabe, mas empurra a cabeça dela mais para baixo, como se pudesse mergulhá-la no lençol. Em menos de um minuto se entrega, enquanto o vermelho das explosões extravasa das pálpebras e inunda o quarto.

Somente mais tarde, quando ainda estão deitados, sem nenhuma parte do corpo em contato, Flavia volta a falar. Não gasta uma única frase para definir o que acaba de acontecer, para considerar suas implicações ou se justificar. Quer, em vez disso, saber do deserto, como eram os dias e quanto duravam os turnos de sentinela, o que comiam e quem o levou a cometer a imprudência de se afastar da base, como se estivesse dirigindo aquelas perguntas a Salvatore, numa noite qualquer. Quer saber se o marido continuava usando barbinha curta ou se às vezes a raspava, e quanto, e por que motivo.

René lhe faz saber, com paciência. Experimenta uma milagrosa falta de embaraço ao evocar o colega, bem ali, na sua metade de cama, depois de outra performance que segundo o velho critério deveria avaliar como péssima, mas que, ao contrário, o satisfez em todas as terminações nervosas. Com um distanciamento igualmente inesperado, se dá conta de ter roubado o lugar de Salvatore Camporesi, de novo.

Na noite seguinte, dentro do BMW climatizado, espera um sinal. Tudo se repete na mesma ordem: fazem sexo como estranhos, hipnotizados e empapados de suor, e depois que esvaziam os corpos da angústia se põem a falar. Continua assim o resto do verão.

No dia 6 de agosto Flavia o espreme sobre os detalhes da operação Mother Bear e, quando se depara com sua reticência, tem um acesso de raiva e o acusa de estar impregnado de regras idiotas, como todos os outros. No dia 9 de agosto conta quanta ansiedade Salvo trazia dentro de si, comprimida, e de como só a liberava de noite, depois de adormecer, por meio de violentos sobressaltos musculares. Ele tinha notado isso? Não, não mesmo. No dia 28 de agosto insiste sobre uma pulseira de couro de que, obviamente, René não se lembra. Mesmo assim jura tê-la visto no pulso de Salvatore todos os dias que passou na FOB, claro, todos os dias, nunca a tirava. Vê-se obrigado a mentir com frequência, principalmente quando ela insiste sobre a questão do corpo, que não lhe permitiram ver (31 de agosto; 7, 9 de setembro), mas o que mais poderia lhe contar, que não tinham certeza de que os restos fossem mesmo de Salvatore e que, em todo caso, não havia vestígio das suas mãos nem dos seus olhos? Que seu marido foi misturado com os outros? No dia 13 de setembro, Flavia lhe dá uma lição sobre a responsabilidade e sobre as consequências que o afeto de quem nos rodeia tem sobre cada um de nós, quer se reconheça isso, quer não. René finge compreender. No dia 26 de setembro grita que vá embora e ameaça chamar a polícia, o que quer dela, hein? Não há nada de bom ali, só dor, que pegue seu maldito carro e vá procurar uma mulher alegre, bem longe daquela mercadoria avariada. René suporta o desabafo com amargor, mas pela primeira vez contemplam a possibilidade de que na convivência dos dois haja algo mais que a solidão e o luto.

No dia 30 de setembro, o sargento fica até de manhã, porque Gabriele está com febre e Flavia se sente insegura. No meio da noite o garoto o acorda chorando. Urinou na cama. René o segura nos braços enquanto a mãe o limpa. O corpo do menino é liso e macio, como que abandonado. No dia 5 de outubro, tem a maior trabalheira para dissuadir Flavia da ideia de que a culpa do sucedido é toda de Zampieri e da sua barbeiragem. Sabe-se lá como aquilo lhe veio à cabeça, provavelmente ele mesmo é que sugeriu a hipótese ao apresentar sua versão dos dias no vale. Outras noites simplesmente a ouve chorar e, então, não procura contê-la.

No dia 18 de novembro ainda estão acordados, ouvindo o ronco de uma tempestade do lado de fora. René nota que alguma coisa mudou. Contou tudo a ela — tudo o que podia —, não resta um só canto da FOB inexplorado para Flavia. Poderia lhe dar um beijo e ir embora para sempre, sabe que ela não procuraria detê-lo. Em vez disso, recobra a coragem de convidá-la para jantar. Ela responde depois de um longo silêncio: "Você sabe aonde isso vai nos levar".

"Acho que sim."

"Não sabe não. Não sou sozinha, René. Tenho um filho, não sei se percebeu."

"Eu gosto do Gabriele."

"O problema não é se você gosta dele, mas se ele gosta de você. Viu? Já errou."

"Posso corrigir o erro."

"Você não sabe de nada."

"Sei o que preciso saber."

"René, é melhor ficarmos longe desse rolo."

Uma pedra de gelo bate na janela e se parte, sem machucar ninguém nem trincar o vidro. "E se eu não quiser ficar?"

Flavia hesita. "Se quiser morar comigo, primeiro tem de largar o Exército."

"Sabe que não posso."

"Então eu também não posso. Não quero ter mais nada a ver com a guerra."

"Flavia…"

"Ou me promete isso agora, ou vá embora e a partir de amanhã não apareça mais."

O sargento René está pronto para replicar. A Arma é toda a sua vida, se sacrificou anos para chegar onde chegou. Abre a boca para protestar, mas de repente todas as suas aspirações perderam a importância. As estrelas guias que o conduziram desde os albores da juventude até aqui, no quarto de uma mulher que não lhe pertence e do seu filho silencioso, todas essas estrelas estão agora tumultuadas, irreconhecíveis. René está pronto para abandoná-las no mesmo instante.

Vai voltar a ser o homem de antes. O que aconteceu com aquele homem? Evaporou-se ou tirou férias longuíssimas. Com toda certeza, não está ali com ele. O sargento enxerga diante de si um futuro em branco, a ser preenchido.

"Está bem", diz, "vou fazer o que for preciso."

A evolução da espécie

"Porque, viu, você é jovem e novo aqui, ainda não sabe como é no pelotão e não só isso — agora tudo te parece perfeitamente claro, você tem seu projeto, diz vou fazer isto e aquilo e chegarei direto aonde quero, quem sabe pense que acabará sargento, ou tenente, não é? — quanto levanta na academia? — noventa é razoável, não é o máximo, mas é bastante bom pro seu físico, e no polígono de tiro, se vira bem? — eu te vi, sim, você tende a relaxar o pé de apoio e andar pra trás, sempre atira alto demais, mas é um defeito que dá pra corrigir, basta aprender alguns truques — porém há duas ou três coisas muito mais importantes que você não sabe, a primeira é que você nunca vai ser quem gostaria de ser, meta isso na cabeça — é um troço difícil de digerir, mas a gente tem que se acostumar a ele mais cedo ou mais tarde, é melhor saber, é como olhar longe demais, saca? — se não for comer o frango todo, dê pra mim, bote aqui — escute, toda arma tem seu alcance e você tem que sacar qual é o da sua, deve mirar no alvo certo, porque pelo menos não vai desperdiçar tiros e vai ficar sabendo quando o filho da puta que quer te apagar

está bastante perto pra abrir fogo — manter os pés firmes já é uma boa vantagem — posso te dar uma mãozinha, se quiser, veja como faço — tem uma garota?, isso é importante, serve para te manter ligado, tinha um rapaz aqui antes de você, você se parece um pouco com ele — bom, esse cara era parecido com você, também tinha a cabeça comprida tipo berinjela e os olhos — não sei, vocês têm alguma coisa em comum, sei lá o quê, mas o caso é que ele era um fracasso completo com as garotas, tímido demais, e a timidez fodeu com ele, quer dizer, da vida ele não provou as coisas mais gostosas, está me entendendo?, daí é muito positivo você ter uma garota, é um bom começo — se precisar de conselhos a esse respeito, é só falar com o papai aqui, centro de informações Cederna, aberto dia e noite, saca? — podemos ir tomar uma cervejinha uma noite dessas, conheço um lugar nada mal, tem quinhentos rótulos diferentes, marcas boas, importadas da Bélgica e da Alemanha — vai ver que é porque você ainda não experimentou aquela que desce bem, lá na certa vai encontrar uma, tem até cerveja inglesa — mas também pode beber outra coisa, não servem só cerveja, caralho, assim batemos um papinho, te dou umas dicas — tá me gozando?, quem é ela?, controla sua agenda?, você ainda é moço demais pra se amarrar, dê tempo ao tempo, explore, acredite em mim, você precisa de alguém que te ensine como tratar as mulheres, se deixar que elas se espalhem demais você está ferrado — pegue outro doce pra mim, por favor — é, o mesmo — então vou te contar uma, ontem à noite eu estava com minha garota, a gente tinha acabado de, bom, você sabe — o que te interessa como ela se chama?
— Agnese, se chama Agnese, satisfeito?, vai entender que diferença faz agora que eu te disse —, bom, a gente tinha acabado e eu não sei o que me deu, sabe como acontece, naqueles momentos da gente, homem, quando você não está a fim de ficar ali fazendo carinhos e babaquices do gênero, quando você não

aguenta ficar trancado naquele quarto nem mais um minuto porque corre o risco de morrer sufocado, sabe como é, não sabe? — você nem faz ideia do que estou dizendo, dá pra ver nos seus olhos — não, não sabe não, mas isso também acontecia comigo antes, sempre fui... bom, deixa pra lá — não, não tem nada a ver com brochar, será que você não está me ouvindo, caramba?, isso acontece depois, *depois*, quando ela espera que você a abrace e lhe diga coisas íntimas, carinhosas, enfim, chega um ponto em que você não está mais a fim de continuar agarrado a outro corpo, porque o que ela espera de você é demais, isso te parece absurdo, eu sei, mas acontece, é uma evolução natural, uma coisa física, você tem necessidade de ficar em paz — fui embora, simplesmente, pus os sapatos e a camisa e me mandei, caí fora, fui tomar ar, respirar um pouco o cheiro da noite que nesta estação é fantástico, você precisa sair e senti-lo nessas noites, te dá gás — faz um tempo aluguei uma cabana no vale, era um período em que eu não queria ver ninguém, a Agnese e eu tínhamos dado um tempo e eu estava lá por causa dos meus problemas, recarregando minhas baterias, só que não tinha aquecimento, e quando chegou o inverno com toda aquela maldita neve eu não podia nem chegar ao quartel — sim, congelou até o encanamento, uma zona — bom, em todo caso vou passar a noite lá, assunto meu, e hoje de manhã quando volto pra casa eu a encontro sentada no sofá pê da vida, a maluca tinha ficado ali o tempo todo, já pensou?, no sofá, esperando, estava com os olhos roxos de tanto chorar — ela me diz, se isso acontecer outra vez, eu é que vou embora, entendeu, e eu não, não entendi, cale a boca — é assim que se faz — vamos nos casar no ano que vem — você diz isso porque é jovem e ainda não sabe de nada, quantos anos disse que tem? — exatamente, espere chegar aos trinta pra ver como muda, os trinta é que te põem contra a parede e apontam uma pistola pra sua cabeça, assim — desculpe, não queria te machucar, sei que você é delicado — poderia te chamar assim, delicadeza, o que acha, ou então cabeça de berinjela — vamos sair, tem trocados pro café?, estou sem moedas — em todo caso trinta anos é a idade mais fodida da vida, porque você já tem verdadeiras — responsabilidades, isso, responsabilidades de que não está nem um pouco a fim, mas das quais não pode se livrar, é o momento em que tem que constituir família e ir em frente com todo o resto, os filhos etc., senão fica tarde demais e você não obedeceu às exigências da espécie — a espécie humana, rapaz, a gente tem que chegar aos trinta preparados, tem que ser — tem que ser centrado — e realista, sabe o que significa realista?, significa que não engulo as histórias de ninguém, que não tenho a ilusão de que tudo é lindo, vejo as coisas como elas são e decido minha história — no fim das contas é uma questão de ter colhões, os que não têm não resistem, é a evolução, como disse Darwin — traga um daqueles pra mim, de chocolate, depois te dou o dinheiro — tem um monte de gente que depois dos trinta pira, você nem imagina, olhe o chefe do nosso antigo pelotão — não, você não o conheceu, foi antes de você chegar — já disse que você não conhece, caralho, se chama René, sargento René, satisfeito agora?, olhe só o que ele fez, foi se meter com uma família que não era dele, se juntou com uma mulher que tem um filho — um filho *que não é dele*, cabeça de berinjela — porque não é natural, me parece claro, por uma noite vá lá, mas se juntar — aquele puto ficou com a família de outro, a família de um morto e agora finge que é dele — nunca mais se mostrou por aí de vergonha, raça de oportunista infame — trabalha de garçom num restaurante, uma birosca, nunca vou pôr os pés lá, garanto — onde eu estava mesmo?, estava te explicando uma coisa importante — me dá um cigarro — ah é, trinta anos, é que não é nada fácil e não é como você esperava, está me entendendo?, e se agora te parece cem por cento claro, como se você pudesse controlar tudo e dizer, ei, pessoas, olhem aqui, olhem como estou bem, e se iludir pensando que seguirá o caminho certo, bom, a gente volta a falar nesse assunto daqui a dez anos, campeão, e veremos se eu não te disse a verdade nojenta, a gente se encontra de novo aqui mesmo e você vai me dizer, sabe, cabo Cederna?, você tinha toda razão, puta merda, a vida me deu um belo pé na bunda e me levou aonde eu nunca teria pensado — ela não tem nada a ver, senão por que me casaria? — em todo caso, se você precisar de conselhos pode vir me ver, eu não sou de tirar o corpo fora, posso te dar uma mão, quem sabe a gente vai tomar a tal cerveja juntos — esta noite, o que acha? — amanhã? — bom, quando você quiser, estou sempre disponível — não, é que não tenho muito o que fazer de noite — porque uma porção de coisas perdem o gosto, é por isso, e você não pode fazer nada, se antes tinha vontade de sair e encontrar um milhão de pirados como você e toda vez que estava de licença só pensava em encher a cara o máximo possível, depois não tem mais vontade — não é *você*, é seu corpo que mudou, é a evolução, caralho, ela manda você acabar com todas aquelas babaquices, sabe quanto eu levantava na sua idade?, chuta — não senhor, sessenta em cada braço, total cento e vinte, duas séries de dez, e acho que ainda levanto, mas não me dá mais vontade, entende? — e em todo caso são noites demais, uma depois da outra, uma depois da outra, em seguida, você nunca sabe como ocupá-las — vai ver uma porrada de coisas, meu caro, coisas que nunca mais vai conseguir tirar da cabeça, você é jovem, mal começou."

Outras montanhas

A comissão disciplinar, como é pomposamente definida na convocação, é composta por três membros. Dois são externos: um major e outro oficial que não traz galões na farda, ambos com sotaque do Sul — Egitto não os conhece. O presidente sentado no meio é o coronel Matteo Caracciolo, com o qual tem uma relação de velha data, a ponto de podê-la confundir facilmente com a amizade, embora caracterizada por um certo e insuperável distanciamento. Pelo menos em palavras, Caracciolo está do seu lado. É para deixar as coisas nas mãos dele — disse isso ontem em particular —, tudo correrá bem, o incidente logo será absorvido (usou exatamente esse termo, *absorvido*, como se falasse de um traumatismo craniano). Logo depois, no entanto, se recusou a esclarecer a natureza exata das acusações, como se isso o embaraçasse — mas é claro que Egitto podia dormir tranquilo!, eram bobagens, as costumeiras minúcias típicas da Arma.

Diante dos outros membros, o coronel continua a se dirigir a ele tratando-o de você, mesmo que pareça não agradar àqueles a falta de formalismo. Abriu a audiência deixando claro que acha totalmente insensato revolver circunstâncias que remontavam a mais de um ano antes, quando já se fala de uma nova missão para sua brigada. Mas o que podem fazer? Os tempos da burocracia não coincidem necessariamente com os dos seres humanos; aliás, quase nunca coincidem.

Na sala exageradamente aquecida, ocupada quase inteiramente pela mesa retangular de madeira escura, pesa um manto bolorento. Egitto acaba fechando os olhos. A despeito do que lhe asseguraram, passou a noite em branco e agora se sente sem forças, aniquilado, com o mesmo mau humor dos piores dias anteriores ao tratamento. Teme que aquela não seja uma manhã adequada para uma investigação sobre ele — o cansaço o torna sempre pouco propenso ao compromisso. Além disso, agora já compreendeu que se sente atraído pela liberdade que a vida às vezes concede quando dá em poucos instantes uma guinada de cento e oitenta graus. Antes mesmo que entrem no âmago do assunto, tem certeza de que encontrará a maneira de bagunçar tudo.

O processo que foi aberto sobre ele diz respeito ao que ocorreu na FOB Ice no segundo semestre de permanência e o modo em que sua conduta pode ter em parte — Caracciolo salienta *em parte* — influído nos fatos de outubro. Egitto, se distraindo do resto, acompanha por um instante aquela expressão. Foi desse modo, portanto, que decidiram estabelecer uma distância em relação aos mortos do vale: *os fatos de outubro*, como se existissem fatos igualmente significativos em dezembro, abril, junho, agosto... ele se pergunta quais serão os fatos deste mês. Com certeza não terão nada a ver com a investigação em curso.

Caracciolo se apressa a enumerar suas ações meritórias, antes de passar para os aspectos — aqui faz uma longa pausa, procurando o adjetivo mais adequado e, depois de encontrá-lo, *controversos*, pede com o olhar a aprovação dos outros membros, que no entanto a negam —, antes de passar, ia dizendo, aos aspectos mais controversos. Cita o episódio do menino intoxicado pelo ópio que Egitto salvou por milagre, junto com outras ações menos emblemáticas, que vai romancear um pouco. Ele não lhe é particularmente grato por esse favor. Ouve e não ouve.

O major, encarregado de redigir as atas, move a mão sobre a folha com parcimônia. Essa apologia não lhe interessa, não é para cumprimentá-lo que se reuniram às dez da manhã desse dia leitoso. Anima-se, repentinamente, quando Caracciolo menciona o ferimento em combate do cabo Angelo Torsu. Para Egitto, é claro que chegaram ao ponto nodal da discussão.

A família do soldado — que consiste apenas no pai, junto com uma série de parentes menos próximos, tios e primos do primeiro ao terceiro grau, já que a sra. Torsu deixou há pouco de fazer parte dela — ofereceu denúncia contra o tenente. Tomando os depoimentos dos companheiros de Torsu, resultou que no momento da partida do comboio o cabo estava convalescendo de uma grave intoxicação alimentar, causada pelo consumo de carne local, em patente violação, entre outras, das normas de higiene (uma leviandade pela qual o médico encarregado deveria ser tido como responsável, muito embora, se apressa a pontualizar Caracciolo, essa imputação não seja objeto específico da sessão — todos os presentes compreendem que as exigências no teatro de guerra não podem ser avaliadas *a posteriori*, porque todos também já passaram por isso, todos sabem, não é?).

Mas o cabo Torsu... este é um problema e tanto. Sobretudo pela maneira como acabou. E é compreensível que agora a família procure um culpado, digamos até um bode expiatório (o major não anota a última frase, considerando-a, muito provavelmente, tendenciosa).

"Complica ainda mais o quadro", prossegue Caracciolo, "o relatório redigido por um observador neutro que se encontrava em visita à FOB nos dias em tela."

Egitto faz um movimento involuntário com os braços, o tipo de reação somática que deveria ser evitado num contexto como aquele. Agarra os joelhos com as mãos para se manter firme. O observador de que Caracciolo está falando de maneira tão misteriosa é na realidade *uma observadora*, mas tem a nítida sensação de ser o único na sala a saber disso. Decide guardar o detalhe para si.

No relatório de Irene Sammartino o tenente é descrito — e aqui o coronel cita textualmente — *num evidente estado de torpor, cansado, pouco lúcido*, o que explicaria sua *avaliação imprudente* das condições físicas do cabo Torsu. Caracciolo acrescenta, a título de comentário pessoal, que certo esgotamento lhe parece o mínimo, depois de meses e meses passados no inferno, e de novo o major que faz a averbação se interrompe, deixando de registrá-lo.

Por fim o coronel relembra a Egitto que aquela é uma reunião amistosa. Convida-o a tomar a palavra, mas ele ainda está absorto na imagem de Irene, que, sentada à escrivaninha dentro de uma sala na penumbra, digita velozmente e depois imprime o documento. Irene se lamentava de que o micro seria requisitado em seguida: devem tê-lo devolvido a ela. *Sou apenas uma funcionária. Como todos.*

"Tenente?", o coronel o pressiona.

Por que ela fez aquilo? Terá sido porque não lhe telefonou? Não, que absurdo. Fez porque é sua profissão, não tinha escolha. Pediram um relatório, e ela o escreveu. Irene Sammartino não é uma profissional que foge das suas responsabilidades. Trata as doenças do sistema com uma intransigência que a impede de olhar quem quer que seja nos olhos.

O tenente sente um impulso de ternura por ela, pela solidão a que a vida a constrangeu: transferida de base em base, no meio de desconhecidos, redigindo notas pelas quais se fará detestar —

irremediavelmente, uma apátrida. Era por causa dessa semelhança entre eles que no escuro da barraca se apertavam tanto um contra o outro? Consegue intuir a dor que a amiga deve ter sentido ao reler o relatório. Talvez tenha ido até a cozinha, se servido uma taça de vinho que tomou de um só gole. Ainda se recorda perfeitamente do modo como inclina a cabeça para trás quando bebe, mas não pode dizer que ela lhe faça falta, não mesmo. Nem todas as formas de apego se equivalem à saudade.

"Reconhece isto?"

O oficial à esquerda de Caracciolo havia ficado em silêncio até agora, como se esperasse o momento exato da entrada em cena. Sua voz é mais aguda do que sua compleição imponente deixaria imaginar. Egitto dirige o olhar para ele. Ergue na mão um pequeno saco de plástico transparente, o corpo de delito. Contém um punhado de cápsulas amarelo e azul: a olho, o necessário para um mês de tratamento. Amontoadas dentro do náilon, têm uma aparência inócua, alegre até.

"São suas, tenente?"

"Eram minhas. Sim, senhor."

O oficial deposita a prova na mesa, satisfeito. As cápsulas fazem um barulhinho de chuvisco. O major escreve obsessivamente.

Caracciolo, agora, estuda-o com um ar consternado. Sacode a cabeça. "Sou obrigado a te perguntar, Alessandro. Desde quando vem essa história de psicofármacos?"

Egitto aperta os joelhos com mais força. Endireita um pouco a coluna. "Por favor, coronel, não chame assim você também."

"Por quê, como eu devia chamar?"

"De qualquer outro modo. Antidepressivos. Remédios. Até pílulas está bom. Mas não fale em psicofármacos. Dá um juízo moral um tanto sumário."

"E não acha que um juízo moral é necessário?"
"Por que razão?"
"Pelo fato de você tomar aqueles... aquelas coisas, enfim."
"Drogas", sugere o oficial à sua direita. O major anota: *drogas*.
Egitto responde com lentidão: "Se acha necessário formular um juízo moral a esse respeito, você é livre pra fazê-lo".
De repente perdeu a paciência. Não pelo modo como o estão espremendo, não pela hostilidade que percebe de parte dos membros exteriores e que estes não fazem nada para mascarar, nem porque agitaram diante do seu nariz um envelope com a prova irrefutável da sua fraqueza. O problema é outro. Irene Sammartino, a comissão disciplinar, os parentes distantes do cabo Torsu, metade famintos de justiça, metade de dinheiro... todos têm razão, e a novidade o atinge como um tabefe sonoro. Não devia tê-lo permitido ir com eles. Deixou que o próprio cabo decidisse, convencido de que o corpo de Angelo Torsu pertencia a Angelo Torsu e pronto, quando era ele o responsável designado. Achou mais cômodo se distrair, se abandonou sobre uma manta de indolência e autocomiseração. *Cansado, pouco lúcido. Um evidente estado de torpor.*
Parece que sua inata vocação à não intervenção acabou acarretando suas consequências — e as absolutamente piores. Caracciolo disse bem, antes: um juízo moral é necessário, e o deles não pode deixar de depor ao seu desfavor. Mas por que, então, ele se sente de repente tão reavivado, animado quase, como se as coisas estivessem finalmente tomando um bom rumo?
Respira fundo, uma, duas vezes. Depois se dirige ao coronel: "Assumo plena responsabilidade pelo sucedido".
Caracciolo agarra o braço do major. "Não escreva! Não é pra constar no relatório... vê-se que ainda estamos contextualizando a situação." Apesar de cético, o outro o atende. "Alessandro, por favor, não seja tão precipitado. Tenho certeza de que

havia razões circunstanciais pelas quais você optou por agir num sentido em vez de noutro. Provavelmente precisa reconstituí-las com calma."

"O cabo Torsu não estava em condições de enfrentar uma ação daquela proporção, coronel."

"Sim, mas isso não tem nada a ver com a explosão e tudo o mais! E se não fosse o sr. Torsu que estivesse a bordo daquele Lince, naquela torreta, mas outro..."; para, talvez percebendo que o raciocínio está a ponto de ultrapassar um nível aceitável de cinismo. Tenta outro caminho: "Se na guerra usássemos sempre da máxima cautela... bom, seria um desastre, seríamos derrotados num piscar de olhos... antes, não se tiravam os soldados do front nem se estivessem com pneumonia, imagine então por um pouco de diarreia!".

O coronel está fazendo o melhor que pode para protegê-lo. *O incidente será absorvido*, lhe garantira. Mas para Egitto é tarde demais: a hemorragia estancou faz tempo. Torsu foi projetado para fora do Lince, entre as ovelhas desnorteadas, suas faces rasparam nas pedras.

"Era meu dever preservar a saúde do cabo."

"Duzentos homens!", Caracciolo se sobrepõe a ele, como se nem sequer o ouvisse. "Imaginem cuidar noite e dia de *duzentos homens*. A probabilidade de um equívoco é enorme. E não estamos falando de um posto normal, estamos falando de..."

Egitto mal alça o volume da voz: "Eu errei, coronel. A responsabilidade é minha".

Reassegura com tal firmeza que, dessa vez, Caracciolo não pode impedir que o major transcreva. Emudecido, fita Egitto: por que está fazendo isso? Por que quer arranjar encrenca inutilmente? Bancar o herói, o durão, não leva a lugar nenhum, será que ainda não entendeu?

Mas não se trata de uma questão entre eles, nem de fidelidade a um princípio. Para Egitto, é muito mais simples que isso: trata-se apenas de distinguir o que lhe diz respeito e o que não. Os corpos dos soldados na FOB Ice lhe diziam respeito. Responde ao coronel em silêncio: coragem, faça o que é sua obrigação fazer e pronto.

Caracciolo suspira. Depois, com um tom que já não tem muito de amigável, diz: "Será melhor prosseguir a conversa mais para a frente. O tenente tem o direito de elaborar com calma sua estratégia de defesa". Arruma as folhas do relatório, alinhando-as pelos lados.

"E a propósito disto?", pergunta o oficial sem galões, sacudindo o pacote de pílulas.

"Ora, faça-me o favor!", explode Caracciolo. "Jogue fora!" Depois, se dirigindo a ele: "Alessandro, é bom que você saiba que se está cogitando de uma suspensão de dois a quatro meses, mais uma multa que será discutida em seguida. À espera de uma deliberação, me vejo obrigado a destituí-lo do cargo. Sei que você mora no quartel, mas vai ter que arranjar uma moradia temporária. Farei o possível para que te restituam o quarto quando você voltar ao serviço".

"Não é preciso, coronel." Diz isso sem ter pensado previamente. Ali estava, pois, sua nova oportunidade para dar uma guinada de cento e oitenta graus na vida.

Caracciolo está visivelmente decepcionado. "Como assim?"

"Aceito a suspensão máxima. E não se preocupe com o quarto. Aliás, coronel, há uma coisa de que eu gostaria de falar com o senhor."

Sua bagagem é pouca: duas sacolas cheias e uma mochila — a vida de caserna o adestrou à máxima frugalidade. Dos móveis que comprou com seu dinheiro decidirá o que fazer mais tarde, por ora serão guardados num depósito na periferia.

Marianna aparece ao saber da partida iminente. Veste uma malha preta comprida e traz no rosto uma maquiagem acentuada, que torna vulgar sua pele claríssima.

"Não *podem* correr assim com você. É insensato."

"Não correram comigo. Estão me transferindo. É mais que normal."

"Sei, *pena* que nem te deram a possibilidade de escolher. Uma chantagem, isso sim. E pra te despachar a um posto obsceno. Belluno, quem ouviu falar desse lugar? Eu nem sabia *onde ficava* até hoje."

Ele não lhe contara exatamente a verdade. De fato, o que lhe disse foi uma reconstrução sua, um tanto lacunosa. Toda a energia por que se sente tomado não é suficiente para confessar a Marianna que foi ele quem decidiu ir para longe, *deixá-la plantada ali*, para citar a expressão que ela havia usado ao telefone. "Fazem ótimos *canederli* lá", brinca, "sabe o que é?"

Marianna faz que não com a cabeça. "Nem me interessa saber."

Está sentada na cama sem lençol, encostada na parede e, os tênis descuidadamente em contato com o moletom branco. O queixo espremido contra o peito desenha nela uma espécie de emburramento. Egitto não sabe direito em que consiste, mas sua irmã ainda tem um modo adolescente de se retrair. Talvez seja apenas porque, aos seus olhos, ela continuará eternamente jovem, uma mocinha, mesmo quando tiver rugas e cabelos grisalhos. Vem-lhe à mente que é apenas a segunda vez que ela põe os pés no seu quarto: no dia em que se mudou para ele e agora, quando está prestes a sair.

"Escute o que eu te digo: se entregássemos o caso pra um advogado…"

"Nada de advogados. Não insista."

Marianna brinca de emparelhar um a um os dedos das mãos. Seu olhar é capaz de uma concentração sobrenatural, sua coordenação motora é perfeita como sempre. Depois de todas as batalhas em que ela o envolveu, o afeto que Egitto sente por ela permanece intacto, mas é como se dissesse respeito somente a ele, é como uma criatura alada, condenada a permanecer sempre voando, sem pousar.

"De qualquer modo não é justo que você vá pra tão longe. E não entendo o porquê de toda essa pressa, visto que por ora você está *suspenso*."

"Preciso arranjar um lugar pra morar. Me organizar. Você pode vir assim que eu estiver instalado."

Ela pula fora da cama e lança um olhar frio para a cama sem lençóis. "*Você sabe* que não dirijo em rodovia. E desde que tem problemas na coluna, Carlo não pode enfrentar viagens longas. Fez uma cirurgia, não sei se você se lembra."

"É verdade. Tinha esquecido."

Não lhe resta mais que formular a enésima promessa, criar o primeiro tormento do futuro que o espera. "Então venho eu", diz. Mas depois acrescenta: "Assim que puder".

Marianna lhe dá um beijo rapidíssimo no rosto. Nunca se sentiram à vontade nas efusões, as poucas e fulminantes que trocaram, ambos recordam, sacramentaram acontecimentos de alcance extraordinário. Dirige-se para a porta. "Tenho que ir. Está *tarde*. Tem certeza de que este rádio funciona? Parece em tão mau estado." Mexe distraidamente na bolsa, depois torna a olhá-lo arqueando as sobrancelhas. "Alessandro, lembre-se de que você nunca foi capaz de se cuidar direito."

Mas, ao menos a julgar pelos primeiros dias, não parece ser assim. Em Belluno, Egitto logo encontra um apartamento para alugar: quarenta metros quadrados apenas, mas bonitinho, ao seu modo. É o máximo que pode se permitir com o soldo amputado. Está rodeado por uma decoração que escolheu mais pela funcionalidade que pelo aspecto. Não lhe recorda nada. Em algum tempo, quem sabe, cada peça terá adquirido um significado. Antes de agora nunca havia levado em conta a hipótese de ter casa. Alojar-se no quartel o fazia sentir-se provisório e ele dava por certo que aquela era sua situação ótima, a única possível.

É difícil abandonar essa visão de si, mas se ligasse apenas para como se sente agora — tranquilo, livre, moderadamente sereno, com exceção de certos sobressaltos —, lhe viria a dúvida de ter se enganado por muito tempo. Pode ser que Alessandro Egitto tenha de fato sido feito para estar no mundo como estão os outros seres humanos: a seu jeito, levando a vida.

Enquanto isso, no bairro começam a conhecê-lo. Quando concede um pedaço de si — ao rapaz do bar, aos dois atendentes solitários da agência bancária, à senhora da lavanderia com o pulso enfaixado depois da recente operação do túnel do metacarpo —, é recompensado com um grão de confiança a mais. É um processo lento, uma ação meticulosa de varrição da desconfiança: a construção de uma bolha de segurança que tem como único limite teórico a cerca orlada de branco dos Dolomitas.

O tempo que a arrumação do apartamento lhe deixa livre, ele emprega como voluntário na associação local dos doadores de sangue. A unidade móvel é estacionada cada dia num lugar diferente, e pela porta aberta o tenente espia formas diferentes de vida comum, existências distantes do combate, mas cada uma delas aparentada a uma encarnação específica da guerra. Não são muitos os que sobem na escadinha de metal para oferecer o braço à sua agulha, em geral os velhos se revelam mais generosos que seus netos, mas é só por uma questão de sabedoria, pensa ele — é que os jovens ainda não sabem com que louca pressão o sangue flui nas artérias e como espirra quando uma delas é cortada.

Uma ou outra vez vai jantar com os enfermeiros com quem presta serviço. São noitadas tranquilas, pelo menos enquanto o álcool não os solta o mínimo suficiente. Os rapazes não sentem a exigência de conhecer o passado de Egitto nem o motivo pelo qual veio parar naquele lugar, sem um emprego fixo. Por um breve período tem até namorada. Egitto vai ao apartamento dela, e ela ao seu, um par de noites em cada um. Mas ela ainda é moça, somente vinte e um anos, um rio de experiência os separa, e ambos sabem disso. Param de se ver sem dispêndio de lágrimas.

Às vezes ele se pergunta onde estaria agora, se no meio do vale não houvesse acontecido o que aconteceu, se numa noite igual a tantas outras um homem que ele não conheceu não houvesse partido a bordo de um caminhão a diesel, se Angelo Torsu não tivesse sido catapultado para fora de um jipe encouraçado e Irene Sammartino não o tivesse considerado corresponsável por tudo aquilo. Mas são perguntas inúteis, e logo decide lhes dar um basta.

Está quimicamente limpo. Quando em plena noite acorda ofegante e não consegue mais dormir, se resigna a andar de um lado para o outro no apartamento, procurando controlar a respiração. De manhã está vazio de forças e vontade, não se sente em nenhum lugar da Terra e se confia à repetição dos gestos, esperando que aquilo passe. Pode ser que sejam necessários dias, mas no fim acaba passando. A abstinência dos fármacos não constitui uma luta nem uma conquista. Não exclui que lhe ocorrerá de novo lançar mão deles, confiar seu bem-estar à imparcialidade da ciência — em algum lugar existe um quarto sem saída, sempre aberto para ele —, mas não agora.

Sem avisar ninguém, um fim de semana de março toma um avião e volta a Cagliari. Para chegar à residência de Angelo Torsu tem de alugar um carro e viajar para oeste da cidade. Estende o trajeto a fim de apreciar a estrada costeira. Guia devagar, atraído pelo panorama e pela água que quebra contra as pedras.

De plantão no alojamento pago pela prefeitura, onde Torsu vive desde que saiu das várias clínicas de reabilitação, encontra um rapaz com uma basta cabeleira negra despenteada e olhar sonolento. "Sou da paróquia", explica a Egitto. "Venho duas tardes por semana, às quintas e sábados. Mas não se tem muito o que fazer com Angelo. Consigo estudar quase o tempo todo."

Egitto se apresentou à paisana, disse ser um amigo (há um contencioso em aberto com a família do soldado e ele desconfia que sua presença nas paragens não seria apreciada). É por isso que, talvez, o voluntário se permite acrescentar: "Essa nojeira de guerra. Sou pacifista, é óbvio". Consulta o relógio de parede, entre os pouquíssimos elementos de decoração pendurados nelas. "Ainda não está na hora de terminar o descanso, mas posso acordá-lo. Angelo ficará contente de ter companhia. Nunca vem ninguém aqui."

"Não estou com pressa. Vou esperar." Egitto puxa uma cadeira da mesa, senta.

"Acontece a mesma coisa com os velhos", prossegue o voluntário. "Nós da paróquia também vamos à casa de repouso, sabe? Passados os primeiros meses, as pessoas perdem a motivação. Só uma moça continua a vir. Com frequência, quer dizer. Ela se chama Elena, conhece?"

"Temo que não."

"É uma gracinha. Um pouco gorda", espera Egitto reforçar o não com a cabeça. "Em todo caso, senta-se perto do Angelo e lê livros pra ele. Não lhe importa se ele entende ou não, ela continua lendo." Pega com a mão o tufo que lhe cai sobre a testa, alisa-o deixando-o por um instante fixo na cabeça. "Desde quando não o vê?"

"Faz mais de um ano."

Para ser exato, desde outubro de dois anos antes, desde quando seu corpo enrolado no papel prata da coberta térmica subiu nos ares a bordo de um Black Hawk com metralhadoras dos dois lados. Mas não está a fim de confessar isso ao pacifista.

"Então vai achá-lo muito mudado, senhor... senhor?"

"Egitto. Alessandro."

A fisionomia do rapaz se anuvia. Escruta-o por alguns segundos, como se houvesse estabelecido uma ligação. Talvez esteja a par de tudo. Egitto se prepara para a reação. "Também é militar?"

"Sou médico."

"E essas queimaduras, são de quê?"

Pronto, lá vem o equívoco. Egitto sorri para ele, antecipando as desculpas que, prevê, virão logo depois. Toca o rosto. "Não tem nada a ver."

O rapaz está visivelmente curioso, mas é educado demais para insistir. "Me diga uma coisa, doutor", pergunta então, "como Angelo fez pra desaparecer assim?"

"Desaparecer?"

"Ele... foi embora. Como se houvesse decidido. Pelo menos é o que acredito. Se escondeu em algum lugar e não quer mais sair. Como é possível, doutor?"

De repente, Egitto sente o cansaço da viagem. "Não sei", diz.

O voluntário sacode a cabeça. Espera de um médico que forneça respostas exaustivas. "Em todo caso, o Senhor sabe onde ele está."

Esperam de novo, em silêncio, até os ponteiros marcarem quatro em ponto. O rapaz estala os dedos. "Está na hora. Vou acordá-lo."

Volta alguns minutos depois, segurando o cotovelo de Angelo Torsu, não como se fosse para amparado, mas como para guiá-lo. Egitto se pergunta se o movimento mínimo dos lábios do soldado é uma tentativa de cumprimento ou um sorriso, mas nota que não para de sorrir. Levanta-se, ajeitando a aba do paletó, e pega a mão de Torsu para apertá-la.

"Leve-o à janela. Gosta de olhar pra fora. Não é, Angelo?"

Egitto não está em condições de conversar com alguém que não responde, seu incômodo é demasiado. O mesmo lhe acontece com as lápides tumulares, especialmente a de Ernesto, acontece com os recém-nascidos e até com os pacientes tontos da anestesia. E mesmo se agora, na sala despojada, não há ninguém que o observe em companhia de Angelo Torsu — o voluntário foi para a cozinha, a fim de deixá-los a sós —, não consegue articular uma palavra. Ficam calados, portanto. Estão simplesmente de pé, um ao lado do outro, diante da janela.

Na bata do cabo Torsu está fixado um broche da Arma. Um colega deve tê-la trazido sabe-se lá quanto tempo faz, e depois ninguém se preocupou em tirá-lo. Egitto se pergunta se ele gosta daquilo. É mais provável que lhe seja totalmente indiferente. Damos por certo que uma pessoa que não se exprime aprecie todas as ligações com sua vida passada e com nossa atenção, que queira se aproximar da janela só porque decidimos levá-la até lá, mas na verdade não sabemos. Talvez Torsu queira estar em paz no seu quarto, na solidão.

Ele ainda enxerga. Em todo caso as pupilas se contraem quando a intensidade da luz aumenta. A pele lisa demais das faces e do pescoço é que tornam sua fisionomia incoerente. Arrancaram-lhe um pedaço de pele do traseiro e puseram no rosto. Um milagre da cirurgia moderna — uma abominação. O corpo de Torsu funciona, mas como se estivesse desabitado. Mastiga incessantemente algo que tem entre os dentes, um naco de carne borrachenta, a palavra que faz meses não consegue pronunciar. Quanto ao mais, parece tranquilo, olha para a rua onde os automóveis passam de raro em raro. O *Senhor sabe onde ele está*. Alguém tem de saber.

Egitto deixa passar um tempo que lhe parece adequado. Tem a impressão de que agora sua respiração e a de Torsu estão sincronizadas. Não sabe se um dos dois acompanhou o outro ou se chegaram àquela simultaneidade juntos. Quando o absurdo de se encontrar dentro daquele lugar se torna insustentável, pega no chão o saco que trouxe consigo. Tira uma caixa retangular envolta em papel de embrulho e a estende ao soldado. Como ele não a pega, deposita-a em equilíbrio no peitoril da janela. "São jujubas de fruta", diz. "Houve uma época em que eu só conseguia comer destas. Espero que goste." Escruta o rosto de Torsu, em busca de um aceno. O soldado rumina, faz que sim. Talvez devesse tirar o papel, pegar uma jujuba e lhe dar para experimentar. Mas é melhor que o voluntário cuide disso. "Vou te levar de volta pro quarto. Deve estar cansado."

Não voltará uma segunda vez. O que fará, por alguns anos, será enviar ao cabo uma caixa de jujubas igual à primeira, para o Natal, acompanhada de um bilhete com votos lacônicos, até mandarem ambos de volta com uma mensagem de mudança de endereço, dos Correios — então não fará nada para descobrir o novo. Será isso, junto com uma parte do seu soldo, o único vínculo restante a uni-lo ao homem que ele condenou à morte, o homem de quem salvou a vida. Deixará que o tempo aja sobre esse remorso, consumindo-o pouco a pouco.

Depois dos quatro meses de suspensão, chega o dia de voltar ao serviço. Está um pouco nervoso enquanto percorre a ladeira que leva ao quartel do Sétimo Regimento de Alpinos. O primeiro dia do ensino médio, o juramento, a apresentação da tese de formatura: é uma agitação desse gênero, que o confunde e o revitaliza. *Emoção* seria um termo mais apropriado que *agitação*, mas ele ainda o utiliza com reserva.

Para por alguns instantes, justo antes de o suor começar a escorrer das axilas. Ergue o olhar para o maciço cinzento da

Schiara. As nuvens estão encostadas em torno do pico, como se estivessem confabulando. Se em Turim as montanhas eram um confim distante que aparecia e desaparecia conforme a bruma, se no Gulistão não eram mais que um paredão inalcançável, aqui em Belluno bastaria esticar o braço para tocá-las.

O soldado de sentinela leva a mão à testa, permanece imóvel enquanto o tenente passa por ele. Egitto é acompanhado até sua nova sala, no primeiro andar da construção principal. Na sala ao lado alguém está falando ao telefone com um acentuado sotaque trentino e ri com frequência. Egitto se aproxima da janela, que dá para o pátio onde a tropa se reúne, circundado por choupos. A localização é boa, vai se sentir bem.

"Tenente?"

Um suboficial hesita à porta, na postura de quem está a ponto de bater. Sabe-se lá por que não o fez, preferindo chamá-lo. "Diga."

"Bem-vindo, senhor. O comandante quer vê-lo. Pode me acompanhar?"

Egitto pega o chapéu alpino que havia deixado em cima da mesa, enfia-o de lado na cabeça. Sobem dois andares, percorrem a metade de um corredor. O suboficial para em frente a uma porta escancarada. "É aqui", diz, fazendo-lhe sinal para entrar.

O coronel Giacomo Ballesio larga o sanduíche que brandia com as duas mãos. Limpa a boca com o dorso de uma delas, depois se levanta de um salto, batendo com a fivela do cinto na beirada da mesa — o abajur treme e uma caneta rola no chão. Ballesio não liga para aquele pequeno acidente. Estende os braços, feliz. "Tenente Egitto, finalmente! Aproxime-se, aproxime-se. Sente-se ali. Vamos conversar."

ESTA OBRA FOI COMPOSTA EM ELECTRA PELO ACQUA ESTÚDIO E IMPRESSA PELA PROL EDITORA GRÁFICA EM OFSETE SOBRE PAPEL PÓLEN SOFT DA SUZANO PAPEL E CELULOSE PARA A EDITORA SCHWARCZ EM MAIO DE 2015